Bittersüß

Bittersüß

Roman

Christa Bohlmann

Bibliografische Information der Deutschen Bibliothek:

Die Deutsche Bibliothek verzeichnet diese Publikation in

der Deutschen Nationalbibliografie; detaillierte Daten

sind über

<http://dnb.ddb.de> abrufbar.

2014 Christa Bohlmann

Covergestaltung: Alfred Rozenvalds

Herstellung und Verlag: BoD - Books on Demand,

Norderstedt

ISBN 9783735770820

www.bod.de

Mein Dank gilt lieben Menschen, die mir mit Rat und Tat zur Seite standen. Ob es um Korrekturlesen, die technische Umsetzung oder die Aufnahme des Coverfotos ging – sie alle waren mir gleich wichtig. Ihre Namen in alphabetischer Reihenfolge:

Alfred, Biene, Brigitte, Eckhard, Heinz, Susanne und Rosi.

Vorwort

Gisela Koch? Eine Frau mit diesem Namen mag es geben, aber vermutlich keine, die „Ma belle Giselle" genannt wird. Diese, meine Gisela Koch habe ich frei erfunden. Deren Leben wird auf den Kopf gestellt, als sie unfreiwillig in den vorzeitigen Ruhestand geschickt wird und ins „Immergrün", einer idyllischen Anlage für betreutes Wohnen am Stadtrand von Bassum umzieht. Zu plötzlicher Untätigkeit verdonnert und ohne Kontakt zu Freunden oder ihrer Familie muss Gisela schnell einsehen, dass ihre Entscheidung mehr als falsch war. Die ziemlich tranigen Mitbewohner meiden sie und so liegt es an der kreuzunglücklichen Gisela, ihr Leben zu ändern. Der erste Schritt, ihre Nichte Gaby zu kontaktieren, wird ein voller Erfolg. Als sie sich mit dem Neuankömmling Otto Clemens anfreundet kommt neue Frische in Giselas Leben. Mit ihm plant sie, eine Senioren-WG zu gründen.
Doch dann geschieht ein Mord im „Immergrün" ….
Gisela ist erschüttert, dass eben dieses Verbrechen vertuscht werden soll und sie setzt alles daran, den wahren Mörder mit der Hilfe des Ermittlers Kalle Korn, Gabys Partner, zu finden und zu überführen. Schlussendlich kommt alles anders und Gisela findet ein ideales Zuhause in Osterbinde. Hier stößt sie auf perfekte Voraussetzungen für die Gründung einer

Senioren-WG. Happy End, denn sie findet unter all den Bewerbern auch ihren Traummann.

Die Handlung dieses Romans ist frei erfunden. Jede Ähnlichkeit mit lebenden oder bereits verstorbenen Menschen wäre rein zufällig. Ebenso gibt es auch nicht das „Immergrün" an Stadtrand von Bassum oder das Anwesen der Lindemanns in Osterbinde.

Bittersüß

Aufrecht stand sie vorm Spiegel, Gisela Koch. Sie trug ein elegantes dunkelblaues Kostüm, dazu eine zartrosa Bluse. Größe 40, wie schon seit Jahren. Nach wie vor hatte sie eine gute Figur, ihre Proportionen stimmten. Obwohl das Thermometer 28 Grad zeigte, verzichtete sie nicht auf das Tragen einer Strumpfhose, denn das gehörte für sie eben zum perfekten Aussehen. Die dunkelblauen Pumps ließen ihr Äußeres vollkommen erscheinen. Wie immer hatte sie sich dezent geschminkt. Ihre Haare trug sie halblang, Strähnchen belebten die Farbe und setzten Lichtreflexe, denn das Grau wollte sich mehr und mehr durchsetzen.

Fast lautlos murmelte sie vor sich hin, gab sich Befehle: Rücken gerade, aufrecht stehen. Schultern nach hinten, Kopf locker, frei schwebend und das „I-Gesicht" machen. An den Vokal „I" denken.

„I" wie was? Wie Italien? Wie Immergrün? Wie Ingeborg oder Ilse? „I" wie Insulin? Wie Igittigitt?

Diese Haltung hatte sie früher immer eingenommen, bevor sie das Büro ihres Chefs betrat. Das hatte sie vor vielen Jahren einmal auf einem Seminar gelernt, denn es sollte das Selbstbewusstsein stärken. Hatte wohl auch gewirkt, aber das war einmal. Selbstbewusst war sie damals gewesen – Gisela Koch. In Stresssituationen nannte ihr Chef sie Gisela. War seine Laune gut, rief er „Gila". Wenn er ganz besonders gut drauf war, nannte er sie

„Giselle" oder sogar „Ma belle Giselle". Dabei war er nie zum vertrauten „Du" übergegangen. An den feinen Abstufungen ihres Namens konnte sie jederzeit die Laune ihres Chefs erkennen. Zwischen beiden bestand ein gutes, ehrliches Vertrauensverhältnis.

Sie lächelte bitter. Vierzig Jahre lang hatte sie für ihren Chef gearbeitet. Zunächst als Sekretärin, dann dreißig Jahre lang als Chefsekretärin in seiner Anwaltskanzlei. Vierzig Jahre lang hatte sie ihn vergöttert, hatte ihn heimlich geliebt. Doch diese Liebe war nie erwidert worden, denn der Herr Rechtsanwalt und Notar von Horn war glücklich verheiratet und niemals wäre es Gisela in den Sinn gekommen, diese Ehe zu zerstören.

Vielleicht kannte Gisela ihren Chef sogar besser als seine eigene Ehefrau Ingeborg. Schließlich verbrachten Herr von Horn und Gisela an den Wochentagen zehn bis zwölf Stunden miteinander. Sie wusste, wann er einen starken Kaffee brauchte und hielt Kopfschmerz- oder Magentabletten für ihn bereit. Wenn Herr von Horn mal wieder nicht daran gedacht hatte, besorgte sie Weihnachts- oder Geburtstagsgeschenke für Frau von Horn. Jahrelang war sie sein wandelnder Terminkalender gewesen, ein hübscher dazu. Zuverlässigkeit, Diskretion, Loyalität waren nur einige ihrer Stärken.

Vor einem Jahr hatte Herr von Horn ihr von seinen Plänen erzählt. Er wollte die Kanzlei an einen jüngeren Kollegen übergeben und den Ruhestand mit seiner Frau vorwiegend auf Lanzarote genießen. Schließlich wurde er bald 65. Sie, Gisela, war fünf Jahre jünger. Für sie brach eine Welt zusammen. Sicher war sie sich ihres Alters bewusst, doch hatte sie sich bis jetzt wenig Gedanken um Ihre Zukunft gemacht. Finanzielle Sorgen würde sie keine haben, zumal Herr von Horn ihr eine stattliche Abfindung zahlen wollte.

Aber die Arbeit in der Kanzlei, ihr Chef – das war ihr Leben gewesen. Sie konnte einfach nicht verstehen, dass sich ihr Leben so plötzlich grundlegend ändern sollte. Von 150 % Power runter gefahren auf null, auf nichts. Mit ihrem äußeren Erscheinungsbild konnte sie durchaus zufrieden sein, aber ihre Seele rebellierte. Wie oft waren ihr in den letzten Tagen immer wieder die gleichen Gedanken durch den Kopf gegangen. Vieles war ihr erst jetzt bewusst geworden. Auf ihrem Grabstein könnte durchaus stehen: „Müh und Arbeit war dein Leben – Ruhe hat dir Gott gegeben". Gab es überhaupt jemanden, dem ihr Tod eines Tages nahe gehen würde? Ihre Eltern waren vor Jahren verstorben, ihre einzige Schwester lebte im Bayerischen Wald. Deren Tochter, ihre Nichte Gaby, wohnte in der Nähe von Hamburg, also auch in Norddeutschland. Jahrelang pflegte sie weder Kontakt mit der Schwester noch mit der Nichte. Nicht etwa, dass sie Streit miteinander hatten. Alle waren ihre eigenen Wege gegangen. Vielleicht sollte sie doch einmal Verbindung aufnehmen, denn die Gaby könnte ihre potentielle Erbin sein.

Gisela Koch war mit sich selbst nicht im Reinen. Dass sie unter Depressionen litt, wollte sie nicht wahr haben. Manchmal war sie ihrem Chef zutiefst dankbar für vierzig wundervolle Jahre gemeinsamer Arbeit, denn sie hatte so viel von ihm und durch ihn gelernt. Im Laufe der Jahre kannte sie die Gesetze fast ebenso gut wie er. Sie wäre ohne weiteres in der Lage gewesen, ihn zu vertreten. Wegen des fehlenden Jura-Studiums gab es allerdings keine Berechtigung für sie. Wie sehr vermisste sie den Kontakt zu den Mandanten, auch wenn sie auf einige von ihnen nur zu gut verzichten konnte.

Schnell schlug ihre Stimmung wieder um, und sie klagte Robert von Horn an. Robby hatte sie ihn insgeheim genannt. Auch jetzt: „Vierzig Jahre meines Lebens habe ich dir geopfert. Habe fast rund um die Uhr für dich gearbeitet. Mit Geld konntest du das nicht aufwiegen. Mir blieb nicht einmal die Zeit, einen Freundeskreis aufzubauen. Ich war so blöd und hab mir Arbeit mit nach Hause genommen und sie dort auch noch nach zwanzig Uhr erledigt. Habe dir jeden Wunsch von den Augen abgelesen. Habe funktioniert! Sogar für deine eifersüchtige Ingeborg musste ich neulich auf deinen Wunsch hin ein Negligee als Geburtstagsgeschenk besorgen. Du kannst dir nicht vorstellen, wie weh mir das getan hat. Wie gern hätte ich mich dir darin präsentiert. Meinst wohl, ich hätte ein Herz aus Stein!

Du hast nicht einmal bemerkt, wie sehr ich dich geliebt habe. Du hast mich nur benutzt. Und jetzt? Abgenutzt, abgeschrieben, abgeschoben! Soll dir deine Ingeborg doch jetzt die Croissants besorgen. Ich nicht mehr! Aus mit Ma belle Giselle."

Sie war immer noch nicht fertig und jammerte verzweifelt weiter:

„Ich habe dir nicht einmal erzählt, dass ich vor zehn Jahren Diabetikerin wurde. Meinen Urlaub habe ich geopfert, um mich in der Klinik medikamentös einstellen zu lassen. Fast ein halbes Jahr konnte ich das geheim halten. Du hast nichts, aber auch gar nichts gemerkt. Dir war nur deine Karriere wichtig. Wie sehr ich dich dabei unterstützt habe, wolltest du wohl nicht sehen. Du bist ein gefühlloser Klotz, ja das bist du. Und weißt du, was du noch bist? Ein Egoist wie aus dem Lehrbuch. Ja, um dich abends beim Essen mit Mandanten zu begleiten, dazu war ich gut genug. Konntest dich ja auch gut mit mir sehen lassen. Lass dich doch jetzt von deiner Ingeborg nerven, 24 Stunden lang!"

Das hatte ihr erst einmal Luft verschafft. Wenn da nicht noch das nächste große Ärgernis wäre. Gisela kaufte vor einigen Jahren eine wunderschöne helle Eigentumswohnung in Bremen. Damals schätzte sie den kurzen Weg zur Arbeit. Im letzten Jahr wurde ein Autobahnzubringer fast neben dem Grundstück gebaut. Triste Lärmschutzwände sollten aufgestellt werden. Die Verantwortlichen warteten noch mit der Errichtung des geplanten Super- und des Baumarktes gleich nebenan. Tolle Nachbarschaft! Die Wohnqualität wurde durch diese Baumaßnahmen sehr beeinträchtigt.

Robert von Horn war es gewesen, der ihr geraten hatte, sich mit dem Thema „Betreutes Wohnen" zu befassen. Gisela war zunächst skeptisch gewesen. Was sollte sie dort als 60-jährige? Doch musste sie ihm auch Recht geben. Sie konnte dort eigenständig leben und war dennoch nicht allein. Eine gute Köchin war sie nie gewesen. Sie könnte sich dort morgens und abends selbst versorgen. Mittags würde sie sich bedienen lassen. Diabetikergerecht. An den Finanzen konnte der Wohnungswechsel nicht scheitern. Ohne weiteres könnte sie sich in eine solche Anlage einkaufen. Als sie im letzten Jahr Urlaub in Italien machte, hatte sie zum ersten Mal einen Zuckerschock erlitten. In letzter Minute wurde sie gerettet. Herrn von Horns Vorschlag schien einleuchtend zu sein. In einer solchen Anlage war sie nicht allein und im Notfall könnte man ihr dort rechtzeitig helfen.

Drei verschiedene Objekte sah sie sich an, bevor sie sich für das „Immergrün" entschied. Dabei handelte es sich um eine gepflegte Jugendstil-Villa am Stadtrand von Bassum. Frau Winter, die Leiterin dieser Anlage, war eine freundliche, intelligente etwa 40-jährige Dame. Beide schienen sich gleich sympathisch zu sein. Schnell einigten sie sich über den Kaufvertrag. Damals bezeichnete Gisela es als Glück, dass sie ihre Eigentumswohnung innerhalb von drei Monaten zu einem guten Preis verkaufen konnte.

„Soviel Selbständigkeit wie möglich, soviel Hilfe wie nötig" – so lautete die Devise des Hauses. Das Leben in dieser betreuten Wohnanlage bot den Vorteil, dass sie hier in den eigenen vier Wänden ihre Privatsphäre hatte. Andererseits konnte sie sicher sein, im eventuellen Notfall schnell fachgerechte Hilfe zu erhalten.

Seit vier Wochen wohnte Gisela jetzt im „Immergrün". Von der Terrasse ihrer 60 qm großen Wohnung fiel ihr Blick auf die zartblauen Blüten des Immergrüns. Vor ihrem Einzug hatte sie der grünblaue Blätter- und Blütenteppich begeistert. Jetzt nervte sie der Anblick, denn sie hatte sich das alles ganz anders vorgestellt. Damals hoffte sie auf viele interessante Gespräche mit Frau Winter. Inzwischen hatte sie erkennen müssen, dass die Leiterin ihre Verpflichtungen ernst nahm und da blieb kaum Zeit für ein Schwätzchen.

Beim Blättern in der Tageszeitung fiel Giselas Blick auf das Horoskop. Glück versprach es ihr für die kommende Woche. Glück? Was bedeutete eigentlich Glück? Sie war zum einen viel zu pessimistisch, um zurzeit an ihr Glück zu glauben. Zum anderen hatte sie nie einem Horoskop viel Bedeutung beigemessen. Sie sah das Glück eher nüchtern, so wie die Mediziner. Ein kurzer Ekstase-Kick, wenn der Körper die Botenstoffe Dopamin und Serotonin ausschüttete und somit die Botschaft „sei glücklich" verbreitete. Schokolade, ein Kuss, ein Sieg – all das konnte wirken. Schokolade gab es nicht für sie – höchstens diabetikergeeignete. Ein Kuss? Es gab jetzt keinen Mann in ihrem Leben, mit dem sie hätte Küsse austauschen wollen. Ein Sieg? Wen sollte sie besiegen? Ja, als sie noch im Berufsleben stand, gab es ausreichend Erfolge oder Siege, an denen sie irgendwie teilhaben konnte.

Gisela öffnete die Tür ihres Kleiderschrankes. Dicht an dicht hingen graue, dunkelblaue und schwarze Kostüme und Hosenanzüge. Hinter einer weiteren Tür fanden die meist weißen oder pastellfarbenen Blusen in rosa, gelb oder blau ihren Platz. Es handelte sich um ihre frühere Arbeitskleidung. Wütend riss sie ein paar Blusen aus dem Schrank, warf sie zu Boden und trampelte wie besessen darauf herum. Was sollte es – mit dieser Kleidung war sie hier „overdressed". So passte sie nicht zu den anderen Bewohnern, denen sie jeweils beim Mittagessen begegnete.

Gisela war verzweifelt und deprimiert. Sie verspürte auch keine Lust, sich neu einzukleiden. Wenn wenigstens Frau Winter sie begleiten würde, aber die hatte ja keine Zeit für sie. War wohl mit ihrem Job verheiratet. Die auch?

Die alte Villa auf einem parkähnlichen Grundstück mit altem Baumbestand wurde vor vier Jahren zur Anlage „Immergrün" umgebaut. Bremen war etwa 30 km von ihrem neuen Domizil entfernt.

Wenn auch die Bewohner sehr unterschiedlich waren, hatten sie eines gemeinsam – sie waren alle gut betucht. Fünf Wohnungen wurden von Ehepaaren bewohnt. Noch weitere Zwei-Personen-Appartements gab es nicht. Acht Wohnungen waren für Einzelpersonen vorgesehen, von denen sechs belegt waren. Weiter gab es in der oberen Etage eine Pflegestation, oft der letzte Platz für alte kranke Menschen. Wie viele Bewohner hier untergebracht waren, wusste Gisela nicht. Mit ihren 60 Jahren war sie die Jüngste in der Residenz. Für sie sollte die Pflegestation in weiter Ferne liegen, am liebsten würde sie dort niemals landen. Für die Pflegefälle garantierte die Heimleitung Rund-um-die-Uhr-Betreuung. Zu wissen, dass es jemanden gab, der ihr bei einer eventuellen Unterzuckerung Hilfe leisten konnte, beruhigte sie sehr, als sie den Vertrag unterzeichnete.

Nach vier Wochen in der neuen Umgebung dachte sie anders über vieles. Auch ihre derzeitige seelische Verfassung hatte sie zum „Umdenken" gebracht. Meistens blieb sie sehr lange im Bett und verzichtete auf das Frühstück. Gar nicht gut bei Diabetes. Sie kannte die Problematik, aber es war ihr egal. Lieber hing sie ihren trüben Gedanken nach.

Bevor sie um zwölf Uhr zum Essen ging, machte sie sich perfekt zurecht. Nach dem Duschen schlüpfte sie in eines ihrer Kostüme oder in einen Hosenanzug. Dezent geschminkt erschien sie Tag für Tag schlecht gelaunt im Speisesaal.

Die Ehepaare saßen gemeinsam an einem großen Tisch. An diesem Tisch waren die Gäste immer fröhlich und gut gelaunt. Sie plauderten angeregt miteinander und lachten viel. In den ersten Tagen bemühte Gisela sich, dort einen Platz zugeordnet zu bekommen. Dieser Wunsch wurde ihr nicht erfüllt, denn die eingeschworene Gemeinschaft war nicht bereit, sie aufzunehmen. Das war sehr enttäuschend für Gisela. Seitdem ging sie diesen gutgelaunten Menschen aus dem Weg.

Anders verhielt es sich an einem weiteren Tisch, der für die Einzelbewohner vorgesehen war. Die Heimleitung legte Wert darauf, dass diese Gäste gemeinsam an einem Tisch saßen. Und da fand man eine eigenartige Gesellschaft:

Ilse Knauer, Witwe, 72 Jahre alt, die sich als Boss aufspielte. Sie betonte mindestens einmal beim Mittagessen: „Damals, als wir noch arm waren" oder: „Früher, als wir noch nicht reich waren." Es interessierte Gisela nicht die Bohne, auf welche Art Ilse zu Reichtum gelangt war, doch Ilse erzählte gern, viel und laut. Bereits am ersten Tag wollte sie sich mit Gisela verbrüdern. Höflich aber bestimmt bestand Gisela darauf, mit Frau Koch angesprochen zu werden. Das brachte ihr in Ilses Augen natürlich die ersten Minuspunkte ein.

Weiter saß an diesem Tisch Lydia Baumann, eine bescheidene Dame. Ihr Sohn, ein offensichtlich erfolgreicher Restaurantbesitzer, ermöglichte seiner Mutter den Aufenthalt im „Immergrün". Lydia

Baumann war 75 Jahre alt und stand ganz unter Ilses Fuchtel. Wenn Ilse einmal nicht dabei war, konnte Gisela sich gut mit der netten, gebildeten Frau Baumann unterhalten.

Ursel Tiedemann war in Giselas Augen eine eingebildete dumme Pute. Diverse Ringe schmückten ihre welken Finger. Gold und Brillianten sah man an ihrem faltigen Hals, an den Handgelenken und an den lang gewordenen Ohrläppchen. Trotz ihrer 78 Jahre war Ursel Tiedemann stets bunt und schrill gekleidet. Es schmeichelte ihr nicht gerade, dass sie ihre Garderobe mindestens eine Konfektionsgröße zu klein trug. Sie kassierte nach ihren eigenen Angaben eine stolze Million von der Lebensversicherung, als ihr Mann das Zeitliche segnete.

Wenn Gisela die nächste Tischpartnerin, Käthe Weniger, ansah, musste sie unwillkürlich an Udo Jürgens' Song „Aber bitte mit Sahne" denken. Käthe war fett, aber das machte ihr offensichtlich nichts aus. Sie verdrückte Unmengen mit gutem Appetit. Früher war sie wohl ein gemütlicher Typ gewesen. Gisela fiel auf, dass sie sich häufig wiederholte, denn mehrfach stellte sie die gleichen Fragen. Anscheinend war das ein Anzeichen für Demenz. Gisela tat das sehr leid, doch sie hatte eigene Sorgen. Auch Frau Weniger war keine Gesprächspartnerin für Gisela.

Einer fehlte noch aus dieser Runde, das einzige männliche Wesen: Gustav Schumann, 76 Jahre alt.

Er war spindeldürr, seine zu langen, dünnen weißen Haare hingen ungeordnet vom Kopf. Früher besaß er ein Juweliergeschäft. Von sich behauptete er, ein unwiderstehlicher Frauentyp zu sein. Die anderen Damen ließen ihn vermutlich abblitzen und so suchte er sich Gisela als nächstes Opfer aus und hoffte, bei ihr mit seinem angeblichen Charme landen zu können. Lautstark verkündete er, jetzt seine Traumfrau gefunden zu haben. Die Sympathie beruhte keineswegs auf Gegenseitigkeit, denn Gisela bekam schon Gänsehaut, wenn sie seine hohe Fistelstimme hörte. Allein der Gedanke an eine Berührung durch seine knochigen Finger, ließ sie erschaudern. Igittigitt!

Gustav Schumann fand kein Verständnis für Giselas ablehnende Haltung. Er, der sich allzeit für unwiderstehlich hielt, lauerte Gisela täglich auf, wenn sie zum Mittagessen ging. Es sah schon ziemlich albern aus, wenn er mit einer langstieligen roten Rose in der Hand auf sie wartete.

Nein, es machte Gisela wahrlich keinen Spaß, sich mit diesen Menschen zu umgeben. Wie sehr wünschte sie sich eine Vertraute, um einmal ihr Herz ausschütten zu können. Eine starke Schulter zum Anlehnen oder Ausheulen fehlte ihr.

Nach dem Essen zog Gisela sich meistens in ihr Reich zurück. Sie versuchte zu lesen, war aber viel zu fahrig, um das Gelesene zu verarbeiten. Fernsehen mochte sie auch nicht. Manchmal surfte sie im Internet oder vertrieb sich die Zeit mit

Spielchen am Computer. Sie war fast sicher, dass sie die einzige Bewohnerin war, die über einen Internet-Anschluss verfügte. Eventuell noch eins von den Ehepaaren, aber das konnte sie nicht einschätzen. Das war und blieb eine Gruppe für sich, die keinem Fremden Eintritt gewährte. Vielleicht verspürten die Frauen Angst, man könne ihnen die Männer ausspannen.

Manchmal versuchte Gisela das BGB auswendig aufzusagen. Es wurmte sie, dass sie sich nicht auf andere Art sinnvoll beschäftigen konnte. Lust, einmal in die Stadt zu fahren oder die neue Umgebung kennenzulernen, hatte sie ebenfalls nicht. Seit ihrer Ankunft stand ihr Wagen, ein dunkelblauer Opel Astra, unbewegt auf dem Stellplatz. Obwohl Gisela wusste, dass es kein Dauerzustand sein dürfte, ließ sie sich die wenigen Lebensmittel für Frühstück und Abendessen ins Haus liefern

Ihr Spiegelbild sagte ihr schon seit einiger Zeit, dass sie dringend einen Friseur aufsuchen sollte, doch sie verschob es weiter von Tag zu Tag.

Gisela verfiel mehr und mehr in Selbstmitleid. Häufig grübelte sie darüber nach, ob es richtig gewesen war, sich im „Immergrün" einzukaufen. Sicher war es gut, die Eigentumswohnung nach den veränderten Wohnverhältnissen zu verkaufen, aber sie hätte eine bessere Zukunftslösung finden sollen.

Das Klingeln des Telefons riss sie aus ihren trüben Tagträumen.

„Hallo, ma belle Giselle. Wie geht es Ihnen, meine Liebe?"

Herr von Horn erschien bestens gelaunt am anderen Ende der Leitung. Überschwänglich schwärmte er von seinem neuen Leben in der neuen Wohnung auf Lanzarote. Der ganze Berufsstress schien von ihm abgefallen zu sein und das genoss er offensichtlich.

Gisela gelang es nicht, die Tränen zurückzuhalten, sie heulte hemmungslos in den Hörer und dann berichtete sie dem Menschen, der ihr so viel bedeutet hatte, alles, was sie bewegte.

Damit hatte Herr von Horn nicht gerechnet. Er war ganz bestürzt von dem, was Gisela ihm erzählte.

„Gila, es tut mir so leid. Soll ich kommen und mit Ihnen nach einer anderen Lösung suchen? Was ist bloß aus meiner treuen Giselle geworden?"

Es tat ihr so gut, sich endlich einmal aussprechen zu können. Den Besuch von ihrem Ex-Chef lehnte sie dennoch ab. So, in dieser Verfassung, sollte er sie niemals sehen. Er würde sie, die sich immer selbstbewusst gezeigt hatte, nicht wiedererkennen. Über einen Besuch zu einem späteren Zeitpunkt würde sie sich aber bestimmt freuen, so auch über zukünftige telefonische Kontakte. Sie flunkerte jetzt ein wenig, als sie Herrn von Horn verriet, dass sie bald Besuch von ihrer Nichte bekommen würde.

Von Horn versprach, sich in den nächsten Tagen wieder zu melden.

Dieser Anruf weckte Giselas Lebensgeister ein wenig. Endlich gab sie sich einen Ruck und suchte die Telefonnummer ihrer zehn Jahre älteren Schwester Lotte. Die wunderte sich nicht schlecht, als sich Gisela bei ihr meldete. Nur ganz nebenbei erwähnte sie etwas von ihrer derzeitigen Situation im „Immergrün". Ihr Interesse galt einzig und allein der Telefonnummer ihrer Nichte Gaby. Im Grunde war es traurig, dass ihr diese Daten nicht einmal bekannt waren.

Nachdem sie die Telefonnummer erhalten hatte, fehlte ihr nur noch der Mut, bei Gaby anzurufen. Diese Zahlen auf dem Zettelchen erschienen ihr wie eine Kostbarkeit.

Entschlossen meldete sie sich abends bei ihrer Nichte. Auch in diesem Gespräch klagte Gisela nicht über ihre Lage. Sie erzählte lediglich, dass sie jetzt im Ruhestand viel Zeit hätte und schlug ein Treffen vor.

Gaby Wohlers war sehr überrascht vom Anruf ihrer Tante. Die beiden Frauen führten ein gutes Gespräch und plauderten fast eine Stunde lang. Es war gut, dass sie sich viel zu sagen hatten.

Gisela erfuhr, dass Gabys Sohn und Schwiegertochter mit im Haus wohnten. Sie selbst habe nach dem frühen Tod ihres Mannes wieder einen lieben Partner gefunden. Beide, Sohn und Lebenspartner, seien Kollegen, sie selbst arbeitete halbtags in einer Arztpraxis.

Aus ihrem Leben gab es ja nicht so viel aus der Vergangenheit zu berichten. Gisela erzählte von ihrem Lebensinhalt, der Arbeit in der Kanzlei von

Horn. Wohlweislich erwähnte sie keine Einzelheiten aus dem „Immergrün".

Beide vereinbarten, sich bald einmal zu treffen. Der Termin blieb zunächst offen. Gisela tat gut daran, Gaby nicht zu drängen, aber ihr blieb ein gutes Gefühl nach diesem Telefonat. Gaby speicherte gleich die Telefonnummer ihrer Tante und versprach, sich bald zu melden.

In der kommenden Nacht schlief Gisela wesentlich ruhiger als sonst. Hatte sie sich ein Türchen in eine bessere Zukunft geöffnet?

Jeder Tag verging im Immergrün wie die anderen zuvor. Allerdings erkannte Gisela, dass die Ampel bereits auf gelb stand.   Achtung – sie musste aufpassen, dass sie nicht weiterhin in Depressionen verfiel. Sie selbst musste sich helfen.

Die Ehepaare mieden sie, sowie auch die anderen Einzelpersonen. Ihre Tischnachbarn gingen ihr auf den Geist, besonders der dürre Gustav Schumann.

Zumindest fragte Gisela Frau Winter nach einem guten Friseur in der Nähe und vereinbarte dort telefonisch einen Termin. Frau Winter wollte Gisela eine kurze Wegbeschreibung geben: „Ein wenig kennen Sie sich in Bassum ja schon aus: Dann fahren Sie bis zum Zentrum…" Gisela unterbrach Frau Winter mit der Frage: „Welches Zentrum meinen Sie? Ich glaube, da gibt es zwei!" Nachdem das geklärt war und der Friseur ihr eine neue Frisur verpasst hatte, sah sie im Spiegel eine gepflegte, aber unendlich traurige Gisela Koch.

Herr von Horn erkundigte sich zwischendurch mehrfach nach Giselas Befinden. Es gelang ihr, sich zusammenzureißen und leidlich gute Laune vorzuspielen.

Es brach ihr fast das Herz, wenn die anderen Gäste Besuch von ihren Familienangehörigen bekamen. Kinder und Enkelkinder brachten frischen Wind in die alte Villa. Bildete sie es sich ein, oder tuschelten die anderen schon darüber, dass Gisela keinen Besuch bekam.

In ein paar Tagen hatte sie ihren 61. Geburtstag und gerade vor diesem Tag graute ihr schon. Dann gab es für das Geburtstagskind immer eine Torte von der Hausleitung als Geschenk. Der Geburtstag war also nicht geheim zu halten, den anderen würde das nicht entgehen. Zu allem Überfluss musste sie dann auch noch den Nachmittag mit den Tischnachbarn verbringen.

Gisela war Jungfrau. Das heißt, sie war im Zeichen der Jungfrau geboren. Aber Jungfrau war sie nicht geblieben – das hätte so gar nicht zu ihrem aparten Erscheinungsbild gepasst. Schon als junges Mädchen gab es für sie genug Freunde, Verehrer und Liebhaber. Die ersten Flirts und Liebschaften waren nicht von längerer Dauer. Der erste feste Freund nistete sich bequem bei ihr ein. Er studierte noch mit 30 Jahren – ein Ende war nicht abzusehen. Dabei lebte er gut und gern von Giselas Geld. Als sie 22 Jahre alt wurde, beendete sie diese Beziehung.

Später war Werner ihr Begleiter. Lange Zeit gelang es ihm, die Existenz von seiner Frau und zwei Kindern zu verheimlichen. Also war auch Werner nicht der Mann fürs Leben.

Mit dem nächsten Freund, Walter, hätte sie sich eine gemeinsame Zukunft vorstellen können, doch der verunglückte tödlich bei einem Motorradunfall. Es dauerte sehr lange, bis sie über seinen Tod hinweg gekommen war. Danach zog sie es vor, mit der Kanzlei verheiratet zu sein.

Gisela ließ die Erinnerungen an diese Männer Revue passieren, als das Telefon klingelte. Ihr Herz hüpfte wie wild, als sie Gabys Stimme hörte. Zu ihrer Überraschung kündigte sie einen Besuch an.

„Tante Gisela, hast du nicht am 30. Geburtstag? Passt es dir, wenn ich vorbeischaue? Was wünscht du dir?"

Na und ob es Gisela passte! Erfreut sagte sie zu und konnte diesen Tag plötzlich kaum erwarten.

Wie Gaby wohl aussah? Es waren bestimmt zwanzig Jahre seit ihrer letzten Zusammenkunft vergangen.

Am 30. August rief Robert von Horn bereits morgens um neun Uhr an, um zu gratulieren. Außerdem hatte er einen großen Strauß bunter Sommerblumen liefern lassen. Frau Winter gratulierte freundlich und nahm sich ein wenig Zeit, um mit Gisela zu sprechen. Deren schlechte Verfassung war ihr natürlich nicht entgangen. Frau Winter vermutete, dass es sich um Eingewöhnungsschwierigkeiten handelte und verwies auf die Vorteile der geschmackvoll eingerichteten Wohnung in der schönen Umgebung. Gleichzeitig unterbreitete sie Gisela einen Vorschlag, über den diese recht erstaunt war. Es sollte ein neuer Prospekt für das „Immergrün" erstellt werden. Frau Winters Wunsch war es, darin ein paar Fotos von Gisela erscheinen zu lassen. Gisela Koch als strahlender Vorzeigegast. Die Angesprochene bat sich Bedenkzeit aus.

Frau Winter unterbrach die Gedanken, die Gisela spontan durch den Kopf gingen und meinte etwas zynisch: „Sie sollten dann aber etwas freundlicher dreinschauen. So wie damals, als wir uns kennenlernten."

Gisela bestand auf Bedenkzeit und das war auch gut so.

Nachdem sich Frau Winter verabschiedet hatte, fiel Gisela noch einiges dazu ein. Sollten doch die ewig gutgelaunten Ehepaare auf die Fotos. Sie selbst war doch kein Vorzeigegast, sie war ein Fremdling in dieser Anlage. Klar, mit Lydia, Ilse, Ursel, Käthe und Gustav ließ sich rein äußerlich nicht so gut werben. Doch das waren Menschen, die sich hier wohl fühlten, die das „Immergrün" als ihr neues Zuhause anerkannt hatten. Sie nicht! Noch nicht oder nie?

Die Tischnachbarn gratulierten Gisela mittags zu ihrem Geburtstag und stellten, wie üblich, neugierige Fragen. Gustav ließ sich nicht lumpen und überreichte ihr einen weiteren prächtigen

Blumenstrauß. Anscheinend hatte er die Hoffnung auf eine Beziehung noch nicht aufgegeben.

Um 15 Uhr war es endlich soweit, denn Gaby erschien pünktlich. Die Familienähnlichkeit war verblüffend. Kaum zu glauben: Da standen sich zwei Menschen gegenüber, die zwanzig Jahre lang keinerlei Kontakte gepflegt hatten und doch waren sie sich jetzt so nah. Tante und Nichte umarmten sich herzlich. Gisela konnte ihre Tränen nicht zurückhalten, dieses Mal waren es Freudentränen. Ein bisschen steckte sie Gaby an, die sich verstohlen die Augen wischte.

Als Geschenk brachte sie ein gutes Buch und etwas Diabetiker-Konfekt mit. In einem Umschlag befand sich noch eine weitere Überraschung: zwei Karten für einen Musical-Besuch in Hamburg. Zwei!! Das bedeutete: Eine für Gisela und eine für Gaby, die damit zeigte, dass sie für weitere Kontakte offen war. Noch erfuhr Gisela nichts von Gabys großer Überraschung.

Schon lange nicht war Gisela so gerührt wie an diesem Tag. Gaby nahm sich viel Zeit für ihre Tante. Als die beiden an die gedeckte Kaffeetafel gingen, hörten sie schon von weitem die Stimmen der anderen.

Ilse war am lautesten: „Von der Torte esse ich nichts. Hab ich etwa Zucker?"

Käthe beschwichtigte: „Ist doch egal. Torte ist Torte. Dann esse ich eben dein Stück."

Ursel warf ein: „Den Rest kann die eingebildete Zicke ja auch morgen essen."

Und Gustavs feines Stimmchen: „Seid endlich einmal friedlich. Sie hat doch Geburtstag. Was hat sie euch eigentlich getan?"

Gisela und Gaby versuchten, die Äußerungen einfach zu überhören und machten gute Miene zum bitterbösen Spiel. Noch ein wenig Small Talk nach dem Kaffee, dann zogen sich die beiden in den Park zurück.

Sie setzten sich auf eine Bank und Gaby begann: „Tante Gisela, sag mal ehrlich, du fühlst dich hier doch nicht wohl?! Entschuldige, aber ich kann deine Entscheidung, hier zu leben, nicht gut heißen. Bitte verzeih mir meine Offenheit."

„Gaby, hör zu. Erstens möchte ich dir vorschlagen, das „Tante" wegzulassen. Sonst fühle ich mich so unglaublich alt. Und zweitens sprichst du mir aus der Seele. Ja, ich bin hier kreuzunglücklich. Es war gewiss nicht die richtige Entscheidung. Wohl überlegt hatte ich es mir und alles so schön vorgestellt. Aber was soll ich tun? Schließlich habe ich mich für viel Geld hier eingekauft. Es ist richtig, ich hatte Angst vorm Alleinsein. Und Angst, bei einem erneuten Zuckerschock ohne Hilfe zu sein. Ach Gaby, du hast ja so recht, es war ein Irrtum. In fünfzehn oder zwanzig Jahren könnte so eine Anlage der richtige Platz für mich sein."

Endlich konnte sie das, was sie seit Wochen wusste, auch aussprechen.

„Gisela, lass dir ein wenig Zeit und halte durch. Wenn du magst, sollst du bald meine Familie kennen lernen. Ob Michael, Nadine oder auch mein Kalle - alle sind bodenständige Menschen, die mitten im Leben stehen und auf die du dich verlassen kannst. Wenn du es willst, helfen wir dir, eine ideale Lösung für dich zu finden. Es muss auch geklärt werden, ob du aus deinem Vertrag aussteigen kannst."

„Das sollte kein Problem sein. Dabei wird mich Herr von Horn bestens unterstützen. Eigentlich war es sogar seine Idee, hier her zu ziehen. Dann hat er noch etwas wieder gutzumachen."

„Vielleicht finden wir eine nette Wohngemeinschaft für dich. Was hältst du davon?" Darüber hatte Gisela noch gar nicht nachgedacht.

Tante und Nichte unterhielten sich angeregt über Vergangenheit, Gegenwart und Zukunft. Dann platzte Gaby mit einer Neuigkeit heraus, die Giselas Herz höher schlagen ließ.

„Es ist zwar noch nicht in trockenen Tüchern aber, wir planen zusammen einen Umzug nach Syke."

Dann erzählte sie von Kalles und Michaels beruflichen Veränderung: „ Die Verträge stehen kurz vor dem Abschluss und ein geeignetes Haus haben wir in Syke auch schon gefunden, ideal für zwei Familien. Auch ich habe eine Aussicht auf einen Halbtags-Arbeitsplatz bei einem Syker Internisten. Ich bin sicher, dass auch Nadine einen Job finden wird. Wir haben oft genug über diesen Schritt diskutiert und das Für und Wider erwogen, doch dann haben wir uns für den Umzug entschieden. Im alten Haus gibt es immer noch zu viele Erinnerungen an meinen verstorbenen Mann. Ich meine, dass das nicht gerade förderlich für eine neue Beziehung ist. "

Gisela frohlockte, denn Bassum und Syke lagen gerade zehn Kilometer auseinander. Wenn das kein Wink des Schicksals war?!

Es war bereits spätabends, als Gaby sich verabschiedete. Einen so aufregenden Tag hatte Gisela seit langem nicht erlebt. Vor Nervosität konnte sie kaum einschlafen. Seit Gabys Besuch gab es endlich wieder positive Gedanken für sie. Sie, die vorübergehend kein Ziel mehr vor Augen hatte, fing an, neue Pläne zu schmieden.

Am nächsten Tag kündigte Frau Winter einen neuen Mitbewohner an. Morgen würde ein weiterer Herr einziehen – Unterstützung für Herrn Schumann.

Als Gisela mittags im Speisesaal erschien, war der Neue bereits eingetroffen. Es handelte sich um einen gepflegten älteren Herrn. Gisela grinste, als sie sah, wie sich die anderen Damen für diesen Anlass herausgeputzt hatten. Lydia und Ilse hatten wohl eigens ihrem Friseur einen Besuch abgestattet – ganz außer der Reihe. Außerdem hatten sie ihren „Sonntagsstaat" angezogen. Der Neue sah ganz passabel aus, wenn er doch nur nicht die alberne Fliege zu seinem Anzug tragen würde.

„Gestatten, Clemens", stellte er sich Gisela vor, nachdem er die anderen bereits begrüßt hatte. Sie

stutze. Ihr war die Duzerei der anderen unter-
einander bekannt. Da sie ja die Hoffnung hegte,
nicht mehr lange in dieser Anlage zu wohnen, maß
sie den Verbrüderungen keinen großen Wert bei.
Nach einigem Zögern erwiderte sie: „Na gut – ich
heiße Gisela."

Jetzt war es der Neue, der herzlich lachte.
„Entschuldigen Sie bitte. Mein Name ist Otto
Clemens. Ganz so schnell wollte ich nicht
vertraulich werden." Auch Gisela amüsierte sich
über die missglückte Vorstellung.

Nach dem Essen hatte sie dank der Neugier ihrer
Tischnachbarn bereits einiges erfahren. Herr
Clemens war 75 Jahre alt und verwitwet. Sein Enkel
war es, der den Herrn Richter a.D. überredet hatte,
ins „Immergrün" zu ziehen.

Gisela freute sich schon auf interessante Gespräche
mit ihm. Allerdings beschloss sie, sich zunächst
recht zurückhaltend zu geben. Sollten sich doch erst
einmal die vier Damen von ihrer wahren Seite
zeigen. Und sie wusste genau, dass die nicht die
richtigen Gesprächspartner für den Herrn Richter
a.D. sein könnten. Sie wollte abwarten, einfach nur
abwarten.

Im „Immergrün" konnten die Bewohner
unterschiedliche Leistungen in Anspruch nehmen,
die separat berechnet wurden. So konnten die
Bewohner wählen, ob sie sich ganz oder nur
teilweise selbst versorgten, oder ob man sich zu

jeder Mahlzeit an den gedeckten Tisch setzte. Von zehn bis zwölf Uhr war ein kleiner Kiosk geöffnet, in dem das Nötigste angeboten wurde. Es war fast ein kleiner Supermarkt.

Die Bewohner konnten selbst die Reinigung ihrer Räume übernehmen, oder sie putzen lassen. Im Keller gab es einen Waschraum, in dem Waschmaschine und Trockner gegen Bezahlung zur Verfügung standen. Die andere Möglichkeit – man ließ sich die gewaschene Wäsche schrankfertig liefern.

Dann ging es um etliche unterschiedliche Stufen für die medizinische Versorgung, die noch nichts mit den Pflegestufen zu tun hatten.

Gisela nutze das Angebot, sich mittags mit einer warmen Mahlzeit versorgen zu lassen. Sie war nun mal keine Köchin und hatte auch nicht vor, es noch zu werden. Sie hatte eine zweite Dienstleistung gebucht: Die Nachtschwester, sonst auf der Pflegestation eingesetzt, überzeugte sich gegen 21 Uhr von Giselas Befinden. Es war eine reine Vorsichtsmassnahme wegen des erlebten Zuckerschocks, denn auf den wollte sie aus Angst vor einer Wiederholung nur zu gerne verzichten. Alles andere erledigte Gisela allein, denn irgendwie musste der Tag ja auch vergehen.

Seit ihrem Aufenthalt in der Anlage hatte sie bereits drei verschiedene Nachtschwestern kennengelernt. Zum Glück hatten die bislang keine Arbeit mit Gisela gehabt. Zwei von ihnen waren immer besonders nett und höflich. Wenn es ihre Zeit zuließ, fand sogar eine kleine Unterhaltung statt. Die dritte, Schwester Elke, war stets kurz angebunden. Sie war ein eigenartiger, ewig mürrischer Mensch. Schwester Elke war ein Typ, der einem anderen Menschen nicht in die Augen schauen konnte. Es war, als sähe sie durch einen hindurch oder aber ihre Augen schauten an einem vorbei. Den Gesichtsausdruck von Schwester Elke verglich Gisela vorsichtig mit dem von Drogenabhängigen. Sie war froh, wenn sich die Unterhaltung mit Schwester Elke wie üblich darauf beschränkte: „Na, alles in Ordnung?"

Und als Antwort: „Ja, danke."

Gisela dachte häufig darüber nach, wie viel Zuwendung Schwester Elke wohl den Pflegebedürftigen geben würde.

Regelmäßig meldeten sich Herr von Horn und Gaby telefonisch bei Gisela. Sie schätze die Anrufe sehr, denn dadurch wusste sie, dass sie nicht mit ihren Sorgen allein war.

Mit Herrn Clemens konnte sie bereits einige interessante Gespräche führen. Ein paar Mal waren sie schon im Park spazieren gegangen. Das war eine ganz andere Art von Konversation mit ihm, vermutlich bedingt durch die artverwandten Berufe. Auch er hatte sich das Leben im „Immergrün" anders vorgestellt. Er litt aber nicht so sehr wie Gisela. Das erklärte möglicherweise der Altersunterschied. Dieser Mann mit seiner Einstellung war durchaus ernst zu nehmen.

Mit dem Gedanken an eine Wohngemeinschaft hatte Gaby ihr einen Floh ins Ohr gesetzt. Herrn Clemens könnte sie sich als Kandidaten vorstellen. Es war aber noch viel zu früh, um ihn darauf anzusprechen. Mit ihm wäre eine freundschaftliche Verbindung denkbar. Wenn er doch bloß nicht immer diese alberne Fliege tragen würde, doch das waren nur Äußerlichkeiten.

Beim nächsten Anruf von Gaby hielt diese wieder eine Überraschung für Gisela bereit. „Übermorgen habe ich einen ganzen Tag frei. Und ich habe nichts Besonderes vor. Hast du Lust, mit mir shoppen zu gehen? Du hast mir so viel von deinen Kostümen und Hosenanzügen erzählt. Ich weiß, dass du topp damit aussiehst, aber diese Kleidung erinnert dich doch täglich an deinen früheren Arbeitsalltag und ich glaube, dass das nicht gut ist. Was hältst du davon, wenn wir ein paar schicke Pullover und Jeans aussuchen. Solche Kleidung ist doch viel bequemer für dich."

Gisela war selbst noch gar nicht auf diese Idee gekommen. Gern sagte sie zu und freute sich auf dieses Treffen. Jeans! Wie lange hatte sie keine Jeans mehr getragen.

Den Vorschlag, nach Hamburg zu fahren und die Mönckebergstraße unsicher zu machen, nahm Gisela gern an.

Sie vereinbarten, dass Gisela gleich morgens um neun Uhr startete. Gabys Schaden sollte das nicht sein, das nahm Gisela sich fest vor. Ein bisschen graulte Gisela sich vor der Autofahrt, aber schließlich siegte das Gefühl: Jetzt oder nie!

Pünktlich trafen beide Damen freudestrahlend am vereinbarten Treffpunkt ein. Zunächst genehmigten sie sich einen Kaffee und dann ging der Einkaufsbummel los. Dabei kam es nicht einmal dazu, denn gleich im ersten Geschäft wurden sie fündig. Die fliederfarbenen Oberteile, kombiniert mit weiß aus der neuen Herbstkollektion, standen Gisela besonders gut. Das Modediktat schrieb auch nougatbraun, kombiniert mit schwarz, vor. Das stand Gisela nicht so gut zu ihrem grau-blonden Haar. Diese Farben passten viel besser zu Gaby mit ihrem brünetten Haar.

Mit schweren Taschen bepackt verließen sie das Geschäft. Die Boutiqueinhaberin erreichte ihr Tagessoll dank Gisela und Gaby an diesem Tag locker in zwei Stunden.

Klassische Pullover und Twinsets, aber auch modische Teile hatte Gisela erstanden, dazu entsprechende Accessoires und für Jeans in unterschiedlichen Farben hatte sie sich ebenfalls entschieden.

Auch Gaby hielt eine gut gefüllte Tasche in der Hand. Gisela zeigte sich spendabel und bedankte sich auf diese Weise bei ihrer Nichte. Dabei hatte die gar nicht mit einer Gegenleistung gerechnet. Was Gaby tat, das tat sie gern oder gar nicht.

Jemanden beschenken zu können war auch ein gutes, lange nicht gekanntes Gefühl für Gisela.

Jetzt fehlten nur noch die passenden Schuhe zum neuen Outfit. Gisela war zwar gewohnt, in hochhackigen Schuhen zu laufen, aber weshalb sollte sie sich nicht auch in dieser Hinsicht ein Stück Bequemlichkeit leisten. An eine Umstellung auf flache sportliche Schuhe würde sie sich bestimmt schnell gewöhnen.

Die beiden verstauten den Einkauf in ihren Autos und entschlossen sich kurzerhand, bei diesem schönen Wetter gemeinsam eine Alsterfahrt zu unternehmen. Wieder genossen sie ihr Beisammensein und bedauerten, dass sie sich so lange aus den Augen verloren hatten.

Ein gutes Abendessen beschloss den außergewöhnlichen Tag.

Wieder im „Immergrün" stellte Gisela fest, dass es kaum möglich war, die neuen Kleidungsstücke im Schrank unterzubringen. Er war zu klein. Ob sie Gaby beim nächsten Wiedersehen den einen oder anderen Hosenanzug anbieten sollte? Schließlich trugen sie dieselbe Größe. Den schwarzen mit dem Nadelstreifen vielleicht? Oder den dunkelblauen mit dem Stehkragen? Die waren viel zu schade, um sie hier zu tragen.

Am nächsten Tag erschien Gisela äußerlich total verändert am Tisch. Die anderen Damen gaben entsprechende Kommentare ab, aber Gisela wusste, dass sie vor Neid platzten. Gustav wollte einen anerkennenden Pfiff starten, doch das gelang ihm wegen seiner locker sitzenden Prothese nicht. Otto Clemens meinte ehrlich: „Sie können anziehen, was Sie wollen, Sie sehen immer tadellos aus. Tadellos!", wiederholte er.

Herrn Clemens zog es nach Bremen, denn dort bewohnte er bis zu seinem Auszug ein prachtvolles Haus in Oberneuland. Er hatte es nicht veräußert, es war nach wie vor in seinem Besitz. Nach dem Tod seiner Frau mochte er nicht mehr darin wohnen. Es war viel zu groß für ihn und es waren zu viele Erinnerungen an eine lange glückliche Ehe damit verbunden.

Sein Enkel Jens brauchte nicht viel Über-redungskunst aufzubringen, ihm das Haus mietfrei zu überlassen. „Dann bleibt es doch in deiner Hand. Ich passe schon darauf auf", hatte er gemeint.

Der Jens war schon immer ein Luftikus gewesen. Er studierte ein paar Semester Medizin, jobbte mal hier, mal da, brachte aber nichts zu Ende. Im Grunde stand er ohne Ausbildung da. Otto Clemens wusste gar nicht so recht, auf welche Weise Jens seinen Lebensunterhalt bestritt. Aber er vertraute darauf, dass der Enkel auf redliche Weise durchs Leben ging, so wie seine Eltern und er selbst.

Irgendwie verspürte Clemens das dringende Bedürfnis, seine Heimat wiederzusehen. Ihn beschlich ein so eigenartiges Gefühl. Da seine Sehkraft nicht mehr die beste war, hatte er Bedenken, selbst mit seinem Wagen nach Bremen zu fahren. Es fiel ihm sichtbar schwer, Gisela um Begleitung zu bitten.

Für Gisela war es eine willkommene Abwechslung. Weshalb sollte sie dem netten Herrn Richter nicht den Gefallen tun? Sie würden sich auf der Fahrt blendend unterhalten, denn Herr Clemens verfügte über eine besondere Art hintergründigen Humors.

Am kommenden Freitag sollte die Fahrt losgehen. Herr Clemens war schon sehr aufgeregt. Seltsam, er war doch erst drei Wochen lang im „Immergrün".

Das Navigationsgerät lotste Gisela sicher nach Bremen-Oberneuland. Unterwegs erwähnte Clemens so ganz nebenbei, dass es sich bei seinem Haus um eine freistehende schneeweiße Villa handelte.

„Ob der Rasen wohl gemäht ist? Und ob Jens die Blumen gegossen hat?", interessierte Otto Clemens sich.

Gisela parkte den Wagen auf der gegenüberliegenden Straßenseite. Ihre spontanen Gedanken behielt sie lieber für sich: „Das ist das ideale Haus für eine Wohngemeinschaft!" Über diese Idee, die im Grunde von Gaby stammte, hatte sie noch nicht mit Herrn Clemens gesprochen. Sie wollte ihn erst noch besser kennen lernen.

Als er das Haus sah, war er sichtlich irritiert. Im Vorgarten, gleich hinter dem schmiedeeisernen Gitterzaun, war so etwas wie eine Leuchtreklame aufgestellt worden. Auf schlichtrosa Grund erschienen lediglich die schwarzen Ziffern 26, die Hausnummer. Darunter, etwas dezenter, aber dennoch gut lesbar eine Internetadresse: www.garten-eden.de. Das Schild war schon von weither sichtbar.

Hinter den acht Fenstern zur Straßenfront gab es keine Gardinen mehr. Hinter jeder Scheibe stand jetzt eine kitschige Messinglampe mit Troddeln unter dem rosa Schirm.

Erbost schrie Clemens: „Was ist denn das? Das sieht doch aus wie ein Bordell! Wie ein Bordell, finden Sie nicht auch?"

Er schien außer sich zu sein. Das schmiedeeiserne Tor war verschlossen; sein Schlüssel passte nicht mehr. So blieb ihm nichts anderes übrig, als zu klingeln. Erst nach seinem dritten Versuch öffnete eine sehr junge, dürftig bekleidete Frau. Offensichtlich hatte das Klingeln ihren Schlaf unterbrochen. Noch ehe sie die oberste Stufe der breiten steinernen Treppe erreichte, stürmten zwei Bullterrier an ihr vorbei ins Freie. Bellend und zähnefletschend rannten sie vor dem Gitterzaun hin und her.

Vielleicht waren sie sehr irritiert, weil der Mann auf der anderen Seite des Zaunes so roch, wie vieles andere im Haus.

„Jens Clemens, wo ist Jens Clemens?", rief der Richter nach seinem Enkel.

Es hatte den Anschein, als wäre das junge Mädchen der deutschen Sprache nicht mächtig. Sie verstand aber doch.

„Jens in Polen, du verstehn? Warschau und dann Prag!"

Ihrer Handbewegung konnte man entnehmen, dass er mit dem Flugzeug unterwegs war.

„Pluto, Merkur! Zurück!"

Die Hunde gehorchten nicht und machten wegen ihres Gebells jeden weiteren Versuch eines Gesprächs unmöglich.

Otto Clemens war entsetzt und verstand die Welt nicht mehr.

„Pluto, Merkur! Kommen hier!", hörten sie die Fremde wieder. „Ich jez gehen, Jens nix da! Pluto! Merkur!"

Ganz stumm betrachtete Gisela das Geschehen, notierte aber schnell noch die Internet-Adresse. Ihr Bestreben war es, Clemens so schnell wie möglich in den Wagen zu verfrachten und diesen Ort zu verlassen.

Der war puterrot im Gesicht. Gisela zog ihn am Ärmel und forderte ihn zum Einsteigen auf.

„Kommen Sie. Wir fahren nur ein kleines Stückchen weiter. Sie müssen sich setzen – bitte!"

Wie eine ferngesteuerte Maschine setzte er sich in den Wagen.

„Oh, wie peinlich ist mir das. Dass ich das noch erleben muss. Gut, dass seine Großmutter das nicht mehr mit ansehen muss. Und seine Eltern sind in Spanien."

Gisela versuchte, beruhigend auf ihn einzuwirken: „Ich bitte Sie, das muss Ihnen doch nicht peinlich sein. Das ist doch nicht Ihr Werk. Das muss Ihr Enkel von langer Hand geplant haben, als Sie noch im Haus wohnten. Aber Sie haben Recht, es sieht in der Tat wie ein Bordell aus."

„Ob er wirklich unterwegs ist, um neue Mädchen zu ködern? Das ist ein Skandal. Dass mir so etwas passieren muss. Und ich Esel hatte ein ungutes Gefühl, deshalb wollte ich hierher."

„Herr Clemens, es sieht so aus, als hätten Sie eine falsche Entscheidung getroffen. So wie ich auch."

Eine gute Weile blieben sie noch im Wagen sitzen, bevor sie weiterfuhren.

Herr Clemens war unendlich enttäuscht und fassungslos. Geduldig hörte Gisela ihm zu und erfuhr, dass seine Frau kurz vor der Goldenen Hochzeit gestorben war. Früher hätten auch sein Sohn, dessen Frau und sein einziger Enkel Jens mit im Haus gewohnt. Es war eine intakte, angesehene Familie. Vor ein paar Jahren seien sein Sohn und seine Schwiegertochter aus beruflichen Gründen nach Spanien gezogen.

Jens bewohnte seit seinem zwanzigsten Lebensjahr sein eigenes Reich, ebenfalls in Bremen. Wenn er früher seine Großeltern besuchte, zeigte sich der Enkel von seiner besten Seite und freute sich jedes

Mal über die paar Scheinchen, welche die Großeltern ihm zusteckten.

Nach dem Tod seiner Frau hatte Clemens eingesehen, dass es besser war, nicht allein in dem großen Haus zu bleiben. Er war seinem Enkel sogar noch dankbar für die Beratung und später für seine Unterstützung beim Umzug gewesen. Etwa sechs Wochen lang hatten sie versucht, eine neue Bleibe für Clemens zu finden. Jetzt war ihm auch klar, weshalb Jens damals plötzlich so drängte und sich ungeduldig zeigte. Und er selbst hatte sich so gefreut, dass Jens das Haus bewohnen wollte.

Was dachten bloß die Nachbarn? Jetzt mochte er ihnen nicht unter die Augen treten, dafür brauchte er erst Zeit für sich, um diese Neuigkeiten zu verarbeiten.

Verständlich, dass er recht konfus wirkte. Er über-legte, was als nächstes zu tun sei und wollte seinen Sohn informieren. Was der wohl dazu sagte? Ihm war zwar Jens' Handynummer bekannt, aber weshalb sollte er ihn jetzt anrufen, wenn er sich tatsächlich im Ausland befand?

Nein, er musste zunächst einen kühlen Kopf bewahren. Gisela hörte ihm geduldig zu, und das allein tat ihm gut. Sie starteten die Rückfahrt und wollten unterwegs noch einmal einkehren, denn es war an der Zeit, etwas zu essen. Ein nettes Lokal war schnell gefunden.

Otto Clemens trocknete verstohlen ein paar Tränen, die über sein welkes Gesicht rannen. Er lockerte seine Fliege, die ihn auch an diesem Tag begleitete. Es schien, als müsse er sich Luft verschaffen.

Das bestellte Essen verschmähte er. Für die zuckerkranke Gisela war es an der Zeit, Nahrung zu sich zu nehmen.

Wie froh war Otto Clemens, in Gisela einen Menschen gefunden zu haben, dem er vertrauen konnte. Wem sonst hätte er das Unglaubliche erzählen sollen?

Es lag auf der Hand, dass die beiden jetzt häufiger miteinander redeten, abseits von den anderen. Dafür zeigten die übrigen Bewohner natürlich kein Verständnis. Vermutlich reagierten sie eifersüchtig und tuschelten heimlich über das Liebespaar, wie sie sich ausdrückten.

Davon war für die Betroffenen natürlich keine Rede. Sie waren Zwei, die wussten, dass sie sich aufeinander verlassen konnten und die sich gegenseitig achteten und vertrauten. Eine rein freundschaftliche Beziehung war es, welche die beiden verband.

Gemeinsam überlegten sie, auf welchem Weg sie Jens erreichen könnten. Per Handy, SMS oder E-Mail Verbindung aufzunehmen, diesen Gedanken verwarfen sie. Ihn zu überlisten, schien da besser zu sein. Jens sollte zunächst nicht wissen, dass Clemens sein verändertes Haus gesehen hatte. Es bestand die Gefahr, sich bei einem Telefonat zu versprechen oder auch aus Enttäuschung aus der Haut zu fahren.

Kommunikation per SMS – Clemens war in seinem Alter nicht damit vertraut. Gisela wäre ihm dabei zwar behilflich gewesen, dennoch verzichteten sie auf diese Möglichkeit. Kontakt per Internet schied ebenfalls aus, denn dann hätte Jens gewusst, dass Clemens vor seinem Haus gestanden hatte.

Die beste Lösung, so entschieden sie, Clemens würde ihm einen kurzen Brief schicken. Etwa so: „Lieber Jens, bitte besuche mich. Es geht mir nicht gut."

Solange er sich nicht meldete, wollten sie ihm alle zwei Tage eine weitere Nachricht zukommen lassen. Von Brief zu Brief wollten sie eine schärfere Wortwahl nehmen.

„Jens, weshalb meldest du dich nicht? Mir geht es schlecht."

Und dann:

„Jens, ich muss dich sehen. Melde dich sofort. Es geht mir sehr schlecht."

Da er nicht reagierte, wurden die drei Briefe nach und nach verschickt.

Gisela hätte im Traum nicht gedacht, dass ihr Leben noch einmal so bunt sein würde. Herr von Horn kündigte seinen Besuch an. Seine Frau und er beabsichtigten, ein paar Wochen in Deutschland zu bleiben, denn es gab private Verpflichtungen.

Weil Herr von Horn Giselas schlechte Verfassung nach dem ersten Telefonat nicht vergessen konnte, ließ er es sich nicht nehmen, sie umgehend zu besuchen.

Auch in seinen Augen hatte sich Gisela äußerlich total verändert. So flott hatte er sie zuvor noch nie gesehen.

„Oh, meine schöne Gisela – Ma belle Giselle! Das steht Ihnen aber gut! Sie sehen in den Jeans und dem schicken Pullover richtig sportlich aus. Ja, sportlich und schick!" Natürlich freute sie sich sehr über dieses Kompliment.

Dank ihres jahrelangen Vertrauensverhältnisses erzählte sie ihm alles, was ihr auf der Seele lag. Das Positive zuerst: die Verbindung mit ihrer Nichte Gaby. Strahlend berichtete sie ihm von den Begegnungen und den telefonischen Kontakten.

Dann schilderte sie ihm das trostlose Leben im „Immergrün", auch von den Frauen am Tisch, die sie mieden und verachteten. Weiter erzählte sie von Gabys Idee über eine Wohngemeinschaft für ältere Singles. Davon war Herr von Horn sehr angetan.

„Sie könnten den Schreibkram, die Verwaltung der Finanzen und Fahrdienste übernehmen. Dann fehlt Ihnen noch jemand für die Küche, eine Krankenschwester und jemand, der handwerklich geschickt ist", erkannte er richtig. Gisela stellte gleich die Verbindung zu Herrn Clemens und dessen Haus her, das so ideal für eine Senioren-WG geeignet schien. „Henning Scherf, unser verehrter früherer Bürgermeister, könnte uns ein Vorbild sein, denn der lebt schon ein paar Jahre lang in einer

Senioren-WG", erinnerte sich Gisela. Im Vertrauen erzählte sie ihrem früheren Chef auch, was Herrn Clemens widerfahren war.

„Clemens, den kenn ich doch. Habe häufig mit ihm zu tun gehabt. Der verstand sein Fach. Das tut mir sehr leid."

„Ich muss aber ganz einfühlsam vorgehen. Er wird die rechtliche Angelegenheit schon allein regeln, dazu braucht er unsere Hilfe nicht. Über die menschliche Enttäuschung hinwegzukommen, ist bestimmt viel schwerer. Wenn ich zum falschen Zeitpunkt meinen Vorschlag unterbreite, könnte er annehmen, dass die Nächste versucht, ihm sein Haus abspenstig zu machen."

Sehr bewegt war von Horn von allem, was Gisela ihm berichtete.

„Halten Sie noch durch, meine Liebe. Das mit der WG hört sich wirklich nach einer Ideallösung an. Wenn Sie Hilfe brauchen, um hier aus den Verträgen auszusteigen, wissen Sie, dass Sie auf mich zählen können."

Nachdem Herr von Horn sich verabschiedet hatte, konnte Gisela wieder einen Pluspunkt auf ihrem imaginären Konto „sorglose, bessere Zukunft" verbuchen. Der Groll, den sie in den ersten Tagen im „Immergrün" gegen ihren Ex-Chef hegte, war verschwunden. Auch die Schwärmereien für von Horn waren Schnee von gestern. Sie sah ihn jetzt mit ganz anderen Augen, nämlich als guten vertrauten Freund.

Ein Termin jagte den nächsten. Gisela verordnete sich einen Friseurbesuch. Außerdem musste der Arzt die Zuckerwerte kontrollieren. Sie benötigte ihr Insulin, welches sie sich täglich spritzte.

Gaby rief an, um sie nach Neu Wulmsdorf einzuladen. Endlich sollte sie Gabys Familie kennen lernen. Vielleicht gab es auch schon Neues zu Gabys Umzug in die Syker Gegend. Auf den Besuch freute sie sich besonders und überlegte, was sie als Geschenk mitbringen könnte. Dank Internet war es ihr möglich, noch rechtzeitig einen Gutschein für einen Restaurantbesuch zu erhalten. Ein Essen für fünf Personen für 150 Euro, das sollte doch eine schöne Überraschung sein.

Immer wieder leistete sie Herrn Clemens seelischen Beistand. Sein Sohn und dessen Frau waren beruflich immer noch unabkömmlich. Auch ihnen war es nicht möglich, etwas auszurichten, solange Jens unerreichbar war.

Am kommenden Sonntag, als Gisela nach Neu Wulmsdorf fuhr, lud das Wetter zu einer Grillparty ein. Eine Party für fünf – der Gutschein konnte später eingelöst werden.

Gisela freute sich, endlich Gabys Sohn Michael zu treffen, den sie zuletzt als Kleinkind gesehen hatte. Ein stattlicher junger Mann war aus ihm geworden, gutaussehend und redegewandt. Er war eben Mutters Sohn. Seine Nadine passte gut zu ihm. Dann stellte

Gaby ihren Schatz vor – Karl-Heinz Korn. Na, das war ein smarter Typ, der Gisela früher auch gefallen hätte. Doch erstens war er um einiges jünger als sie, und zweitens war er ja in Gabys guten Händen. Liebevoll nannte Gaby ihn Kalle. Vor zwei Jahren hatte Amors Pfeil sie getroffen.

Beide, Kalle und Michael, arbeiteten als Ermittler in einer Detektei. Im Laufe des Tages hatten sie einiges aus ihrem Berufsleben preisgegeben, ohne dabei die Namen der Betroffenen zu nennen.

Alle nahmen Gisela herzlich in ihrer Runde auf. Die Umgebung war ihr zwar nicht vertraut, aber es war, als würde sie diese Menschen schon ewig kennen. Es war schon sehr spät geworden, als Gisela aufbrach. Wieder ging für sie ein wunderschöner Tag viel zu schnell vorüber. Auf der Rückfahrt machte sie sich bewusst, wie reich ihr Leben durch Gaby und deren Familie, aber auch durch Herrn Clemens, geworden war.

Als sie gegen 22 Uhr das „Immergrün" erreichte, fuhr gerade ein Leichenwagen vom Gelände. Schwester Elke stand, mürrisch wie immer, auf den Stufen und maulte: „Da sind Sie ja endlich. Haben Sie sich eigentlich abgemeldet? Meinen Sie, ich hätte nichts Besseres zu tun, als Sie zu suchen? Reicht mir schon, wenn ich mich nachts mit den Toten herumplagen muss!"

Gisela blieb das, was sie am liebsten gesagt hätte, im Halse stecken. Musste sie sich jetzt rechtfertigen? Diese Frau hatte ihren Job verfehlt. Und wie sie wieder aussah! Ihren Äußerungen konnte man nie Herzlichkeit oder Verständnis entnehmen.

Hoffentlich war mit Otto Clemens alles in Ordnung. Seine und ihre Wohnung lagen nebeneinander, ebenso die Terrassen. Gisela trat noch einmal ins Freie, zwängte sich durch die Hecke und schielte durch sein Fenster. Der Raum war hell erleuchtet, doch von ihm war keine Spur zu entdecken. Sollte ihm etwas passiert sein? Ob ein Anruf bei ihm Aufschluss geben würde? Sie könnte auch Schwester Elke fragen. Gisela machte sich große Sorgen um ihren Nachbarn, von dem sie wusste, dass ihm sein Herz zu schaffen machte. Während sie noch grübelte, was am besten zu tun sei, öffnete sich eine Innentür und Clemens erschien auf der Bildfläche – mit Fliege, wie an jedem Tag.

Gottlob, er weilte noch unter den Lebenden. Gisela war sehr erleichtert, als sie ihren neuen Freund wohlbehalten wiedersah.

Aber das mit der Fliege, heute in orange, musste sie ihm noch abgewöhnen. Darauf wollte sie ihn bald einmal ansprechen. Schmunzelnd dachte sie: „Ob er die wenigstens nachts abbindet?"

Von Jens gab es immer noch kein Lebenszeichen. Die beiden Verbündeten beschlossen, am Samstag noch einmal nach Bremen zu fahren. Doch an diesem Tag regnete es in Strömen. Kurzerhand verschoben sie ihre Fahrt auf den nächsten Tag, für den besseres Wetter vorausgesagt war.

Der Sonntag war Wahltag in Niedersachsen. Am Samstagmittag erschien Frau Winter im Speisesaal und trat an den Tisch der Einzelbewohner. Laut und vernehmlich verkündete sie:

„Liebe Gäste!"

Das sagte sie jedes Mal, wenn sie die Bewohner ansprach. Dummes Zeug – das waren doch nicht Frau Winters Gäste. Die „Gäste" bezahlten kräftig für jedes und alles.

„Liebe Gäste, morgen ist Landtagswahl in Niedersachsen. Sie wissen ja: Wahlrecht ist Wahlpflicht. Die Wahlbenachrichtigungskarten habe ich extra nicht verteilt. Wir werden gemeinsam zur Wahl fahren. Dann kann ich Ihnen genau erklären, wie Sie wählen sollen."

Clemens schaute Gisela stumm an und zog die buschigen Brauen hoch. Beide dachten wohl das Gleiche. Stand da nicht auch ein Herr Winter auf der Liste? Den hatten sie doch schon seit ein paar Wochen von den Wahlplakaten lächeln sehen. Ein Verwandter oder gar der Ehemann von Frau Winter? Dann fuhr sie fort:

„Wir werden um elf Uhr pünktlich starten. In meinem Wagen fahren Herr Schumann, Frau Weniger und Frau Tiedemann mit. Frau Koch nimmt dann Frau Baumann, Frau Knauer und Herrn Clemens mit. Haben sie das alle verstanden?"

„Nein", riefen Otto Clemens und Gisela zugleich.

Er fügte hinzu:

„Verstanden, ja natürlich. Aber ich habe morgen etwas anderes vor. Ich bestehe darauf, dass Sie mir meine Wahlbenachrichtigungskarte aushändigen. Nicht nur mir – allen. Wie kommen Sie dazu, uns die Post vorzuenthalten? Geschieht das auch mit anderen Briefen? Also – klare Aussage, ich fahre nicht mit."

„Dito", fügte Gisela knapp hinzu.

Das warf Frau Winters Pläne gänzlich durcheinander. In ihren Augen funkelte es finster. War das etwa eine Meuterei? Die Alten hatten zu gehorchen. Die Frage wegen der Post beantwortete sie vorsichtshalber gar nicht erst.

Die Leiterin des „Immergrün" versuchte, die Fassung zu behalten und entgegnete schnippisch: „Dann fahre ich eben zweimal."

Man merkte ihr an, dass das wohl noch ein Nachspiel haben würde. Schließlich hatten sich die Bewohner an ihre Regeln zu halten.

Am Wahlsonntag machten Gisela und Clemens „ihr Ding". Zuerst gingen sie zur Wahl und gaben ohne Beeinflussung ihre Stimmen ab und fuhren danach in Richtung Bremen.

An Clemens' Haus waren keine weiteren Veränderungen zu erkennen. Jens roter Sportwagen war auch nicht auszumachen. „Es ist irgendein Japaner. Ein Toyota oder ein Mitsubishi vielleicht."

Genau wusste Clemens es nicht.

Erneut zu klingeln gab wenig Sinn. Die Wahrscheinlichkeit war zu groß, dass Jens etwas von den Stippvisiten seines Großvaters erfuhr.

Schon gleich nach dem ersten Besuch in Bremen hatte Gisela im Internet recherchiert. Ihre Vermutung war richtig, es handelte sich um einen „Edel-Puff". In Kürze sollte hier angeboten werden, was das Herz oder besser der Körper begehrte.

Unverrichteter Dinge fuhren sie wieder los und wählten auf Clemens' Wunsch hin den Rückweg auf der B 6 nach Syke. Hier hatte er die ersten 17 Jahre seines Lebens verbracht und zeigte jetzt großes Interesse an den Veränderungen in den letzten Jahrzehnten. Sie fanden das gemütliche Erzähl-Café, die „Alte Posthalterei" und verplauderten die Zeit. Davon hatten sie ja reichlich. Clemens ließ sich ein Stück von der leckeren Torte gut schmecken und sogar Gisela entschloss sich zu einer solchen Essenssünde.

Clemens hatte sich vorgenommen, Jens beim nächsten Kontakt die Pistole auf die Brust zu setzen. Umgehend sollte er sein Haus verlassen und den Urzustand wiederherstellen. Es gab keinerlei Verträge oder gar Schenkungsurkunden, die Jens berechtigten, das Haus weiter zu nutzen. So würde es ein Leichtes sein, ihn aus dem Haus zu verbannen. Das Zweierteam Koch/Clemens stellte sich vor, wie es aussehen mochte, wenn Jens die Villa verließ – im Schlepptau sein Gefolge: Junge, Reife, Dürre, Mollige oder Mollige plus, Weibliche und

Männliche – so wie es im Internet angeboten wurde.
Nicht zu vergessen Merkur und Pluto. Wer wohl
wen jagen würde?

Klar, dass diese fiese unerledigte Angelegenheit
Hauptthema war. Lange noch unterhielten sich die
beiden über Gott und die Welt und wunderten sich,
wie oft sie einer Meinung waren. Natürlich sprachen
sie auch ausgiebig über das Leben und Treiben im
„Immergrün". War jetzt der richtige Zeitpunkt
gekommen, um Clemens wegen der Senioren-WG
anzusprechen? Gisela verwarf diesen Gedanken
erneut. Erst musste die Sache mit Jens bereinigt sein.
Leider war Gisela der Straßenname entfallen und so
war es nicht möglich, sich interessenhalber das neue
Domizil der Neu Wulmsdorfer anzusehen. Sie trafen
auf drei Siedlungsgebiete mit engen Straßen und
Stichstraßen, in denen man glaubte, sich leicht zu
verirren. Hoffentlich hatten sie nicht ein solches
Haus gekauft, bei denen der Nachbar ohne Mühe
erkennen konnte, was die Abendbrottafel bot.

Nachdem sie ihr ungeliebtes Zuhause wieder
erreicht hatten, öffnete Gisela ihre Wohnungstür und
trat fast auf einen weißen Umschlag, den jemand
unter ihrer Tür hindurch geschoben haben musste.

„Na, vielleicht ist das ja meine Kündigung",
schmunzelte sie vor sich hin und öffnete den
Umschlag. Sie traute ihren Augen nicht als sie las:
„Verehrte, liebste Frau Koch,

jeden Tag geht mir das Herz auf, wenn ich Sie sehe. Ich habe mich unsagbar in Sie verliebt und möchte mich mit Ihnen treffen, damit ich Ihnen meine Liebe zeigen kann.

Sie strahlen eine unsagbare Anziehungskraft auf mich aus. Bitte erfüllen Sie mir meinen sehnlichsten Wunsch und finden Sie sich um 21.30 Uhr unter der großen Kastanie ein. Ich werde Sie glücklich machen.

Ihr großer, geheimnisvoller Verehrer."

Gisela schien sprachlos zu sein. Wer um alles in der Welt sollte ihr diese Zeilen zukommen lassen? Clemens schied aus, mit ihm hatte sie den Tag verbracht. Der hätte auch keinen Anlass gehabt, ihr einen so albernen Liebesbrief zu schreiben. Gustav Schumann kam auch nicht in Frage, obwohl der sie in den ersten Tagen und Wochen auf so plumpe Art vergöttert hatte. Seine Schrift kannte sie. Neulich schrieb er eine Geburtstagskarte für Frau Winter, die alle anderen unterzeichneten. Dabei war ihr seine saubere Handschrift aufgefallen. Seine Buchstaben richteten sich alle nach links. Die hier in diesem Brief nicht. Aber wer konnte es sonst sein? Einer der Ehemänner vom anderen Tisch? Aber welcher?

Es könnte ganz einfach sein, den Schreiber ausfindig zu machen. Sie brauchte nur um 21.30 Uhr zur großen Kastanie zu gehen. Doch das würde ihr im Traum nicht einfallen, obwohl sie nur allzu gern ihre Neugier befriedigt hätte.

Es war kurz vor 21 Uhr. Welche Nachtschwester wohl Dienst hatte? Niemals würde sie Schwester Elke ins Vertrauen ziehen. Den beiden anderen würde sie ihr abartiges Geheimnis anvertrauen, wenn doch bloß eine von ihnen anwesend wäre. Sollte sie Clemens anrufen? Nein, ihm konnte sie auch am nächsten Tag davon berichten.

Es klopfte an der Tür und ausgerechnet Schwester Elke steckte schlecht gelaunt den Kopf durch die Tür.

„Na, alles in Ordnung?"

„Danke, ja."

Es war noch nicht zu spät, um bei Gaby anzurufen. Gisela war erleichtert, als sich ihre Nichte meldete und schüttete ihr Herz aus.

Gaby riet ihr: „Am besten solltest du den Brief zerreißen und den Inhalt ganz schnell vergessen. Ich fürchte aber, dass es weitere geben wird. Wer weiß, wann und wo der dich beobachtet. Vielleicht sogar von deiner Terrasse aus. Oder er sitzt irgendwo mit dem Fernglas. Nicht, dass du mir noch zum Stalking-Opfer wirst."

Auf diese Idee war Gisela noch gar nicht gekommen. Gaby hatte Recht, das könnte durchaus möglich sein. Bei diesem Gedanken wurde ihr ziemlich unbehaglich.

„Warte ab, Gisela. Falls du weitere Briefe erhältst, gib uns unbedingt Bescheid. Dann werde ich als Gisela zur Kastanie gehen, und Kalle wird aufpassen. Sag, hast du endlich mit dem Richter über die Senioren-WG gesprochen?"

Gisela verneinte und erklärte, aus welchem Grund ihr der Zeitpunkt noch ungeeignet schien. Sie unterhielten sich noch lange – erst kurz vor 22 Uhr beendeten sie das Gespräch. Wilde Träume begleiteten Gisela in der folgenden Nacht.

Morgens klopfte sie an Clemens' Tür und zeigte ihm den Brief mit dem seltsamen Inhalt.

„Ich weiß schon, dass Sie durchaus einem Mann den Kopf verdrehen können, doch mir ist klar, dass Sie das zurzeit gar nicht wollen. Will sagen, im Augenblick legen Sie es nicht darauf an, jemandem zu gefallen. Am besten warten wir ab, ob es weitere Liebeserklärungen gibt. Wenn ja, lassen Sie es mich sofort wissen. Es ist gut, dass Sie auch ihre Nichte informiert haben."

Als sie mittags zum Essen ging, hörte sie die Unterhaltung zwischen Ilse Knauer, Ursel Tiedemann und Gustav Schumann. Besonders Ilses durchdringende Stimme war nicht zu überhören:

„Am helllichten Tag ist sie in sein Zimmer gegangen. Dass sie sich nicht schämt, dieses Flittchen. Die hocken doch sowieso ständig zusammen."

Und Gustav:

„Ja, aber wenn sie uns fahren soll, dann tut sie es nicht. Einmal nur! Nur ein einziges Mal! Ist wohl zu fein, die Dame."

Gustav hatte sie also auch nicht mehr auf ihrer Seite.

Und Ursel:

„Sie muss weg, sie passt nicht zu uns. Wenn sie weg ist, hat der Clemens auch mehr Interesse an uns. Vielleicht klopfe ich auch mal an seine Tür."

Gisela ignorierte das Gespräch einfach. Es war leicht gesagt, sich nicht zu ärgern. Die Stänkereien verstummten, als Gisela an den Tisch trat.

Schon mehrfach hatte Gisela in Erwägung gezogen, für sich selbst zu kochen, dann könnte sie sich die Begegnung mit den Anderen am Mittagstisch ersparen. Doch dann wäre es erforderlich, sich zunächst den entsprechenden Hausrat anzuschaffen. Ein Kochkurs vielleicht? So konnten sich ihre Kochergebnisse wahrlich nicht sehen lassen.

Sie träumte weiter von ihrer Senioren-WG, von netten Mitbewohnern, die sie sich selbst mit auswählen würde.

An diesem Tag erfuhr sie zufällig noch etwas Interessantes. Sie selbst hatte ja die Wohnung im „Immergrün" gekauft, so wie auch Ursel Tiedemann. Im ersten Gespräch hatte Frau Winter sie neugierig ausgefragt, besonders über nahe Angehörige. Sie wollte wissen, ob es überhaupt Verwandte gab und wie sich das Verhältnis gestaltete. Frau Winter hatte die Möglichkeit, die Wohnung zu mieten, gar nicht erst angeboten, genau wie bei Frau Tiedemann. Allen anderen wollte sie die Wohnungen partout nicht verkaufen. Nur eine

Vermietung sei möglich, hieß es bei deren Vertragsabschluss.

Weshalb machte Frau Winter diese Unterschiede? Darüber wollte Gisela unbedingt noch mit Clemens reden. Ob der das gleiche wie sie vermutete?

Vor und nach dem Essen schaute Gisela unauffällig auf den Tisch, an dem die Ehepaare saßen. Musterte sie der Herr im weiß-beige gestreiften Hemd? Clemens hatte einen günstigeren Platz und peilte die Lage gründlich. Nach dem Dessert gab es statt Mittagschläfchen erst einmal eine Lagebesprechung zwischen den Beiden.

„Ich glaube, der weiß-beige ist es", vermutete Gisela.

„Nein, nein, bestimmt nicht. Der im blauen Hemd hat sie von oben bis unten fixiert. Jede ihrer Bewegungen hat er verfolgt. Sein Ehegespons musste ihn zwei- oder dreimal ansprechen, ehe er reagierte. Also, ich tippe auf den Blauen – das ist der Lustmolch."

Nachmittags diskutierte sie mit Clemens über das Thema Verkauf oder Vermietung der Wohnungen. Sicher waren sie sich nicht, aber die Vermutung lag nahe: Hatten die Bewohner direkte Erben, war es für die Winter günstiger, die Wohnung zu vermieten. Vermutlich setzte sie darauf, von den Kinderlosen als Erbin eingesetzt zu werden. Clemens wollte Frau Knauer zu diesem Thema noch einmal aushorchen.

Abends lag wieder ein Brief in Giselas Zimmer. Sie hatte höchstens vierzig Minuten lang die Wohnung verlassen, um in einer Apotheke eine Besorgung zu machen. Zunächst wollte sie den Brief unbesehen zerreißen, doch dann entschloss sie sich, ihn gemeinsam mit Clemens zu lesen. Etwas musste sie noch warten, denn er war noch zum Abendessen. Wenig später lasen sie die Zeilen:

„Liebe verehrte Gisela", verdammt, er kannte sogar ihren Vornamen.

„Sie haben mich tief enttäuscht, denn Sie sind nicht zur Kastanie gekommen. Meine Sehnsucht nach Ihnen ist grenzenlos. Heute Abend werde ich wieder auf Sie warten - zur gleichen Zeit, am selben Ort. Ich kann es kaum erwarten, Ihren Atem zu spüren und Ihre Haut zu fühlen. Schon jetzt stelle ich mir vor, wie Ihre Küsse schmecken.

Ihr ungeduldiger Freund"

Sprachlos schauten sich die beiden an. Wer schrieb solch einen Quatsch? Sie beschlossen, dass Gisela zunächst Gaby informierte.

„Gisela, ich finde es ganz schlimm, was da passiert. Leider sind weder Kalle noch Michael im Haus. Wir beiden Frauen sollten nichts im Alleingang erledigen. Lass uns kein Risiko eingehen. Warten wir besser bis morgen. Wir kommen in jedem Fall, egal ob du einen weiteren Brief erhältst oder nicht."

Gisela war einverstanden und freute sich über die zugesagte Hilfe aus Neu Wulmsdorf. An diesem

Abend war es kein langes Gespräch, denn Clemens wartete auf das Ergebnis.

Erneut klingelte das Telefon. Von Horn war der Anrufer – er wollte sich nach Giselas Befinden erkundigen. Die berichtete ihm von den Briefen mit dem seltsamen Inhalt. Auch von Horn war sehr erschrocken über diese Neuigkeiten.

„Gisela, gehen Sie bloß nicht allein dorthin. Wenn Sie das Haus verlassen, nehmen Sie am besten Herrn Clemens mit, der wird schon auf Sie aufpassen. Ach, meine liebe Giselle, es tut mir so leid, was Sie da erleben müssen. Wie kann ich Ihnen helfen?"

Jeder, der von den Briefen wusste, sorgte sich um sie. Und das tat ihr sehr gut, denn sie regte sich mehr darüber auf, als ihr lieb war.

Sie nahm Clemens' Angebot an, gemeinsam fernzusehen und ein gutes Glas Rotwein zu trinken. Zum ersten Mal verbrachten sie zusammen einen Abend in Giselas Wohnung.

Es beschlich sie ein unbehagliches Gefühl, je näher der Zeiger auf 21.30 Uhr rückte. Erleichtert atmete Gisela auf, als dieser Zeitpunkt überschritten war.

Der Richter a.D. wollte sich gerade verabschieden, als das Telefon erneut klingelte. Eine ihr unbekannte männliche Stimme war zu hören:

„Gisela, weshalb kommen Sie nicht. Ich will Sie sehen. Nicht nur sehen... Es ist eine Missachtung meiner Person, wenn Sie nicht kommen. Ich will Sie! Und was machen Sie? Rotwein trinken mit einem anderen Kerl."

Jetzt war sie starr vor Schreck und knallte den Hörer wutentbrannt auf. Unglaublich, dieser Mann beobachtete sie scheinbar ständig.

In der Regel schlief sie bei geöffnetem Fenster, ließ die Jalousien nicht ganz nach unten, um ihren Lufthunger zu stillen. Es blieb ihr nichts anderes übrig, in Zukunft würde sie sich daran gewöhnen müssen, sich in abgedunkelten Räumen aufzuhalten.

Mit Clemens rätselte sie noch, ob außer den Ehemännern noch ein anderer in Frage käme. Der Zusteller von der Post? Der Koch? Ein Lieferant? Ein Nachbar vielleicht? Irgendwo lauerte dieser Kerl, aber wo?

Seit der Aufregung wegen der Briefe und der Sorge um Gisela verdrängte Clemens seine eigenen Angelegenheiten mit Jens, der sich immer noch nicht gemeldet hatte.

Eine geruhsame Nacht lag nicht gerade hinter Gisela, als sie morgens durch ein ungewöhnliches Geräusch geweckt wurde.

Zrrrrrrr-zrrrrrrrrr. Zunächst fand sie keine Erklärung dafür. Es war bereits nach acht Uhr, als sie die Jalousie ein kleines Stück öffnete. Die lange Hecke, durch die das „Immergrün" begrenzt war, wurde vom Nachbargrundstück aus geschoren. Zrrrrrrr – zrrrrrrrrr. Wie sie dieses Geräusch nervte!

Jeder der „Mitwisser" hatte sich Gedanken gemacht, wie der ungebetene Verehrer zur Strecke gebracht werden könnte. Noch vor Mittag stand der Plan.

Die Neu Wulmsdorfer wollten gegen 19 Uhr eintreffen, abseits parken und sich zusammen mit Gisela bei Clemens aufhalten. Für ein leckeres kaltes Abendessen wollte Gisela sorgen. Die kleine Party wurde bewusst in Clemens' Räume verlegt, denn sie waren sich nicht sicher, ob dem Stalker die Vorbereitungen in Giselas Wohnung unbemerkt geblieben wären.

Seltsam war, dass niemand das Bedürfnis hatte, Frau Winter über die Vorkommnisse zu informieren.

Mit Gaby vereinbarte Gisela ein Telefonzeichen: Sie ließ es zweimal klingeln, legte auf und rief unmittelbar danach wieder an. Alle anderen Gespräche würde Gisela nicht annehmen. Dabei klingelte das Telefon recht häufig.

Nachmittags kaufte Gisela für ein italienisches Abendessen ein und verstaute den Einkauf in Clemens' Kühlschrank. Nach ihrer Rückkehr fand sie einen weiteren Umschlag in der Wohnung. Sie zog es vor, ihn nicht zu öffnen. Der Inhalt sollte ein Dessert für alle nach dem Abendessen werden.

Pünktlich trafen die Gäste ein. Bei den anregenden und vertrauten Gesprächen konnte man kaum annehmen, dass die Neu Wulmsdorfer und Clemens sich nie zuvor gesehen hatten.

Sie beschlossen, den Brief nicht zu öffnen. Er wurde allerdings aufbewahrt, weil er vielleicht noch einmal als Indiz benötigt würde. Jetzt wollten sie sich deshalb nicht die Laune verderben lassen. Gegen 21 Uhr gingen die Frauen in Giselas Wohnung. Es war an der Zeit, dass aus Gaby Gisela wurde. Ein fast neuer schwarzer Hosenanzug und eine zartrosa Bluse waren von Gisela schon am frühen Nachmittag bereitgelegt worden. Haargenau passten Gaby die Kleidungsstücke ihrer Tante. Gisela ging wieder zu den Anderen und Gaby öffnete die Jalousie ein Stück, knipste das Licht an und stolzierte demonstrativ in der Wohnung auf und ab.

Um 21.15 Uhr nahmen Kalle und Michael ihre verabredete Position ein, die große Kastanie genau im Blick, bewaffnet mit einem Fernglas, Kamera und Taschenlampe. Verschmitzt steckte Gaby etwas unter die Jacke und ging entschlossen in Richtung Kastanie.

Still und ruhig lag das „Immergrün". Der Lichtschein aus einigen Fenstern deutete daraufhin, dass hier ferngesehen wurde. Als die Kirchturmuhr zweimal schlug, waren alle bereit – Gaby als Gisela, Kalle und Michael. Nur die Verfolgte und ihr Beschützer bekamen von alledem nichts mit.

Mit dem Glockenschlag kam ein Mann vom Parkplatz her auf das Grundstück geschlichen. Motorengeräusche hatten alle Drei nicht wahrgenommen, wohl aber die knirschenden Schritte des Fremden auf dem Kiesweg. Es schien, als müsse er sich orientieren. Dann ging er über den

Rasen in Richtung Kastanie. Von Gaby sah man dank des Halbmondes nur das Gesicht und den Kragen ihrer Bluse.

Alles ging jetzt ganz schnell. Als der Fremde der Kastanie näher kam, stülpte Gaby sich eine gruselige Halloween-Maske über das Gesicht. Das war ihre Überraschung, davon hatte sie nicht einmal Kalle etwas verraten. Der kam von links, Michael von rechts, beide packten den Unbekannten und zwangen ihn in die Knie.

„Was fällt Ihnen ein? Lassen Sie mich sofort los", schrie der Ertappte.

„Wir stellen hier die Fragen. Wer sind Sie und was machen Sie hier? Alleinstehende Frauen belästigen? Genau das wollen wir verhindern!"

Gaby trat mit ihrer Halloween-Maske zu den Männern; sie sah urkomisch damit aus.

„Lassen Sie mich los", zappelte der Fremde und stellte sich vor: „Mein Name ist Robert von Horn. Ich wollte Frau Koch beschützen. Bestimmt zwanzig Mal habe ich versucht, sie anzurufen, aber sie ist ja nicht ans Telefon gegangen. Ich habe mir große Sorgen gemacht und musste einfach kommen."

Schnell halfen die Männer von Horn wieder auf die Beine. Seinen Namen hatten sie von Gisela oft gehört, persönlich kannten sie ihn aber nicht.

Obwohl von Horn die Aktion gründlich verbockt hatte, kamen sie etwas später nicht umhin, in dieser ernsten Situation herzlich zu lachen.

Der wirkliche Täter beobachtete vermutlich das nicht gerade leise Spektakel aus sicherer Entfernung und kochte vor Wut. Neugierige Blicke trafen aus einigen Fenstern auf die Gisela-Beschützer. Es war zu dunkel, erkennen konnten die aufmerksamen Bewohner nichts.

Gemeinsam trafen die Vier immer noch lachend in Clemens' Reich ein und erzählten den beiden Zurückgebliebenen von dem seltsamen Geschehen.

Wer nicht fahren musste, trank nach der Aufregung noch ein Gläschen Rotwein. Gisela war gerührt von ihrem Ex-Chef, der so besorgt um sie war. Jeder verspürte das Verlangen, sich auch einmal die hässliche Maske vor das Gesicht zu halten, die leider an diesem Abend ihren Zweck nicht erfüllt hatte.

Gegen 22.30 Uhr verabschiedeten sich die Gäste, bemüht, das Gebäude leise auf Zehenspitzen zu verlassen.

Kurz vor dem Aufbruch sagte Gisela: „Gaby, wenn du magst, lass den Anzug gleich an. Ich schenke ihn dir." Damit bereitete sie ihrer Nichte eine große Freude.

Alle machten sich dennoch große Sorgen. Wie würde der Unbekannte reagieren? Vermutlich wurde ihm klar, wie es ihm an der Kastanie ergangen wäre. Hatten sie ihn dadurch in die Flucht geschlagen oder gab er noch nicht auf?

Am nächsten Morgen wurde Gisela wieder durch das nervtötende Geräusch, verursacht von der elektrischen Heckenschere, geweckt. Viel Schlaf hatte sie in der vergangenen Nacht nicht gefunden, denn die Annäherungsversuche des Unbekannten machten ihr Angst. Andererseits war sie so dankbar, dass sich liebe Menschen um sie sorgten.

Nachts hatte sie beschlossen, einfach den Stecker des Telefons herauszuziehen. Für ihre Vertrauten war sie dann eben nur über Handy erreichbar. Von jetzt an wollte sie die Wohnung nur noch über die Terrassentür verlassen. Unter den Schlitz der Flurtür würde sie dicke Streifen aus Pappe klemmen. So wäre es gar nicht erst möglich, einen Brief unter die Tür zu schieben. Das hatte allerdings einen Nachteil, denn so war die Terrassentür von außen nicht zu verschließen und sie konnte sie nur zuziehen. Das war zwar eine Sicherheitslücke, aber das musste ihr Verfolger erst einmal spitz bekommen.

Nach dem Frühstück klopfte Clemens an ihre Tür, die sie gerade präparieren wollte. Die Tischnachbarn hatten sich fürchterlich über den nächtlichen Lärm aufgeregt. Sie sprachen sogar alle miteinander darüber – auch die Ehepaare. Einige schliefen am gestrigen Abend bereits, andere hatten ferngesehen, doch die meisten von ihnen hatten die aufgeregten Stimmen gehört. Das Schlimmste, so redeten sie, sei ja, dass die Radaubrüder auch noch ins Haus gekommen seien.

Clemens war sehr verwundert, dass Frau Winter sich nicht dazu äußerte, denn ihr wurde bestimmt davon berichtet.

Deren Auftritt kam dann zum Mittagessen: „Jetzt, wo wir hier alle zusammen sind, stelle ich ihnen konkret eine Frage. Wer weiß etwas von den gestrigen nächtlichen Vorfällen. Vier Randalierer sind nachts ins Haus eingedrungen und haben vorher draußen die Nachtruhe der Bewohner gestört. Wer kann etwas zu diesen Personen sagen?"

Ganz ruhig und gelassen meldete sich Clemens zu Wort. Zum Teil sagte er die Wahrheit, aber er log auch, dass sich die Balken bogen:

„Gestern Abend bekam ich nette Gäste zu Besuch – und das wird ja wohl erlaubt sein. Als sie sich gegen 21.30 Uhr verabschiedeten, erschien auf diesem Grundstück, verehrte Frau Winter, ein junger Mensch mit einer scheußlichen Halloween-Maske im Gesicht.

Einer der Gäste hat sich derartig erschrocken, dass er stolperte und zu Boden fiel. Sein Anzug war stark verschmutzt. So kamen die Herrschaften zurück, um die Kleidungsstücke des Herrn Rechtsanwalt wenigstens notdürftig zu reinigen. Möchten sie seinen Namen und seine Anschrift haben? Übrigens war auch Frau Koch zugegen – sie wird ihnen meine Angaben bestätigen. Von Randalieren kann da nun wirklich keine Rede sein. Können sie sicher sein, Frau Winter, dass sie eine nächtliche Begegnung mit einem lebensgroßen Gruselgeist stumm ertragen? Vielleicht können sie dafür Sorge tragen, dass ungebetene Gäste, die solchen Unfug treiben, dem Gelände fernbleiben."

„Das kann ich nur bestätigen", fügte Gisela hinzu.
Es war gut, dass sie beide nichts von den tat-
sächlichen Vorkommnissen erwähnten, schließlich
könnte der Verursacher im Raum sein.
Viel sagte Frau Winter nicht mehr dazu.
Nachmittags suchte Gisela ihren neuen Friseur und
die Kosmetikerin auf. Sie wollte sich wieder einmal
etwas verwöhnen lassen. Als sie zurückkehrte,
standen ein Krankenwagen und ein Notarztwagen
vor den Stufen des „Immergrün". Ein roter
Sportwagen raste gerade vom Parkplatz.
„Jens!", schoss es Gisela durch den Kopf.
Ein Mann wurde gerade in den Krankenwagen
verfrachtet. „Oh, mein Gott. Nur nicht Otto
Clemens!", flehte sie.
Obwohl Gisela Frau Winter sonst möglichst aus dem
Weg ging, kam sie jetzt nicht umhin, sie
anzusprechen. Zunächst war diese nicht bereit,
Gisela Auskunft zu erteilen, weil sie ja nicht
verwandt seien. Schließlich gab sie Giselas Drängen
nach und berichtete, Herr Clemens habe Besuch von
seinem Enkel bekommen. Draußen auf der Bank
hätten sie gesessen und sich lautstark gestritten.
Plötzlich habe Herr Clemens sich ans Herz gefasst
und nach Luft gerungen. Sie habe dann den Notarzt
alarmiert. Sein Blutdruck sei sehr hoch gewesen und
das EKG habe keine guten Ergebnisse gezeigt.
Etliche Ampullen Blut seien abgenommen worden.
Mit einem Nitro-Präparat sei er behandelt worden
und daraufhin kollabiert. Zunächst sei er nicht

transportfähig gewesen, habe sich dann aber stabilisiert. Im Krankenhaus sollten jetzt weitere Untersuchungen stattfinden.

„Ich weiß nicht, ob es ein Herzinfarkt oder ein Herzanfall war. Von Vorhofflimmern haben sie auch gesprochen. Herr Clemens sah sehr blass aus und hat immer nach Ihnen gefragt. Er muss sich sehr über den Besuch des Enkels aufgeregt haben. Und der ist einfach weggefahren", schloss sie.

„Kann ich irgendetwas für Herrn Clemens tun?"

„Nein, wir können nur abwarten. Der Notarzt hat mir gesagt, dass es weitere Blutuntersuchungen geben soll. Wenn sie gut ausfallen, ist er vielleicht morgen schon wieder hier."

Gisela bedankte sich für die Auskunft. Ihr Herz schlug bis zum Hals. Jetzt wurde ihr erst richtig bewusst, wie sehr ihr Clemens in der kurzen Zeit als Freund ans Herz gewachsen war. Wenn sie ihm doch nur helfen könnte. Tatenlos dasitzen und nichts tun zu können, empfand sie als Qual. Clemens, der immer an ihrer Seite gestanden hatte. Wie war das Gespräch mit Jens wohl gelaufen? Fragen über Fragen, die sie nicht beantworten konnte.

„Ach, Frau Koch", Frau Winter kam noch einmal zurück.

„Da hat ein Mann für Sie angerufen. Seinen Namen nannte er nicht. Er will sich später noch einmal bei Ihnen melden. Ich habe ihm Ihre Telefonnummer genannt."

„Ja, ja, danke. Ist schon gut." Die sollte mal wissen, dass ihr Telefon gar nicht mehr angeschlossen war.

Über die Terrasse schlich Gisela wieder in ihre Wohnung. Alles schien unverändert. Ihr heimlicher Feind konnte wohl nichts ausrichten.

Sie wusste nicht, wo ihr der Kopf stand. Sehr große Sorgen machte sie sich um Clemens. Wenn sie ihn doch wenigstens sehen könnte. Sie entschloss sich, im Krankenhaus anzurufen. Ihr war schon klar, dass man ihr keine Auskünfte erteilen würde, aber wenigstens herzliche Grüße wollte sie ausrichten lassen. Wenn sie es geschickt anstellte, könnte sie vielleicht doch etwas erfahren. Den Gedanken setzte sie sofort in die Tat um. Eine nette Schwester meldete sich am Telefon.

„Ich bin eine Freundin von Herrn Clemens. Bitte sagen Sie mir, wie es ihm geht. Braucht er noch irgendwelche Sachen? Und bitte richten Sie ihm herzliche Grüße aus. Morgen werde ich ihn besuchen."

„Frau Koch, Sie können ihrem Freund einen Gefallen tun. Es geht ihm wieder besser, sein Zustand hat sich normalisiert. Sie dürfen ihn morgen gegen zehn Uhr abholen. Die Grüße werde ich gern ausrichten."

Gisela war erleichtert. Na klar, nur zu gern würde sie ihn abholen.

Danach informierte sie Herrn von Horn und später Gaby über die aufregenden Ereignisse des Tages.

Beide reagierten bestürzt, als sie von den Neuigkeiten erfuhren.

Gisela ließ die Terrassentür geöffnet. Sie hatte es satt, sich selbst einzusperren. Weil das Wetter noch sehr schön war, zog sie es vor, die frische Luft zu genießen. Es wurde bereits schummrig. Während sie mit Gaby sprach, fiel ihr Blick auf die frisch geschorene, etwa 25 Meter entfernte Hecke. Der Ausblick hatte sich gründlich geändert. Zuvor war es ihr nicht möglich gewesen, die spitzen Giebel der hinter der Hecke stehenden Häuser zu sehen. Der Heckenschneider hatte ganze Arbeit geleistet. Plötzlich stutzte Gisela.

„Du Gaby, ich glaube, ich sehe da etwas. Genau kann ich das jetzt nicht mehr erkennen, aber ich meine, da ist ein Loch in der Hecke. Genau gegenüber. Morgen muss ich mir unbedingt ein Fernglas besorgen. Das ist ja interessant! Ob es hinter der Hecke einen Spanner gibt?"

„Gisela, ich komme morgen Nachmittag und bringe dir eines. Kalle hat genug davon und wird bestimmt eines entbehren können. Na, das wäre ja toll, wenn wir den Unhold so enttarnen könnten. Dann bleibt nur zu überlegen, wie wir gegen ihn vorgehen werden. Am besten ist, wenn ich Kalle gleich mitbringe. Glaub mir, der kann unerkannt besser etwas ausfindig machen als wir. Wenn es dunkel wird, bringt er sein Nachtsichtgerät mit."

„Das wäre ja prima, wenn er Zeit hätte. Ich stell mir gerade vor, wie es wäre, wenn ich den Lümmel von hier aus mit dem Fernglas beobachte und er mich von der anderen Seite. Sozusagen Auge in Auge", lachte sie.

Vielleicht erwies sich ja auch alles als ganz harmlos und die Hecke war gerade an dieser Stelle holzig und trug keine Blätter mehr. Ja, Kalle würde das schon ausfindig machen.

Bereits morgens um neun Uhr startete Gisela, um Clemens aus dem Krankenhaus abzuholen. Sie war viel zu früh, doch das war ihr egal. Gespannt wie ein Flitzebogen war sie und konnte kaum erwarten, von ihm zu erfahren, was die Herzattacke ausgelöst hatte. Nur noch kurze Zeit, dann konnte sie sich selbst von seinem Zustand und seinem Aussehen überzeugen.

„Wie schön, dass Sie da sind, liebe Frau Koch. Mir ist richtig klar geworden, dass es zurzeit nur wenige Menschen gibt, denen ich vertrauen kann. Es ist gut, dass uns das Schicksal irgendwie zusammengeführt hat. Mein Sohn und meine Schwiegertochter sind in Spanien unabkömmlich. Gute Freunde und die Nachbarn wohnen in Bremen, ein paar Freunde sind schon verstorben. Ja, und Jens...!"

„Was war los mit Jens, was ist gestern passiert? Schade, dass ich nicht da war, als Sie meinen Beistand brauchten."

„Wollen wir erst einen Kaffee trinken? Dann erzähle ich Ihnen alles."

„Sie Kaffee? Ob das gut ist? Darf es auch etwas anderes sein?"

„Okay, okay – ich trinke einen entkoffeinierten."

„Na, dann man los!"

Sie steuerten ein Café an.

Otto Clemens begann: „Nun zu Jens. Ich saß im Park und sinnierte über die letzten Wochen und Monate meines Lebens. Quietschende Bremsen rissen mich aus meinen Wachträumen. Das Gespräch mit ihm verlief etwa so:

Er: „Hi, Opa, ich denk, du bist so krank. Bist ja putzmunter. Und wieso machst du solch ein Theater?"

Ich: „Jens, ich war in Bremen und habe mein Haus gesehen. Nicht einmal betreten konnte ich es, dafür hast du offensichtlich gesorgt."

Er: „Alter Mann, früher oder später ist das sowieso mein Haus und ich kann damit machen, was ich will. Warum soll ich das nicht jetzt schon tun? Jeder muss eben sehen, wo er bleibt."

Ich: „Du kannst nicht damit machen, was du willst, weil es mein Eigentum ist. Verstehst du, es gehört mir. Dir wird es nie gehören, jetzt nicht und niemals! Ich allein bestimme meine Erben und du wirst leer ausgehen, ist dir das klar?"

Er: „Das tust du nie!"

Ich: „Und ob ich das tun werde! Ich erwarte, dass du alles, was im Haus verändert wurde, innerhalb einer

Woche in den Urzustand zurückbringst. Eine Woche – hast du verstanden? Sonst..."

Er: „ Jetzt kommst du mir wohl mit deinen Paragraphen, du störrischer alter Paragraphenhengst. Und wie willst du mir meinen Schaden ersetzen, schließlich habe ich investiert. Dann rück schon mal einen fetten Scheck raus. So haben wir nicht gespielt, so nicht."

Ich merkte nur, wie mir erst heiß, dann kalt wurde und alles vor meinen Augen verschwamm. Ich kann mich nur daran erinnern, dass Frau Winter plötzlich da stand. Erst im Krankenwagen bin ich wieder zu mir gekommen."

Gisela war sprachlos. Soviel Dreistigkeit hatte sie nicht von Jens Clemens erwartet. Im Laufe ihres Berufslebens waren ihr viele schräge Typen über den Weg gelaufen, aber dass sich der Enkel eines Richters so unglaublich verhielt, war unverständlich für sie.

Clemens schüttelte den Kopf: „Aber was soll ich bloß mit dem Haus machen, wenn Jens es geräumt hat."

Gisela entgegnete: „Erst einmal muss er es räumen – darin sehe ich das größte Problem."

Sie dachte für sich: „Jetzt ist der richtige Zeitpunkt gekommen, ihn wegen der Senioren-WG anzusprechen." Doch hier im Café war nicht der geeignete Ort für solch ein Gespräch. Sollte er erst einmal zu Hause, das heißt im „Immergrün", ankommen.

Frau Winter begrüßte Clemens höflich, war aber sehr erstaunt, dass das Krankenhaus nicht sie wegen der Entlassung informiert hatte. Ihre Verwunderung darüber, dass Gisela ihn abgeholt hatte, konnte sie nicht verbergen.

Clemens zog es vor, sich erst einmal zurückzuziehen. Man sah ihm an, dass er grübelte und grübelte. Um 15 Uhr, so vereinbarten beide, wollten sie sich im Park treffen, vorausgesetzt, dass das gute Wetter sich hielt.

Gisela hatte Post erhalten – einen frankierten Brief ohne Absender. Ihre Befürchtung bestätigte sich, denn ihr Feind, wie sie ihn nannte, meldete sich wieder. Sollte sie den Brief jetzt öffnen? Oder später zusammen mit Clemens? Nein, der hatte genug mit sich selbst zu tun.

Es hatte also nichts genützt, dass sie das Telefon ausgestöpselt und den Türschlitz verstopft hatte. Der Fiesling war so hartnäckig und fand andere Wege, um sie zu belästigen. Mit zitternden Händen öffnete sie den Brief und las:

„Liebste,

ich kann nicht verstehen, weshalb du meine Liebe verschmähst. Treibst dich mit Anderen herum und machst dich noch lächerlich über mich. Das habe ich nicht verdient. Wenn du nicht zu mir kommst, dann komme ich eben zu dir. Es ist nur eine Frage der Zeit. Ich kann es nicht erwarten, dir in die Augen zu schauen.

Einer, der dich verwöhnen will."

Am besten wäre, sie könnte darüber lachen, doch ihr war ganz anders zumute. Sollte sie doch Frau Winter informieren? Abends kämen ja Gaby und Kalle; solange wollte sie noch abwarten. Vorrangig war zunächst das Gespräch mit Clemens.

Als sie sich trafen, begann er: „Erinnern Sie sich an unsere erste Begegnung – an die missglückte Vorstellung?"

„Na klar! Diese meine Peinlichkeit habe ich nicht vergessen."

„Wir sind doch so vertraut miteinander, sollen wir nicht zum „Du" übergehen? Dann spricht es sich noch leichter."

Gisela stimmte zu, es fiel ihr gleich ganz leicht, den Herrn Richter a.D. mit Otto anzusprechen.

Und dann sah sie ihren großen Augenblick gekommen: „Du hast mich heute morgen gefragt, was aus deinem Haus werden soll, wenn Jens' Spuren beseitigt sind. Könntest du dir nicht vorstellen, dort wieder einzuziehen?"

„Nein, das geht doch nicht. Wie soll ich mich selbst versorgen. Früher hat meine Frau...", er stockte.

„Nicht allein, Otto. Ich habe da an eine Single- oder Seniorenwohngemeinschaft gedacht. Eine Mitbewohnerin hättest du schon, ich wäre bereit, mit dir in dein Haus zu ziehen. Ich habe es nur von außen gesehen, aber es scheint mir doch groß genug zu sein, um drei oder vier weitere Personen aufzunehmen. Menschen, die wir aussuchen, die zu uns passen. Jeder bekommt seine Aufgabe. Du bist der Boss, du brauchst nichts zu tun, oder nur, wenn du es willst. Ich könnte Fahrdienste übernehmen und den Mitbewohnern bei schriftlichen Arbeiten und Behördengängen behilflich sein."

Gisela merkte, wie die Gedanken in Ottos Kopf kreisten.

„Wir brauchten einen, der die Küche, eben den Haushalt versorgt, und einen, der handwerklich begabt ist und die Gartenarbeit übernimmt. Dann am besten noch jemanden, der sich im Notfall mit Krankenpflege auskennt."

„Befasst du dich schon länger mit dem Gedanken?"

„Ja, seitdem ich das Haus gesehenen habe, träume ich davon. Du weißt, dass ich hier kreuzunglücklich bin. Nur habe ich es nie gewagt, dir diesen Vorschlag zu machen. Die Sache mit Jens musste ohnehin erst geregelt werden. Und dann war da noch das Gefühl, du könntest mich missverstehen, Otto."

„Ach, Gisela, ich habe dich doch als eine ehrliche, aufrichtige Frau kennengelernt. Warum bin ich nicht selbst auf die Idee gekommen? Andere Senioren haben uns so etwas doch schon erfolgreich vorgelebt. Das Haus ist groß genug. Oben und unten gibt es jeweils eine moderne Küche und ein Super-Badezimmer. Du wirst staunen. Eins, zwei, drei ... Tatsächlich, wir könnten sechs Personen unterbringen. Alle bekämen ihr eigenes Reich. Einen großen Raum für gemeinschaftliche Aktivitäten gibt es in beiden Etagen. Das wäre doch ideal, Gisela!

Ich weiß jetzt, weshalb uns der liebe Gott zusammengeführt hat."

„Vergiss dabei nicht die Mieteinnahmen. Die werden auch nicht zu verachten sein. Aber jetzt etwas anderes. Ich möchte dir etwas zeigen. Versprich mir, dass du dich nicht aufregst."

Sie händigte ihm den Brief aus. Kopfschüttelnd legte Otto ihn beiseite, nachdem er ihn gelesen hatte.

„Setzen wir doch erst einmal alle Hoffnung auf die Ergebnisse der Recherchen von deiner Nichte oder besser dem Menschenwunder Kalle."

Gegen 19 Uhr trafen Gaby und Kalle ein und sie unterhielten sich zunächst zu viert in Giselas Wohnzimmer über die Neuigkeiten. Eine Stunde später war es bereits dunkel.

„Keine Sorge, mit meinem Nachtsichtgerät entgeht mir nichts", verabschiedete sich Kalle und ging auf die Pirsch. Aufgeregt warteten die drei Zurückgebliebenen auf erste Berichte oder gar Ergebnisse.

Kalle untersuchte erst einmal das von Gisela beschriebene Loch in der Hecke. Tatsächlich war es absichtlich in die Weißdornhecke geschnitten worden. Das Gehölz in der Umgebung war einwandfrei. Bevor die Hecke geschoren wurde, war das Guckloch von weitem nicht erkennbar, weil es von den langen Trieben verdeckt wurde. Die brauchte man vorher nur zur Seite zu schieben, wollte man das „Immergrün" beobachten.

Um 20.50 Uhr verließ jemand das Haus auf der anderen Seite der Hecke. Eine Frau. Ein Mann stand in der Haustür und rief ihr zynisch nach: „Na, dann viel Spaß mit den Alten. Kannst ja nachzählen, ob morgen früh noch alle leben."

Was mochte das bedeuten? Der Mann verschwand wieder im Haus. Kalles Blicke verfolgten die Frau aus sicherer Entfernung. Sie bog in die nächste Querstraße ein und betrat den Personaleingang des „Immergrün". Wer so verabschiedet wurde, konnte kein Besucher sein. Höchstwahrscheinlich trat die Nachtschwester ihren Dienst an. Gleich war es 21 Uhr. Um diese Zeit war immer der Kontrollbesuch bei Gisela.

Näheres stellte Kalle fest, als die Frau für einen Moment im Lichtschein der Außenbeleuchtung zu sehen war.

Die Frau schätzte er auf etwa vierzig Jahre. Sie war etwa 1,70 Meter groß und hatte eine stämmige Figur. Die langen mittelblonden Haare trug sie hinten zusammengebunden. Die Kleidung, hellblaue Strickjacke und Jeans, würden nicht viel aussagen, denn als Schwester musste sie sich vor Dienstbeginn umziehen. Kalle hatte genug gesehen und berichtete den Wartenden davon.

Bald klopfte es an Giselas Tür. Schwester Elke schaute, maulend wie eh und je, kurz um die Ecke:

„Na, alles in Ordnung?"

„Ja, danke."

An diesem Abend fügte Schwester Elke hinzu:

„Dass sich Ihr Besuch aber bloß leise verabschiedet."

„Ja, ja."

Also hatte Schwester Elke irgendwie mit den Geschehnissen zu tun, wenn auch vermutlich nur indirekt. Wer war der Mann? Ihr Vater? Ehemann oder Bruder? Kalle hatte ihn nicht lange genug sehen können, um das Alter schätzen zu können.

Gisela schlug vor: „Geht doch alle in Ottos Wohnung und bleibt da eine halbe Stunde lang. Aber bitte kein Licht anmachen. Ich bleibe hier und mache Festbeleuchtung an und du, Kalle, kannst sehen, ob er reagiert. Wie findet ihr meinen Vorschlag?"

Alle waren einverstanden und verzogen sich leise in die dunkle benachbarte Wohnung. Gisela zog die Jalousie hoch und schaltete alle verfügbaren Lichtquellen im Wohnzimmer ein. Sie ging von der Couch zum Sessel und machte sich am Fernseher zu schaffen. Dann deutete sie sogar ein paar gymnastische Übungen an und zeigte sich ganz demonstrativ.

Licht lockt eben nicht nur Motten an, sondern auch Nachbarn, die Böses im Schilde führen. Das, was Kalle sah, blieb Gisela verborgen.

Genau konnte Kalle erkennen, dass der Stalker mit Hocker und Fernglas aus dem Haus kam und hinter der Hecke Platz nahm. Starr richtete er sein Fernglas auf Giselas Wohnzimmerfenster.

Bereits nach 15 Minuten beendeten die Verbündeten ihre Aktion. Keiner von ihnen hatte daran gedacht, dass es einen so schnellen Erfolg zu verbuchen gab. Der Raum wurde wieder verdunkelt und sie berieten in Giselas Reich, wie sie dem Kerl am besten das Handwerk legen könnten.

„Lasst uns nichts übereilen. Wir wissen jetzt, mit wem wir es zu tun haben, und das ist gut so. Eine Nacht sollten wir darüber schlafen. Morgen telefonieren wir. Jeder macht sich seine Gedanken und die beste Idee werden wir verwirklichen", schlug Kalle vor. Am nächsten Tag wartete ein schwieriger Auftrag auf ihn. Es war ohnehin schon spät und sie hatten noch gut 100 Kilometer zu fahren.

Nachts noch entwickelte Gisela einen Strategieplan. Wenn auch die anderen ihre Idee für richtig hielten, würde sie am Computer einen Brief mit folgendem Text verfassen:

„Wenn es weitere Annäherungsversuche von Ihnen - egal ob schriftlich, telefonisch oder persönlich - gibt, werde ich eine richterliche Unterlassungs-verfügung gegen Sie erwirken. Ihnen sollte bekannt sein, dass Zuwiderhandlungen mit Ordnungsgeld oder Haft belegt werden. Lesen Sie dazu doch einfach § 890 der Zivilprozessordnung nach.
Gisela Koch"

Dieses Schreiben wollte sie in einen farbigen Umschlag stecken und ihn im Guckloch in der

Hecke befestigen. Das hielt sie für eine gute Idee. Um sie verwirklichen zu können, benötigte sie Hilfe, denn niemals würde sie selbst der Hecke so nahe kommen, um den Brief am vorgesehenen Ort anbringen zu können.

Morgens fing sie Otto nach dem Frühstück ab und unterbreitete ihm ihren Vorschlag, den er für gut hielt. Bevor sie zur Tat schritten, telefonierte Gisela noch mit Gaby, die den Plan ebenfalls absegnete.

„Ihr braucht heute also nicht zu kommen. Das schaffen wir allein. Ihr tut ohnehin schon so viel für mich. Ich weiß gar nicht, wir ich mich revanchieren kann."

„Mach dir darüber keine Sorgen. Wir tun, was wir können und das machen wir gerne für dich. Viel Erfolg bei eurer Aktion!"

Gisela schrieb den Brief mit großen Lettern auf leuchtend orangefarbenem Papier. Den Umschlag lochte sie auf beiden Seiten, sodass vier Öffnungen für die Befestigung entstanden. Dafür hielt sie lila Schleifenband bereit. Bei aller Ernsthaftigkeit wirkte der grellbunte Umschlag grotesk. Vielleicht demonstrierte sie so dem Mann hinter der Hecke, dass sie sich über ihn lustig machte.

Otto stapfte mit dem bunten Umschlag in der Hand über den Rasen und knotete ihn mit den lila Bändern in der Hecke fest.

„So, Mister Unbekannt, das war's", strahlte er, als er zurückkam.

„Hoffentlich", entgegnete Gisela.

Sie hielt eine neue Überraschung parat.

„Wie ist es – fahren wir heute Nachmittag nach Bremen? Wir können doch einmal schauen, ob sich am Haus schon etwas verändert hat."

Otto war Feuer und Flamme. Daran hatte er auch schon gedacht, nur mochte er Gisela nicht darum bitten.

Beim Mittagessen erfuhren sie zufällig eine Neuigkeit. Ursel Tiedemann plauderte ganz stolz aus dem Nähkästchen. Morgens hatte sie mit Frau Winter einen Termin beim Notar, um dort ein Testament zugunsten der Leiterin des „Immergrün" zu verfassen.

„Ach das ist ein gutes Gefühl. Mir wird es mein Leben lang hier gut ergehen", verbreitete sie.

Gisela und Otto blieben stumme Zuhörer. Alle anderen redeten über das Thema „Erben und Vererben" und darüber, wie sie es für sich oder ihre Angehörigen gelöst hatten. In dem Zusammenhang erwähnte Gustav etwas von Erbschaftsteuer. Er wusste auch, dass das Erbe durch die Steuerabgabe erheblich geschmälert wird, wenn kein Verwandtschaftsverhältnis zwischen Erblasser und Begünstigten besteht.

„Dann bekommt ja der Staat mein schönes Geld!?"

„Das kannst du aber durch eine Schenkung verhindern. Oder du lässt Frau Winter jeden Monat etwas zukommen. So ganz nebenbei – dann ist das steuerfrei", riet er seiner Tischnachbarin. Sein Zeigefinger zog den linken Augenwinkel nach unten, was ihn aber auch nicht cleverer aussehen ließ.

„Jetzt verstehe ich. Das hat Frau Winter mir auch schon vorgeschlagen", lächelte Ursel Tiedemann glücklich und zufrieden.

Auf den Nachtisch verzichteten Gisela und Otto, denn diesen Gesprächen mochten sie nicht länger zuhören. Ob Frau Winter es tatsächlich darauf anlegte, ihre Bewohner zu beerben? Wie lange hätte es noch mit dem Versuch gedauert, Gisela um den Finger zu wickeln. Da hätte sie aber auf Granit gebissen, denn so naiv wie Ursel Tiedemann war Gisela zum Glück nicht.

Auf der Fahrt nach Bremen diskutierten Otto und Gisela noch lange über dieses Thema. Auch in eigenem Interesse, denn Otto wusste, dass er in dieser Hinsicht noch etwas ändern musste und zwar bald. Dann zogen sie es vor, sich ihre gemeinsame Zukunft in Bremen auszumalen.

Gisela erzählte von anderen Wohnprojekten, sie hatte sich im Internet kundig gemacht. Eines aus Süddeutschland nannte sich OLGA: OLDIES LEBEN GEMEINSAM AKTIV. Es handelte sich hier um ein Programm für die „jungen Alten", die noch viel vor hatten. Das bedeutete, gemeinschaftliches Wohnen in einem umgebauten Wohnhaus mit eigenständiger Verwaltung durch die Bewohner selbst. Wenn es erforderlich werden sollte, konnte professionelle Hilfe durch einen

Pflegedienst in Anspruch genommen werden. Bei dem vorgestellten Projekt halfen sich die Bewohner bei kleinen Alltagsschwierigkeiten, Versorgungen und Behördengängen gegenseitig.

Inzwischen waren sie in Oberneuland angekommen. Aus sicherer Entfernung beobachteten sie, wie Jens gerade das große rosa Reklameschild abmontierte. Die beiden Hunde wuselten an seiner Seite herum.
Es war beruhigend zu sehen, dass Jens kapitulierte. Trotzdem ließen sie es sich nicht entgehen, ihn per Handy anzurufen. Da Jens Giselas Wagen nicht kannte, konnte sie sicher sein, dass er sie nicht entdeckte, obwohl der Wagen in Sichtweite hielt.
„Jens, hier ist dein Opa. Ich hoffe, du hast mein Haus inzwischen geräumt. Wenn du fertig bist, wirf den Schlüssel einfach in den Briefkasten und gib mir Bescheid. Zurzeit wünsche ich nicht, dich zu sehen."
„Ach leck mich doch, Alter. Steck dir deine Bude sonst wo hin oder lass sie vergammeln, du Egoist."
Das schmerzte. Otto holte ein paar Mal tief Luft und beendete das Gespräch wortlos. Er war so froh, in diesem Augenblick eine starke Frau an seiner Seite zu haben.
Doch es ging voran. Jetzt konnten sie Pläne schmieden. Sie steuerten ein Lokal an und genehmigten sich einen Cappuccino. Zunächst klärten sie noch einmal, ob sie wirklich den gemeinsamen Weg in Richtung Bremen einschlagen wollten.

Gisela äußerte sich dazu: „Schon häufig habe ich darüber nachgedacht. Es ist eine Tatsache, dass ich das „Immergrün" so schnell wie möglich verlassen möchte. Eine Wohngemeinschaft, so wie wir sie planen, wäre für mich die Ideallösung. Allein leben können und doch nicht allein sein, das ist doch perfekt. Ich bin sicher, dass wir uns verstehen werden. Nun, das Haus habe ich noch nicht von innen gesehen, aber ich verlasse mich auf deine Beschreibung. Die Fotos, die du mir gezeigt hast, waren schon viel versprechend. Vielleicht muss der Maler noch in die Wohnung? Und ich muss klären, ob ich meine Möbel dort unterbringen kann. Eine endgültige Entscheidung werde ich treffen, wenn ich das Haus angesehen habe und die Raumaufteilung beurteilen kann. Aber zu 95 %... !"

„Du kannst dir doch auch zwei Räume aussuchen oder drei, denn du hast vor allen Anderen Vorrang. Ich finde, wir Zwei sind eine tolle Interessengemeinschaft. Mir selbst wäre diese Lösung nie eingefallen. Allein hätte ich nie in meinem Haus wohnen wollen."

Gisela fischte ein Blatt Papier aus ihrer Tasche und begann, eine Liste über die Dinge zu schreiben, die als nächstes zu erledigen waren:

Wohnung im „Immergrün" kündigen bzw. zum Verkauf anbieten

Mit Frau Winter über den Preis verhandeln

Anzeige für Mitbewohner formulieren und aufgeben

Internet-Recherche

Maler
Schlösser austauschen
Möbelwagen bestellen

Otto schlug vor: „Wenn wir nicht die richtigen Mitbewohner finden, nehmen wir uns eben eine Reinigungskraft und einen Gärtner."
Man merkte ihnen an, wie viel Spaß sie am Pläneschmieden hatten.
Als sie abends aus Bremen zurückkehrten, traf von Horn gerade ein, um sich für längere Zeit zu verabschieden, denn Lanzarote war wieder angesagt.
„Oh, ma belle Giselle", begrüßte er Gisela charmant.
„Der Name ist aber treffend! Hätte von mir sein können. Ja, sie ist doch wirklich eine Superfrau, unsere Gisela. Ma belle Giselle!" Otto zupfte an seiner Fliege.
Herr von Horn wurde über den letzten Stand der Dinge unterrichtet.
„Langweilig geht es bei Ihnen wirklich nicht zu. Das ist ja ein richtiger Unruhestand. Wissen Sie noch, dass Sie in den ersten Tagen und Wochen nichts mit sich anfangen konnten?"
Noch fast eine Stunde lang plauderten sie, dann brach von Horn auf. Am nächsten Tag schon würde er den Herbst auf der Insel genießen.
Abends stellten Otto und Gisela fest, dass sie sich mit ihrem neuen Wohnort Bassum nur sehr wenig vertraut gemacht hatten. Genau das wollten sie am nächsten Tag nachholen, schließlich sollte der

Umzug nach Bremen so bald wie möglich über die Bühne gehen. Gisela hatte schon in der Bassumer Homepage geschnuppert und war auf interessante Ziele gestoßen. Da lockte das Petermoor, ein Tierpark an einem kleinen idyllischen See. Auch die Freudenburg, das Stiftsgebäude und die Stiftskirche schienen sehenswert zu sein.

Die Herbstsonne strahlte vom Himmel als Gisela und Otto die schwere Eingangspforte zum Tierpark Petermoor öffneten, denn den hatten sie als erstes Ziel ausgewählt. Beide staunten über die gepflegte Teichanlage und hatten viel Freude an den Tieren, die meistens paarweise ihren Auftritt hatten. Das Federvieh schnatterte, gackerte und schilpte um die Wette. Otto lachte schelmisch wie ein kleiner Junge, als er vom Thüringer Barthuhn verbal ein Brathuhn machte.

Stolz präsentierte der Pfau sein Riesenrad und es war fraglich, ob er seinen Artgenossinnen oder den Besuchern imponieren wollte. Die Ziegen waren zwar niedlich anzusehen, verströmten aber ungewohnte Düfte, die Giselas Nase so gar nicht gefielen. Im Arche-Park, wie sich die Anlage nannte, hatte man sich zum Ziel gesetzt, seltene Rassen nachzuzüchten, um sie vorm Aussterben zu retten.

Nicht nur Lamas, Nandus, Kängurus und Axishirsche waren zu bewundern. Freude machten den Beiden auch die langohrigen Widderkaninchen und die flinken Streifenhörnchen. Doch am längsten verweilten sie am Affenhaus und bestaunten die lustigen Kattas mit den langen schwarz-weiß geringelten Schwänzen. Die Tierchen konnten sogar eigenständig über eine schmale Brücke auf ihre kleine Insel gelangen. Dann verweilten sie regungslos und hielten ihr Bäuchlein in die Sonne, um dann wieder wieselflink von Ast zu Ast zu schwingen, oder sie knabberten seelenruhig an einem Karottenstückchen. Was für ein hübsches Gesicht die Kattas hatten! Beide, Otto und Gisela, konnten sich kaum von dieser kleinen Tierwelt trennen. Ihnen war auch aufgefallen, wie viele Mütter mit ihren noch nicht schulpflichtigen Kindern hier ihre Runde drehten.

Ein alter Weidenbaum, dessen Stamm nahezu waagerecht über dem Wasser lag, beeindruckte die beiden Besucher sehr. Otto bezeichnete seinen Eindruck als naturbelassen und Gisela schwärmte von wilder Romantik.

Ganz erstaunlich, dass der Arche-Park zum Nulltarif zu besuchen war. Otto und auch Gisela steckten großzügig einen Schein in die Spendendose am Ausgang des Parks. Gisela bedauerte sehr, dass sie nicht schon in den ersten Tagen ihres Aufenthaltes im „Immergrün" auf die Idee gekommen war, den Tierpark zu besuchen. Die Tiere hätten bestimmt ihre trüben Gedanken verfliegen lassen, wenigsten vorübergehend.

Anschließend steuerte Gisela das Gelände der Freudenburg an, um sich zunächst einen Eindruck des Außenbereichs zu verschaffen. Und der war schon vielversprechend. Die Besichtigung, so einigten sie sich, sollte nicht auf die lange Bank verschoben werden. Ebenso wurden die Stiftskirche und das Damenstift vorerst auf die Warteliste gesetzt. Die für diese Gegend ungewöhnliche Form und Höhe des Kirchturms gab ihnen Rätsel auf. Den Grund dafür wollten sie demnächst in Erfahrung bringen.

Um 21 Uhr klopfte es wie gewohnt an Giselas Tür. Schwester Sabine hatte Dienst – eine der netten Nachtschwestern. Nachdem Gisela bestätigt hatte, dass mit ihr alles in Ordnung sei, fragte sie Schwester Sabine, ob die einen Augenblick Zeit für sie habe. Offensichtlich war auf der Pflegestation alles ruhig und Sabine nahm sich die Zeit für ein Gespräch.

„Nehmen Sie doch Platz, wenn Sie mögen. Ich möchte Sie etwas fragen."

„Was gibt es denn, Frau Koch. Wenn ich kann, will ich Ihnen gern helfen."

„Ich wollte Ihnen nur sagen, dass ich mich immer freue, Sie zu sehen. Sie oder Ihre Kollegin Schwester Angela. Ich bin ganz sicher, dass sie keinen leichten Job haben, aber trotzdem sind sie immer nett und freundlich. Schwester Elke müsste ein bisschen von ihrer Art haben. Was um alles in der Welt ist nur mit dieser Frau los?"

Schwester Sabine lächelte freundlich und nahm gern den Lobgesang entgegen. „Ach, Sie meinen unsere Hexe?! Entschuldigen Sie bitte, das ist mir so herausgerutscht."

Gisela witterte ihre Chance und nutzte die Gelegenheit: „Wieso Hexe? Ich finde, dass Schwester Elke ein sehr pessimistischer Mensch ist. Ist sie eigentlich alleinstehend? Sie scheint nicht glücklich zu sein."

„Ich sehe sie ja kaum, weil wir beide nur Nachtschicht haben. Nur bei gemeinsamen Besprechungen treffe ich sie. Aber die anderen Kolleginnen aus der Tagesschicht auf der Pflegestation haben schon viel über sie erzählt. Es gab auch wohl schon etliche Beschwerden vonseiten der Angehörigen."

„Was für Beschwerden denn?"

„Das mag ich kaum weitererzählen. Medikamente, unter anderem auch Morphium soll sie den Schmerzpatienten vorenthalten haben und als Eigenbedarf angesehen haben."

„Und dann darf sie hier noch arbeiten?"

„Frau Winter hat wohl eine Anzeige der Angehörigen abwenden können. Sie soll mit ihrem älteren Bruder zusammen im Haus ihrer verstorbenen Eltern wohnen. Der Bruder hat sein ganzes Leben kaum gearbeitet. Sie muss quasi für zwei arbeiten und er macht sich einen faulen Lenz. Soweit ich weiß, war sie nie verheiratet. Na ja, wenn sie immer so missgestimmt herumläuft...! Als einmal

Wertgegenstände von Patienten verschwunden waren, stand sie unter Verdacht. Seltsamerweise tauchte der Schmuck auf mysteriöse Weise wieder auf."

„Es ist unverkennbar, dass sie Sorgen hat. Man sollte Mitleid mit ihr haben."

Das war allerdings geheuchelt. Verständlicherweise wollte Gisela nicht preisgeben, weshalb sie Interesse an Schwester Elke hatte. Als Schwester Sabine sich verabschiedete, hatte Gisela auch genug erfahren. Etwas schlecht kam sie sich schon vor, weil sie Schwester Sabine ausgehorcht hatte. Das kleine Plaudertäschchen hatte es ihr allerdings auch sehr leicht gemacht.

Am nächsten Morgen schmunzelte Gisela, als sie feststellte, dass statt des orangefarbenen Umschlags jetzt ein weißer in der Hecke hing. Sollte er bleiben, bis er verrottet war. Sie jedenfalls würde ihn niemals entfernen oder an sich nehmen.

Obwohl Gisela täglich ihren Tagesbedarf Insulin spritzte und keinerlei Ernährungssünden beging, stimmten seit einiger Zeit ihre Zuckerwerte nicht. Mehrfach täglich bestimmte sie die Werte; die Ergebnisse waren beunruhigend. Verantwortlich dafür machte sie die viele Aufregung der letzten Wochen und Monate. Ihr blieb nichts anderes übrig, als ihren neuen Arzt aufzusuchen, der ihr dringend zu einem Klinikaufenthalt riet. Früher war sie bereits zweimal aus ähnlichem Grund in einer Spezialklinik in Bad Bevensen gewesen. Aber dort war die Versorgung von Diabetikern nicht mehr möglich und so entschied sie sich für eine Bremer Klinik, um die ideale Einstellung der Medikamente vornehmen zu lassen. Es war zu vermuten, dass das nicht lange dauern würde, vielleicht zwei oder drei Tage. Im Grunde wollte sie sich lieber mit ihrer Zukunftsplanung befassen, doch sie sah ein, dass die Behandlung vorrangig war. Ein paar Tage konnte sie gut auf das „Immergrün" verzichten und Gaby würde sie bestimmt besuchen. Als Gisela Otto davon erzählte, war er rührend um sie besorgt und machte den Eindruck, dass er sie in diesen paar Tagen sehr vermissen würde.

Während Giselas Abwesenheit fanden die Tischnachbarn wieder Gelegenheit, um über sie zu tratschen. Diese ließen kein gutes Haar an der Armen, die sich jetzt nicht wehren konnte. Scheinbar waren sie neidisch, schließlich war Gisela ohne Zweifel jünger, hübscher und intelligenter als sie selbst.
Otto war Zeuge, als sie beschlossen:
„Die Koch passt einfach nicht zu uns. Hoffentlich kommt sie nie wieder."
Es hatte für Otto keinen Zweck, Gisela zu verteidigen. Sie glaubten, was sie wollten. Es dauerte ja nicht mehr lange, bis er mit Gisela dem „Immergrün" für alle Zeiten Ade sagen konnte.

Abends klopfte es an Ottos Tür. Ilse Knauer stand davor. Kess betrat sie unaufgefordert seine Wohnung.

„Oh, haben Sie es hier schön. Sie sind doch jetzt so allein, da wollte ich Ihnen Gesellschaft leisten. Das hätte ich schon viel früher gemacht, aber Sie hocken ja immer mit Frau Koch zusammen."

Verwegen warf sie ihren Kopf nach hinten. Dass der obere Knopf ihrer Bluse geöffnet war, tolerierte Otto. Die nächsten beiden Knöpfe hätten allerdings besser geschlossen bleiben sollen, denn der Anblick des welken Dekolletés und der faltigen Brustansätze war nicht gerade reizvoll.

„Es tut mir leid, dass ich keine Zeit für Sie habe. Ich erwarte einen dringenden Anruf", log er, als es erneut klopfte.

Jetzt stand Ursel Tiedemann mit einem viel zu kurzen Rock vor der Tür. Eine schwere Parfümwolke umgab ihren massigen Körper.

„Ach, du bist hier?" Verwundert sprach sie ihre Busenfreundin Ilse an.

„Meine Damen, ich erwarte ein dringendes Telefonat. Gehen Sie doch bitte in die Halle. Wenn ich früh genug fertig bin, kann ich mich zu Ihnen gesellen. Entschuldigen Sie, aber ich muss Sie jetzt bitten zu gehen."

Das war deutlich genug. Schmollend trollten sie sich. Dabei hatte keine mit der Anwesenheit der anderen gerechnet. Dumm gelaufen.

Otto erwartete gar keinen Anruf, aber er verspürte nicht die geringste Lust auf unerwünschten Damenbesuch dieser Art. Auch als Richter a.D. erlaubte er sich einmal eine Notlüge.

In der Regel hatte es sich so verhalten:
Beim Frühstück und beim Abendessen versuchten die Damen, Otto zu becircen. Niemals ging er zu deren Leidwesen darauf ein; er nahm es lediglich zur Kenntnis. Die unsinnigen Lästereien über Gisela ignorierte er. Um sie nicht zu beunruhigen, erzählte er ihr nur selten davon. Mittags hielten sich die Lästermäuler in Giselas Anwesenheit zurück, konnten die ständigen Sticheleien aber nicht lassen. Jetzt war der Zeitpunkt gekommen, den Damen - vor allem Ilse und Ursel – unmissverständlich klar zu machen, dass sie ihn in Ruhe lassen sollten. Wenn die wüssten, was Gisela und er planten!
Die Ruhe im Krankenhaus tat Gisela gut. Die exakte Dosierung der Medikamente machte sich bald positiv bemerkbar.
Über Gabys Besuch freute sie sich besonders.
„Gisela, denkst du noch an mein Geburtstagsgeschenk? Was hältst du von „Dirty Dancing"? Für die Nachmittagsvorstellung am nächsten Mittwoch könnte ich Karten bekommen."
„Super, das finde ich großartig. Dann brauche ich auch nicht bei Dunkelheit zurückzufahren. Versuch doch, die Karten zu bekommen. Hoffentlich ist die Aufführung so sehenswert, wie damals der Film."

„Lassen wir uns doch überraschen."

Nach drei Tagen konnte Gisela das Krankenhaus wieder verlassen, ganz zu Ottos Freude. Es gab doch noch so viel zu besprechen. Nachmittags saßen sie vertraut auf der Terrasse und genossen die Sonne des Altweibersommers. Am nächsten Tag wollte Otto bei Jens anrufen, denn seine Frist war abgelaufen.

„Ich habe dir noch nicht viel von meiner Familie berichtet. Sicher hast du dich schon gewundert, dass ich verhältnismäßig wenig Kontakt zu meinem Sohn und meiner Schwiegertochter habe. Mein Sohn ist Chirurg, meine Schwiegertochter Allgemein-medizinerin. Sie führen eine gut gehende Gemeinschaftspraxis in Alicante. Vorwiegend deutsche Urlauber, aber auch Deutsche, die in Spanien sesshaft wurden, lassen sich von ihnen behandeln. Beide sind sehr tüchtig und erfolgreich. Einen Vorwurf muss ich ihnen allerdings machen. Jens war doch erst zwanzig, als sie nach Spanien gingen. Er war noch viel zu jung und unselbständig, als er allein in Bremen zurückblieb. Von uns ließ er sich kaum etwas sagen. Im Grunde kam er nur, wenn er etwas brauchte. Und Geld brauchte er bei jedem Besuch. Aber wie hätten wir einen 20-jährigen noch erziehen sollen?

Dann habe ich drei Jahre lang meine Frau gepflegt. Sie litt unter Asthma und war herzkrank. Jede Aufregung hielt ich von ihr fern. Sicher habe ich auch Hilfe durch den Pflegedienst gehabt, dennoch war es eine schwere Zeit. Noch schlimmer wurde es, als ich nach ihrem Tod ganz allein war. Ich bin ihr sehr dankbar für die vielen wunderbaren Jahre, die wir miteinander verbracht haben."

Gisela war tief bewegt von Ottos Schicksal. Schon häufig hatte sie sich gefragt, weshalb sich Sohn und Schwiegertochter nicht um ihn kümmerten. Otto war genau so allein wie sie, bevor sie wieder die Verbindung zu Gaby aufgenommen hatte.

„Wart nur ab, Otto. Alles wird gut werden. Man kann das Rad nicht mehr zurückdrehen. Lass uns vertrauensvoll in die Zukunft schauen. Ganz sicher bin ich, dass wir die richtigen Mitbewohner für unsere Senioren-WG finden werden."

„Weißt du, was ich neulich geträumt habe?" Ottos Stimme klang plötzlich ganz anders. „ Im Traum hast du den Mann fürs Leben gefunden, warst glücklich und verliebt. Du bist ihm gefolgt und ich war wieder allein. Nicht, dass ich dir das Glück nicht gönnen würde, aber der Traum hat mich ganz schön verfolgt. Ich stellte mir vor, ohne dich leben zu müssen. Grauenvoll! Du gibst mir wieder Kraft zum Leben."

„Ach, Otto – noch ist kein Traummann in Sicht. Singles in meinem Alter haben auch ihre Macken und ihre Eigenheiten. Das muss erst einmal ziemlich zusammenpassen. Ehrlich gesagt, hätte ich auch nichts dagegen, wenn ich einen Partner finden würde. Ich suche aber nicht danach. Und wenn er doch auftauchen sollte, zwingen wir ihn dazu, bei uns einzuziehen."

Gisela lachte herzlich und fügte hinzu:

„Das Leben ist so spannend. Lass uns doch abwarten, was es noch für uns bereit hält."

Am nächsten Vormittag rief Otto bei seinem Enkel an. Ihm war ganz mulmig zumute. Gisela war an seiner Seite.

„Jens, hast du das Haus geräumt?"

„Ja. Aber glaub bloß nicht, dass ich die Wände noch einmal streichen lasse. Hat mir schon gereicht, deine blöde Blumentapete abreißen zu müssen. Ha, ich lach mich kaputt: mein Opa im rosa Reich, klasse! Jetzt kannst du mit deinem Kasten machen, was du willst. Noch kannst du das ja. Fragt sich nur, wie lange noch."

„Hast du den Schlüssel in den Briefkasten gesteckt?"

„Jaaa!"

„Bislang habe ich deinen Eltern nichts von deinen Eskapaden erzählt. Von deinem weiteren Verhalten hängt es ab, ob ich es nachhole."

„Die Alten sind doch nur auf sich selbst fixiert. Leckt mich doch alle!"

Sprachs und legte auf. Mit einem netteren Gespräch hatte Otto auch nicht gerechnet. Er war froh, dass diese Hürde genommen war. Was war jetzt wichtiger: das Haus zu inspizieren oder mit Frau Winter zu sprechen? Sie entschieden sich für die

Inspektion und starteten nachmittags in Richtung Bremen.

Der Rasen auf dem schönen Anwesen wartete darauf, gemäht zu werden. Hunde- und Maulwurfshaufen verunzierten das Grün und auch das Laub musste dringend zusammengeharkt werden. Innerhalb der letzten vier Monate war der Garten richtig verwildert. Unkraut überwucherte die Blumen auf den Rabatten.

Otto erschrak, als sie das Haus betraten. Rosafarbene Wände, wohin sie auch sahen, allerdings in unterschiedlichen Schattierungen. Die schönen alten Stuckdecken waren mit einem kitschig-rosa Anstrich versehen worden. Sogar die Lichtschalter und Steckdosen waren jetzt rosa und sogar die Heizkörper waren mit einfacher rosa Wandfarbe angepinselt worden. Farbspritzer und Kleckse zierten Parkett und Teppichboden.

Die schwülstige Luft in den Räumen veranlasste Gisela, eilig die Fenster zu öffnen. Von den Einrichtungsgegenständen war zunächst keine Spur zu sehen. Nur Küche und Bad schienen unverändert. In den oberen Räumen sah es ähnlich wüst aus wie in den unteren. Schließlich fanden sie die Möbelstücke und den anderen Hausrat im Keller wieder. Lieblos waren die Gegenstände in den Keller verfrachtet worden. Lampen und Gardinen lagen zwischen Betten, Büchern, Bildern und Geschirr. Die schwere Mahagoni-Schrankwand war unsachgemäß auseinander montiert worden. Sogar den schweren Eichen-Schreibtisch hatte er in den Keller bringen lassen. Allein hätte Jens das ohnehin nicht geschafft, selbst wenn er Faulheit und Bequemlichkeit überwunden hätte. Im Keller sah es wie auf einer Schutthalde aus.

„Wie gut, dass meine Frau das nicht mehr erleben muss. Ich schäme mich so", sagte Otto traurig.

Gisela und Otto waren einig: Es würde noch eine geraume Zeit dauern, bis sie hier einziehen konnten.

„Kannst du dir denn trotzdem vorstellen, hier zu leben", fragte Otto, nachdem er sich etwas beruhigt hatte.

„Klar, wenn wir alles hergerichtet haben."

„Sieh mal, hier war unser Schlafzimmer, daneben das Esszimmer. Die Räume auf der anderen Seite sind genau so groß. Das vordere war mein Arbeitszimmer, daneben lag das Gästezimmer. Wenn du die eine Seite nimmst und ich die andere, bleibt uns außer Bad und Küche der große Wohnraum mit dem Kamin. Aus der Diele können wir auch noch etwas machen."

„Es ist noch viel schöner, als ich es mir vorgestellt habe. Übrigens haben wir über eines noch nicht gesprochen. Wie hoch soll denn überhaupt die Miete sein?"

„Ich werde dir bestimmt nicht zuviel abnehmen. Wir leiden doch beide keine Not, das sehe ich doch richtig? Für dich mache ich einen Freundschafts-preis, denn schließlich hast du mich auf diese grandiose Idee gebracht. Die Höhe der Miete kann ja unser Geheimnis bleiben. Sagen wir mal, ich nehme den Anstandspreis von 200 Euro plus Nebenkosten. Kannst du das akzeptieren?"

„Das ist doch viel zu wenig."

„Je mehr Geld ich besitze und durch die Vermietungen einnehme, desto mehr muss ich eines Tages vererben. Das ist schon gut so. Hast ja gehört, ist ein Freundschaftspreis für dich. Wir machen dann einen richtigen Vertrag."

„Vertrag ist wichtig, hat aber noch Zeit. Vorrangiger ist der Besuch bei einem Maler. Sollen wir jetzt einen aufsuchen? Je früher, desto besser."

„Unser Haus-Maler hat sein Büro gleich zwei Straßen weiter."

„Na also, rein in den Wagen und nichts wie hin."

Der Malermeister Borgstedt hatte in den nächsten Wochen keinen Termin frei. Da ihm aber viel an solch einem lukrativen Auftrag lag, räumte er ein, weiteres Personal bei einer Zeitarbeitsfirma zu ordern. Er versprach, sich telefonisch zu melden. Wenn alles gut ginge, könnte er Anfang der nächsten Woche starten.

„Können wir noch beim Gärtner vorbei schauen?", fragte Otto. Ihm lag sehr am Herzen, den Garten wieder in Ordnung bringen zu lassen. Auch der Gärtner freute sich über den großen Auftrag, für den er jetzt noch Zeit hatte. Es dauerte nicht mehr lange, bis die Friedhofsarbeiten für den nahenden Totensonntag anfingen.

Ganz aufgeregt waren beide auf der Rückfahrt. Jetzt konnte sie nichts mehr aufhalten. Bald könnten sie in einem wunderschönen Haus wohnen, fernab von den Menschen, die ihnen nicht wohl gesonnen waren. Da es schon später geworden war, nahmen sie ihr Abendessen in einem guten Restaurant ein.

„Ich hab da eine Idee", fing Otto an.

„Schon wieder? Und worum geht es dieses Mal?", fragte Gisela, die unglaublich zufrieden und glücklich wirkte.

„Wir können doch ein lebenslanges Wohnrecht für dich im Grundbuchamt eintragen lassen. Dann kannst du dort wohnen, solange du willst. Immerhin bin ich 15 Jahr älter als du. Mein Sohn ist auf dieses Erbe nicht angewiesen, für ihn bleibt ohnehin noch mehr als genug. Und Jens? Über ihn brauchen wir nicht mehr lange zu reden."

„Das hört sich gut an. Lass uns erst einmal Kündigung und Umzug über die Bühne bringen. Und nicht zu vergessen – wir müssen uns um die Mitbewohner bemühen."

Vor lauter Vorfreude konnte Gisela nur schwer einschlafen.

Beim Mittagessen am nächsten Tag erschien Frau Winter, um Gisela und Otto die Leviten zu lesen.

„So geht das nicht, Herr Clemens. Wenn Sie nicht zum Abendessen kommen, müssen Sie sich abmelden. Bitte halten Sie sich an unsere Regeln."

„Welche Regeln? Ich habe doch für das Abendessen bezahlt, Frau Winter. Dann kann es Ihnen doch egal sein, ob ich es esse oder nicht. Ich bin ein mündiger Bürger und im vollen Besitz meiner geistigen Kräfte. Wenn ich das Haus verlasse, muss ich mich nicht bei Ihnen abmelden. Wenn mir etwas passiert, bekommen Sie schon Bescheid."

„Und Sie!", jetzt drohte Gisela die Standpauke.

„Sie können froh sein, dass Sie um 21 Uhr gerade wieder im Hause waren. Meinen Sie, die Nacht-schwestern hätten nichts Besseres zu tun, als vergeblich nach Ihnen zu sehen. Ist ja sowieso jedes Mal umsonst. Sie sind doch gesund - Ihnen fehlt doch nichts."

„Das brauchen Sie nicht mehr lange. Haben Sie etwas Zeit für uns? Wir möchten allein mit Ihnen reden." Die Anderen hatten neugierig zugehört.

Gustav mochte seinen Nachtisch nicht und stellte ihn den Anderen zur Verfügung. Lydia und Ilse griffen danach. Lydia war die Schnellere.

Mit den Worten: „Was ich nicht haben kann, soll keiner haben", schlug Ilse Lydia das Pudding-schälchen aus der Hand.

Frau Winter schien sehr aufgebracht als sie Gisela und Otto in ihr Büro bat.

„Was gibt es denn?", fragte sie genervt.

Otto begann: „Hiermit kündige ich meine Wohnung zum 31.12. des Jahres. Sie erhalten die schriftliche Kündigung noch heute."

Mit allem hatte Frau Winter gerechnet, nur damit nicht. Bevor sie darauf reagieren konnte, legte

Gisela gleich nach: „Und ich werde meine Wohnung zum Verkauf anbieten. Zum selben Termin. Wenn Sie Interesse haben, machen Sie mir ein Angebot. Ansonsten suche ich einen externen Käufer."

Frau Winter hatte die Fassung noch nicht wieder gefunden, denn ihre Antworten schienen ziemlich konfus: „Was haben Sie denn am „Immergrün" auszusetzen? Sie sind hier in einem Himmelreich! Aber Sie passten sowieso nie hierher, da haben die anderen schon Recht. Nun, verkaufen geht gar nicht. Oder doch? Vielleicht? Ich biete Ihnen 90.000 Euro. Was haben Sie denn vor?"

„Warten Sie ab, auch von mir erhalten Sie eine schriftliche Kündigung. Es muss ja alles seine Richtigkeit haben. Aber, Frau Winter, 90.000 Euro, das schlagen Sie sich mal aus dem Kopf. Immerhin habe ich im März noch 100.000 Euro dafür bezahlt. Ihre Preisvorstellung ist völlig indiskutabel. Da werden wir beide wohl nicht ins Geschäft kommen."

„Verlassen Sie sich darauf, ich werde jedem Fremden einen Strich durch die Rechnung machen, der sich für Ihre Wohnung interessiert."

„Frau Winter, vergessen Sie nicht, ich habe Zeit meines Lebens in einer Anwaltskanzlei gearbeitet. Mein ehemaliger Chef wird verhindern, dass ich Nachteile in Kauf nehmen muss. Und dass Herr Clemens Richter a.D. ist, dürfte auch Ihnen bekannt sein."

Vorerst gab Frau Winter sich geschlagen, was ihr Gesichtsausdruck schlecht verbergen konnte.

Noch nachmittags brachten Gisela und Otto ihre Kündigungsanliegen zu Papier, das hieß, Gisela tippte den Text in den Computer. Beide achteten peinlich darauf, dass ihnen kein Formfehler unterlief.

Danach ging Gisela zum Friseur, denn am nächsten Tag stand der Musical-Besuch mit Gaby an. Als sie frisch gestylt zurückkam, traute sie ihren Augen kaum. Otto begegnete ihr in einem wollweißen Kaschmir-Rollkragenpullover. Ohne Fliege!

Anerkennend sagte die Überraschte: „Jetzt siehst du aber schnieke aus. Das passt ja genau zu deinem weißen Haar. Solltest du häufiger tragen. Steht dir richtig gut und ist doch auch viel bequemer."

Verlegen legte er seine Hand auf einen Kaffeeflecken, um ihn zu verdecken. Obwohl er sich sehr geschmeichelt fühlte, sah er nicht gerade glücklich aus.

„Was ist denn mit dir los. Ist schon wieder was passiert?"

„Diese Weiber! Die sind ja mannstoll, und das in dem Alter. Anwesende natürlich ausgeschlossen. Als ich meine Wohnung betreten wollte, stand plötzlich ein Schatten neben mir. Ilse! Ehe ich mich versah, stand sie auf meinem Flur und schlug die Tür von innen zu. Umarmte mich und – pfui Teufel – wollte mich küssen.

Du wärst ja nicht da, jetzt könnte sie mich doch endlich haben. Stell dir das mal vor. Ich habe es im Guten versucht, sie abzuwehren. Als das nichts nützte, bin ich laut geworden, sehr laut. Als sie immer noch nicht aufgab, steckte ich ihr, dass wir bald ausziehen werden. Das hat gewirkt und sie war richtig geschockt. Was ich wohl mit dir wollte. Du wärst doch viel zu jung für mich. Was haben die nur für Fantasien.

Dann habe ich die Tür geöffnet und sie regelrecht rausgeschmissen."

„Na, mein Guter, man darf dich auch nicht alleine lassen. Aber da siehst du mal wieder: je oller - je doller. Keine Angst, ich werde dich nicht überfallen. Am besten, du lachst darüber, bald ist der ganze Spuk vorbei. Hast du die Briefe bei Frau Winter abgegeben?"

Otto nickte. Gisela merkte ihm an, dass ihn die Sache mit Ilse ordentlich mitgenommen hatte.

Gegen 13 Uhr begleitete Otto Gisela bis auf den Parkplatz und winkte ihr nach, als sie in Richtung Hamburg fuhr. Er freute sich für sie und er war sicher, dass die beiden Damen einen schönen Nachmittag verbringen würden. Leise flüsterte er vor sich hin: „Ja, von Horn, das ist ja wohl Ihre Wortschöpfung, aber ich übernehme sie von Herzen gern – Ma belle Giselle - wie passend!"

Da fuhr sie hin – eine tolle Frau. Was für Gefühle waren das, die er für sie empfand? Freund-schaftliche? Geschwisterliche? Oder hatte er sich gar verliebt? Darüber war Otto sich selbst nicht im Klaren.

Gisela und Gaby genossen die Vorstellung von „Dirty Dancing".

Gaby informierte ihre Tante noch vor Beginn des Musicals, dass sie bereits am nächsten Morgen nach Kreta fliegen würden; sie hatten den Urlaub wegen des bevorstehenden Umzugs vorverlegt.

„Hättest du doch etwas gesagt. Dann hast du ja eigentlich keine Zeit für mich."

„Doch, das ist schon in Ordnung. Die Koffer sind gepackt. Ich wollte vorschlagen, nach der Vorstellung mit dir zum Essen zu gehen, aber das verschieben wir besser auf ein anderes Mal. Übrigens werden wir nach unserem Urlaub Besuch bekommen. Mutter hat sich angemeldet. Dann kannst du endlich mal deine Schwester wiedersehen. Wie lange liegt euer letztes Treffen überhaupt zurück?"

„Viel zu lange. Es sind schon einige Jahre vergangen. Lass mich nachrechnen; das war tatsächlich vor acht Jahren. Ich hatte ja auch nichts anderes als meine Arbeit im Kopf. Wie sie jetzt wohl aussieht. Glaub mir, ich freue mich schon sehr auf ihren Besuch. Schade, dass wir uns so auseinandergelebt haben. Wir haben sicher viel nachzuholen."

Bevor sie sich nach der gelungenen Vorstellung verabschiedeten, steckte Gisela ihrer Nichte noch 200 Euro zu.

„Kauft euch etwas Schönes und genießt euren Urlaub. Und grüß mir deinen Kalle ganz lieb."

Nach einer herzlichen Umarmung stiegen beide in ihre Wagen und fuhren nach Hause.

Unterwegs sang Gisela „Hungry eyes" und andere bekannte Songs aus dem Musical vor sich hin. „The time of my life" und "She's like the wind" trällerte sie bei bester Stimmung und ziemlich laut. Wie sehr hatte sich ihr Leben doch verändert. In Gabys Nähe fühlte sie sich so wohl. Der Altersunterschied von 15 Jahren machte sich kaum bemerkbar und die beiden waren so vertraut wie gute Freundinnen. Sie schätzte auch Kalle, ein smarter Typ. Michael und Nadine mochte sie ebenfalls, aber die standen ihr nicht so nahe. Die beiden hatten in ihrem Alter auch ganz andere Interessen. Über Anrufe von Herrn von Horn, der sich ein- bis zweimal in der Woche meldete, freute Gisela sich sehr. Und Otto, die gute Seele! Wie schön, dass sie sich im „Immergrün" kennenlernten. Im Grunde hatten sie das sogar dem Taugenichts Jens zu verdanken.

Gisela summte noch immer die „Dirty Dancing"-Songs vor sich hin, als sie bestens gelaunt ihr verhasstes Domizil erreichte. Nach der Tagesschau war sie noch mit Otto verabredet. Der wollte den Weser-Kurier nach geeigneten Wohnungssuchenden durchstöbern. Gisela blieb noch etwas Zeit, um sich frisch zu machen und ein wenig zu relaxen.

Als sich der sonst so pünktliche Otto um 20.20 Uhr noch nicht gemeldet hatte, klopfte und klingelte Gisela an seiner Tür.

Obwohl sie Geräusche in der Wohnung wahrnahm, öffnete er nicht. Das war schon ungewöhnlich, Gisela war irritiert. Sie ging in ihre Räume zurück und versuchte, Otto über die Terrasse zu erreichen. Gerade ging ihr die Frage durch den Kopf, was die anderen wohl bei der Beobachtung denken würden, wie sie durch die Hecke auf die nachbarliche Terrasse schlich.

Ottos Zimmer waren hell erleuchtet, der Fernseher lief. Gerade sah Gisela noch, wie jemand durch die Tür schlüpfte und Ottos Reich verließ.

Plötzlich stand Gisela starr vor Schrecken da. Otto lag auf seiner Couch, auf seinem Gesicht lag eines seiner Sofakissen. Sein rechter Arm hing kraftlos abgespreizt nach unten, in der Hand hielt er eine seiner Fliegen.

Gisela wollte laut schreien, aber es ging nicht. Sie brachte keinen Ton heraus. Wie gelähmt stand sie da, obwohl ihr Verstand sie zum Handeln aufforderte. Otto rührte sich nicht. Warum rührte er sich nicht? War Otto tot? Jemand musste ihn mit seinem Kissen erstickt haben. Offensichtlich Derjenige, der gerade Ottos Wohnung verlassen hatte! Wäre sie nur eine Minute früher auf der Terrasse erschienen, hätte sie den Täter oder die Täterin noch gesehen.

Sie konnte einfach nicht glauben, was sie da sah. Lebte Otto vielleicht doch noch? Nein, nein – wenn einer eine solche Tat durchführte, arbeitete er gründlich und ließ es nicht bei einem Mordversuch bewenden.

Schnell begriff Gisela, dass auch sie in Gefahr war – der Mörder konnte durchaus noch im Hause sein. Wie in Trance betrat sie wieder ihre Räume und verriegelte ihre Terrassentür. Sie konnte keinen klaren Gedanken fassen. War Otto wirklich tot? Was, wenn er doch noch lebte? Nein, das konnte nicht möglich sein. Sie hatte ein paar Minuten lang auf der Terrasse gestanden, Otto hätte sich rühren müssen. Vielleicht waren auch nur Sekunden vergangen, Gisela hatte jedes Zeitgefühl verloren. Doch schreien? Laut schreien? Die Kehle war ihr wie zugeschnürt.

Nur noch kurze Zeit, dann würde die Nachtschwester bei ihr klingeln.

„Oh, Gott, lass es nicht Schwester Elke sein!" Ihr traute Gisela nicht über den Weg. Otto hatte keine Kontrollbesuche vereinbart. Wann würde man seinen Tod überhaupt bemerken?

Wenn sie doch nur Gaby oder Kalle anrufen könnte. Aber die wären imstande, ihretwegen den Urlaub zu verschieben und das wollte Gisela auf keinen Fall. Von Horn anrufen? Was sollte der von Lanzarote aus unternehmen?

Gisela war allein. Und sie hatte Angst – Angst auch um ihr Leben. Ungnädig hörte sie ihr Herz rasen, ein starkes Rauschen machte sich in ihren Ohren breit. Sie rannte in ihr Schläfzimmer, denn vom Fenster aus war ein Teil des Parkplatzes einsehbar. Sie hielt

Ausschau nach dem roten Sportwagen von Jens, aber weder von ihm noch von seinem Wagen war eine Spur zu entdecken. Das hatte gar nichts zu bedeuten. Zum einen konnte sie nicht den gesamten Parkplatz überblicken, zum anderen wäre Jens auch ausreichend Zeit geblieben, um zu verschwinden. Außerdem bestand die Möglichkeit, dass er außerhalb parkte.

Es klopfte an Giselas Tür. Zeit für die Nachtschwester – oder war es der Mörder?

Bevor Gisela öffnete, fragte sie, wer wohl da sei.

„Ich, Schwester Sabine", kam die Antwort.

Erleichtert öffnete Gisela die Tür.

„Was ist denn mit Ihnen los? Geht es Ihnen nicht gut, Frau Koch? Sie sehen ja aus, als wäre der Teufel hinter Ihnen her."

„Doch, doch, es ist alles in Ordnung", log sie. Geistesgegenwärtig kombinierte Gisela, dass auch sie selbst unter Verdacht geraten könnte, Otto umgebracht zu haben. Ein ganz fataler Gedanke!

„Das Wetter macht mir wohl zu schaffen", ergänzte sie und merkte, wie ihre Stimme zitterte.

Wie gern hätte sie Schwester Sabine ins Vertrauen gezogen, doch dazu war auch später noch Zeit. Erst einmal musste sie versuchen, ihre Gedanken zu ordnen und ein wenig zur Ruhe zu kommen.

„Wenn etwas mit Ihnen ist, sagen sie aber Bescheid. Sie sehen gar nicht gut aus."

Gisela bedankte sich und war froh, allein gelassen zu werden. Froh auch darüber, dass nicht Schwester

Elke Dienst hatte. Schwester Elke – für sie wäre es ein Leichtes, jederzeit ins Haus zu kommen. Und ihr Bruder, der seltsame Mensch hinter der Hecke? Ihm war es doch ohne weiteres möglich, die Schlüssel von seiner Schwester zu bekommen. In dem Fall wäre es sehr leicht, sich Zutritt zu Giselas Räumlichkeiten zu ermöglichen.

Was war mit ihrer Zukunft? Immerhin war das Kündigungsschreiben ausgehändigt und der Verkauf der Wohnung angekündigt worden. Wo sollte sie bleiben? Allein nach Bremen? Ohne Otto, das ging nicht! In seinem Haus wohnen, wovon sie gemeinsam geträumt hatten? Ausgeträumt! Otto gehörte nichts mehr – gar nichts! Dann schämte sie sich wegen dieser eigennützigen Gedanken und wünschte sich nur, das Geschehen wäre ein böser Traum gewesen.

Aber sie konnte und wollte nicht im „Immergrün" bleiben. Ob sie doch bei Gaby anrufen sollte? Diesen Gedanken verwarf sie erneut. Vielleicht war es besser, erst einmal in ein Hotel zu ziehen. Paradox – diese Wohnung war doch ihr Eigentum.

Gisela war total durcheinander, denn zu viele Gedanken strömten auf sie ein.

Otto, warum gerade Otto? Der konnte doch keiner Fliege etwas zuleide tun. Oder doch? Vielleicht hatte er in der Vergangenheit einen Unschuldigen hinter Gitter gebracht? Wieso hatte er sich nicht gewehrt? Er war doch mit ihr verabredet, konnte also noch nicht geschlafen haben. Möglich war sogar, der

Täter hatte ihm etwas unters Essen gemischt, um ihn wehrlos zu machen.

Wieder Fragen über Fragen, die sie nicht beantworten konnte. Und gerade das ließ sie schier verzweifeln. Es war nach 22 Uhr; sollte sie sich jetzt noch einmal ins Freie trauen, um durch Ottos Fenster zu schauen? War Otto wirklich schon tot, als sie ihn vor fast zwei Stunden entdeckte oder hätte sie ihn noch retten können?

Vorsichtig öffnete sie ihre Terrassentür. Der Lichtschein aus Ottos Wohnung erhellte notdürftig das Umfeld. Mit ihrem Pullover blieb sie in der Hecke hängen, doch das dabei entstandene Loch war ihr egal.

Otto lag unverändert auf der Couch. Die dunkelgrüne Fliege hielt er immer noch in der Hand. Das Sofakissen lag nach wie vor auf seinem Gesicht. Erneut überlegte sie, ob sie Schwester Sabine unterrichten sollte. Nach gründlicher Überlegung verzichtete sie darauf. Alles sollte seinen Gang gehen, dem armen Otto war ohnehin nicht mehr zu helfen. Vermutlich würde sein Tod allerhand Unruhe ins „Immergrün" bringen. Arzt, Kripobeamte und Bestatter könnten sich die Klinke in die Hand geben. Nachdem der Tod, wie es im Amtsdeutsch hieß „positiv zur Kenntnis" genommen wurde, musste auch Jens benachrichtigt werden. Jens, der auch als Täter in Frage kam.

Seine Telefonnummer hatte sie auf ihrem Handy gespeichert, aber...? Gisela verspürte das dringende

Bedürfnis, mit Ottos Sohn und Schwiegertochter zu sprechen. Deren Nummer kannte sie nicht, und sie war nicht berechtigt, in Ottos Unterlagen danach zu suchen.

Der Täter setzte nicht nur Ottos Leben ein Ende, er zerstörte gleichzeitig Giselas gesamte Lebensplanung.

Alles erschien ihr wie ein böser Traum. Wie sehr würde ihr der liebenswerte Otto fehlen. Gisela empfand tiefe Trauer um ihren guten Freund, der erst seit kurzer Zeit ihr Leben bereichert hatte. Warum gerade er? Sein Lächeln, das manchmal ein wenig verlegen schien, würde sie niemals wieder sehen können. Sie wünschte, richtig losheulen zu können, doch die Tränen blieben ihr versagt. Selten hatte sie sich so hilflos und allein gefühlt. Das Leben konnte doch ungerecht sein. Wut, Trauer, Enttäuschung – sie wusste nicht, welches Gefühl sie gerade umgab.

Erst nach Mitternacht ging Gisela zu Bett; an Schlaf war immer noch nicht zu denken. Alles war ruhig und still – totenstill eben. Plötzlich vernahm sie von der Eingangshalle her ein Geräusch. Gleich saß sie wieder senkrecht im Bett und lauschte. Sie vernahm das Schließen einer Tür, vermutlich war es die Eingangstür zu Ottos Wohnung. Hatte man seine Leiche entdeckt? Wieso gerade jetzt?

Frierend saß sie auf der Bettkante und starrte in die Dunkelheit. Die Jalousien vor dem Schlafzimmerfenster waren, so wie immer, bis auf einen kleinen Schlitz geschlossen.

Plötzlich sah sie den Lichtschein eines Autoscheinwerfers. Genau konnte sie es nicht erkennen, doch sie meinte, Frau Winter erkannt zu haben. Vermutlich war die von Schwester Sabine informiert worden. Gisela hörte aufgeregte Stimmen, ohne einzelne Worte zu verstehen. Eilig kleidete sie sich an und schlich trotz Dunkelheit auf ihre Terrasse. Wieder zwängte sie sich durch die Hecke, um aus sicherer Entfernung die Vorgänge in Ottos Wohnung beobachten zu können.

Nach Schwester Sabine betrat Frau Winter den Raum. Ein paar Sätze wurden gewechselt, die Gisela nicht verstehen konnte. Nachdem Frau Winter das Kissen von Ottos Kopf entfernt hatte, fühlte sie seinen Puls. Verneinend schüttelte sie den Kopf, schloss Ottos Augen und trat dann ans Fenster. Obwohl Gisela wusste, dass man sie in der Dunkelheit nicht sehen konnte, erschrak sie sehr. Frau Winter wandte sich wieder dem toten Otto zu. Was passierte denn jetzt? Frau Winter zog sich Handschuhe an, hob den leblosen Oberkörper an und legte das Kissen ordentlich unter Ottos Kopf. Dann redete sie heftig auf Schwester Sabine ein und griff danach zum Handy. Vermutlich rief sie jetzt den Notarzt an. Oder sie versuchte den Arzt zu erreichen, der täglich im „Immergrün" ein- und ausging, um die Bewohner der Pflegestation zu betreuen.

Gisela war einem Nervenzusammenbruch nahe. Wieder in ihrer Wohnung kramte sie in ihrer Medikamentenschublade und fand noch ein paar Beruhigungsdragees. Gleich drei schluckte sie davon, denn sie musste endlich zur Ruhe kommen. Vor Erschöpfung und dank der Wirkung des Baldrians schlief sie endlich ein. Wilde Angstträume begleiteten sie in dieser Nacht.

Alle weiteren Ereignisse der nächsten Stunden verpasste sie. Auch, dass und auf welche Art den anderen Bewohnern am Morgen die Todesnachricht überbracht wurde. Erst als Gisela zum Mittagessen erschien, erzählten es ihr die anderen.

„Wissen Sie schon, der Clemens ist tot. Herzschlag!"

Zum Teil waren die Bemerkungen reichlich zynisch: „Jetzt müssen Sie sich einen neuen Freund suchen."

Leise flüsterte Ilse ihrer Nachbarin Lydia zu: „So eine Liebschaft war in seinem Alter ja auch viel zu viel."

Nur der dünne Gustav war wohl ehrlich erschüttert.

Frau Winter kam eigens zu Gisela: „Heute Nacht ist Herr Clemens plötzlich von uns gegangen. Er hatte ja schon lange mit seinem Herzen zu tun. Ich habe seinen Enkel angerufen, der ihn ja hierher vermittelt hatte. Der sagte, dass er keine Zeit habe, um sich um die Beerdigung und die anderen Formalitäten zu kümmern. Ich sollte mich an seine Eltern wenden, den Sohn vom Verstorbenen. Sie waren doch häufig mit Herrn Clemens zusammen. Wissen Sie, wie ich den Sohn erreichen kann?"

Gisela fiel es sehr schwer, die Überraschte zu spielen. Sie war immer noch erschüttert über die Dreistigkeit von Frau Winter. Vielleicht wollte sie nur nicht, dass das „Immergrün" mit einem Mordfall in Verbindung gebracht wurde, denn das könnte ja ihrem guten Ruf schaden.

„Der Sohn und die Schwiegertochter leben in Alicante. Ich vermute, dass die Telefonnummer im schwarzen Kalender von Herrn Clemens steht."

Nur weil Gisela selbst Interesse an der Telefonnummer hatte, ging sie bereitwillig mit in Ottos Wohnung.

„Stellen Sie sich vor", begann Frau Winter, „weil Schwester Sabine nach Mitternacht noch Licht in Herrn Clemens' Zimmer sah und feststellte, dass der Fernseher laut lief, hat sie nach dem Rechten gesehen. Da fand sie den Armen – er war schon seit Stunden tot. Ganz friedlich hat er auf seinem Sofa gelegen. Ist ja gut, dass er nicht leiden musste."

„So eine gemeine Heuchlerin", dachte Gisela. Es hatte keinen Sinn, der Winter zu widersprechen, da sie weder Zeugen noch Beweise hatte.

Die gesuchte Rufnummer fand sie schnell in Ottos Kalender. Gisela notierte sie sich, bevor Frau Winter den Kalender an sich nahm.

Es war schon so, wie Gisela vermutete – der Arzt stellte den Totenschein aus und die Polizei wurde nicht eingeschaltet.

Wie sehr bedauerte Gisela, dass Gaby und Kalle ausgerechnet jetzt ihren Urlaub machten. Obwohl sie beide so dringend gebraucht hätte, wollte sie ihnen die Ferien nicht vermiesen.

Gisela setzte sich in ihren Wagen, fuhr ein paar Kilometer, hielt an und rief bei von Horn an. Auch er reagierte erschüttert auf das, was Gisela ihm berichtete. Wenn sich die Geschichte auch noch so unglaublich anhörte, es gab keinen Grund für von Horn, an Giselas Worten zu zweifeln.

„Gisela, Sie müssen da weg. Setzen Sie sich in den nächsten Flieger und kommen Sie hierher. Wir können zusammen beraten, was zu tun ist. Dann sind Sie wenigstens nicht mehr in Gefahr und können sich sogar ein wenig von den Strapazen erholen."

Keine Frage, das war ein guter Vorschlag.

„Nicht sofort, Herr von Horn. Zuerst möchte ich die Beerdigung abwarten. Mit dem Sohn will ich unbedingt sprechen. Er muss doch wissen, was wirklich geschehen ist. Das geht persönlich doch viel besser als telefonisch."

„Ich würde erst noch abwarten, welchen Eindruck der Sohn auf Sie macht. Ist es richtig, ihn zu informieren, wenn sein Sohn Jens Hauptverdächtiger ist? Seien Sie vorsichtig, meine Liebe."

„Ich sollte wohl auch den Maler und den Gärtner über Ottos Tod informieren."

„Das halte ich für fair. Wer weiß, ob die sonst auf ihre Kosten kommen. Überlegen Sie nicht zu lange;

kommen Sie nach Lanzarote. Sie sind mir und meiner Frau herzlich willkommen."

„Grundsätzlich haben Sie mich überzeugt. Dabei hatte ich schon in Erwägung gezogen, vorübergehend in ein Hotel zu ziehen. Wenn ich weiß, ob und wann Herr Clemens jun. anreist und nachdem ich mit ihm reden konnte, will ich gern zu Ihnen kommen. Unter anderen Umständen würde ich mich viel mehr darüber freuen."

Nachdem sie sich verabschiedet hatten, atmete Gisela etwas erleichtert auf und fuhr zunächst ziellos weiter. An einem Supermarkt hielt sie an und kaufte unter anderem einen Schreibblock. Es konnte sicher nicht schaden, ihre Gedanken, Beobachtungen, mögliche Motive und Verdächtigungen zum Mordfall schriftlich festzuhalten.

Wieder zurück im Auto, fing sie gleich damit an.

Jens (Motiv: Geldgier) Beobachtung: keine

Schwester Elke (Motiv: unbekannt) Beobachtung: keine

Bruder von Schwester Elke (Motiv: Nebenbuhler ausschalten) Beobachtung: keine

Unbekannter (Motiv Raubmord) Beobachtungen: keine

Das war wahrlich nicht viel. Sie grübelte und setzte nach einer Weile dazu:

Eine der Tischnachbarinnen (Motiv: Eifersucht) Beobachtung: keine

Gisela war ziemlich deprimiert, weil sie mehr Fakten gewünscht hatte, aber ihr fehlten die

Beweise. Tatsache war, dass Otto umgebracht wurde.

Sie murmelte vor sich hin: „Wer legt sich schon selbst ein Kissen auf das Gesicht, um den Erstickungstod zu suchen. Gerade jetzt, wo das Leben einen neuen Sinn finden sollte."

Das war so paradox, dass sie schon darüber lächeln konnte.

Giselas Gedanken flossen weiter. Wenn Ottos Sohn anreiste, würde er in seinem Elternhaus wohnen wollen – das war schließlich groß genug. Welchen Eindruck würden ihm die rosafarbenen Wände vermitteln? Das Mobiliar stand noch komplett im Keller. Es war möglich, dass Jens sich ins Ausland verdrückt hatte. Vielleicht ließ er sich am Telefon verleugnen. So schnell wie möglich musste sie mit Ottos Sohn Kontakt aufnehmen. Eine gute Idee, ihm die Abholung vom Hamburger oder Bremer Flughafen anzubieten. Ohne darauf vorbereitet zu sein, durfte er nicht in das Bremer Haus. Sie könnte ihm ein Hotelzimmer in der Nähe reservieren.

„Ach Otto, du machst es mir wirklich nicht leicht", stöhnte sie.

Zurück im „Immergrün" suchte sie Frau Winter auf, um sich zu erkundigen, ob sie Ottos Sohn erreicht habe. Ja, sie hatte ihm die Todesnachricht überbringen können. Ottos Sohn war sehr erschrocken und hatte zugesagt, gleich am nächsten Tag anzureisen. Jetzt konnte Gisela aktiv werden.

Als sie mit Herrn Dr. Clemens telefonierte, versuchte sie, bedacht die passenden Worte zu wählen. Nachdem sie ihm ihr Mitgefühl ausgedrückt hatte, deutete sie an, dass sein Vater und sie ein freundschaftliches Vertrauensverhältnis gepflegt hatten und dass der Senior ihr von seinen Sorgen und Nöten erzählt habe.

Dr. Clemens kündigte an, dass der Flieger am nächsten Vormittag um 11.30 Uhr in Bremen landen sollte. Gisela bot an, ihn abzuholen. Dieses Angebot nahmen der Doktor und seine Frau gerne an.

Abends war Gisela von einem neuen Gedanken gefesselt. Würde ein Arzt beim Anblick des toten Ottos erkennen können, ob die Todesursache Herzversagen oder Ersticken war? Ihr war nicht bekannt, ob man das feststellen konnte. Wenn ja, dann war es wahrscheinlich, dass Frau Winter den Arzt zum Ausstellen eines falschen Totenscheins veranlasst hatte. Wenn nein, dann müsste sie Schwester Sabine zum Schweigen verdonnert haben. Dann wäre die käuflich, denn wer vertuscht schon freiwillig einen Mord? Wie viel mochte die Lüge wohl wert sein?

Sehr gespannt war Gisela schon auf die 21 Uhr-Visite. Wie würde sich Schwester Sabine verhalten? Sie musste Dienst haben, denn ihre Wochenschicht hatte gerade erst begonnen.

Wie Miss Marple fühlte Gisela sich inzwischen, denn sie öffnete gedanklich eine neue Informationsquelle, die sich allerdings erst am nächsten Morgen verwirklichen ließ.

Als sie noch berufstätig war, musste sie hin und wieder Gerichtsakten zur Einsicht anfordern, die unter anderen auch Obduktionsberichte enthielten. Sie überlegte – wie hieß noch gleich der Rechtsmediziner, der in der Regel die Berichte unterzeichnete? Sein Name lautete wie eine Berufsbezeichnung: Gärtner, Schuster, Schneider oder Schuhmacher?

Wozu hatte sie ihren Internetanschluss? Sie recherchierte und stellte fest, dass es Herr Dr. Schäfer sein musste.

Den wollte sie gleich am nächsten Morgen anrufen und ihn nach möglichen äußerlichen Merkmalen beim Tod durch Erstickung zu fragen. Sie wollte sich auf die frühere berufliche Beziehung berufen.

Da sie es nicht abwarten konnte, versuchte sie schon vorab, per Internet eine Antwort auf ihre Frage zu bekommen. Die Ergebnisse reichten ihr nicht aus und ein Gespräch mit Dr. Schäfer schien ihr unverzichtbar.

Vor lauter Grübeln, Telefonieren und Recherchieren vergaß sie sogar ihr Abendessen. Weil sie wusste, wie wichtig gerade für sie die regelmäßigen Mahlzeiten waren, holte sie es schnell nach.

Gaby schickte eine SMS: „Liebste Gisela, Flug okay, Hotel und Wetter super. LG Kalle und Gaby"

Sie schrieb zurück: „Wünsche euch Beiden eine wunderschöne Zeit. LG Gisela."

Noch durften die Urlauber nichts von den Vorkommnissen erfahren. Sie wären glatt imstande, umgehend ihren Urlaub abzubrechen.

Der Zeiger der Uhr rückte weiter auf 21 Uhr und Gisela hatte das Gefühl, die Minuten vergingen viel langsamer als sonst. Gleich würde sie sehen, ob sich Schwester Sabine so unbeschwert wie sonst verhielt.

Dann war es soweit. Endlich klopfte es an ihrer Tür. Zu ihrem Erstaunen erschien Schwester Elke auf der Bildfläche, um mit bösem Blick schnippisch zu fragen:

„Na, alles in Ordnung?"

„Ja, danke."

Dabei war nichts in Ordnung. Jemand hatte Otto umgebracht und dieser Jemand konnte jederzeit wieder zuschlagen! War sie in dieser Nacht selbst in Gefahr? Sie zählte doch auch Schwester Elke zu den Verdächtigten. Ganz fest wollte sie ihre Tür verriegeln und noch den schweren Tisch davor schieben. Sie überprüfte, ob auch die Terrassentür und alle Fenster geschlossen waren. Ungewohnt für sie, die stets bei geöffnetem Fenster schlief.

Wie Recht hatte von Horn – sie musste das „Immergrün" verlassen. Je früher – desto besser!

Wieder kramte sie in ihrer Schublade nach Baldrian. Aber war es gut, so fest zu schlafen? Wenn es der Täter auch auf ihr Leben abgesehen hatte, war es besser, wach zu bleiben. Die Ereignisse der letzten

Tage hatten sie derartig mitgenommen, dass sie auch ohne Einschlaftabletten bald in tiefen Schlaf fiel.

Der Wecker klingelt um sieben Uhr. Sie freute sich, dass sie erstaunlich gut geschlafen hatte und dass sie überhaupt noch am Leben war. Bei diesen morgendlichen Empfindungen musste sie über sich selbst schmunzeln. Vor ihr lag ein programmreicher Tag. Beim Frühstück ging es ihr durch den Kopf, wie ausgefüllt die Wochentage während ihres Berufslebens waren. Bis auf die ersten Tage und Wochen im „Immergrün" verspürte sie noch keine Langeweile. Nicht einmal jetzt, wo es Otto Clemens nicht mehr als ihren Gefährten gab.

Gegen 8.30 Uhr versuchte sie, Dr. Schäfer, den Rechtsmediziner aus Klinik Bremen Mitte, zu erreichen.

Als sie ihn nach mehrfacher Weiterverbindung durch die Zentrale endlich am Hörer hatte, gab er ihr bereitwillig Auskunft.

„Glauben Sie mir, es ist ein Horror für einen Gerichtsmediziner, Tod durch Ersticken nachzuweisen. Das ist äußerst schwierig, denn es gibt keine äußerlichen Unterscheidungsmerkmale. Beim Tod durch Herzinfarkt kann es im Gesicht rötlich-bläuliche Verfärbungen geben. Wie gesagt – kann, muss aber nicht."

„Im Internet konnte ich etwas vor punktförmigen Einblutungen in den Augen lesen."

„Ja, das gibt es in Einzelfällen. Ist ebenso – kann, aber muss nicht. Glauben Sie mir, so manch ein Tod durch Ersticken wurde niemals als solcher erkannt oder nachgewiesen. Doch sagen Sie, weshalb fragen Sie überhaupt?" Gisela berichtete in groben Zügen von den Vorkommnissen. Der Gerichtsmediziner riet ihr, unbedingt eine Anzeige gegen Unbekannt zu erstatten. Nur pro forma erklärte Gisela sich damit einverstanden. Sie wollte auf jeden Fall erst Kalles Rat nach seiner Rückkehr abwarten.

Etwas Zeit blieb ihr noch, ihre Wohnung in Ordnung zu bringen und den schweren Tisch wieder an den richtigen Platz zu verschieben.

Ihr Blick aus dem Fenster fiel auf die lange Hecke, die Grenze zwischen dem „Immergrün" und dem Haus, in dem Schwester Elke und ihr Bruder wohnten. Verwundert stellte sie fest, dass statt des Umschlags, den Otto im Gehölz befestigt hatte, etwas Knallrotes zu sehen war. Schnell holte sie das Fernglas, das Kalle ihr zur Verfügung gestellt hatte und erkannte ein Bündel Blumenblüten. Genau konnte sie es nicht sehen, sie vermutete aber einen Rosenstrauß. Dieses Scheusal hinter der Hecke gab also immer noch nicht auf.

Der Flieger landete pünktlich. Alle Sorgen, die Gisela sich während der Fahrt nach Bremen machte, waren umsonst, denn sie überlegte, wie sie das Ehepaar Clemens erkennen würde. Ihr fiel bald eine junge Ausgabe von Otto auf, begleitet von einer eleganten Dame – das mussten sie sein. Der Junior war ebenso groß und schlank wie Otto. Er hatte die gleiche Statur und den gleichen Haaransatz, nur waren seine Haare noch dunkel. Lediglich an den Schläfen versuchte sich das Grau durchzusetzen.

Gisela sprach die Beiden an. Herr und Frau Dr. Clemens bedauerten, dass sie sich unter diesen Umständen kennen lernen mussten.

„Ich verstehe, dass Sie sich von Ihrem Vater noch verabschieden möchten und dass es noch allerhand Formalitäten zu regeln gibt. Da gibt es aber noch etwas, was ich dringend mit ihnen besprechen möchte. Wollen wir uns dort in das Restaurant setzen?"

Das Ehepaar Clemens stutzte, stimmte dann aber zu.

„Es ist schwierig für mich, den richtigen Anfang zu finden. Hatten Sie in der letzten Zeit Kontakt zu Ihrem Sohn?"

„Der Jens meldet sich nicht so häufig. Das ist ein Zeichen, dass es ihm gut geht. Zuletzt hörten wir von ihm, als er seinem Großvater beim Umzug in das „Immergrün" behilflich war. Da sind tatsächlich schon wieder einige Wochen ins Land gegangen. Ja, die Praxis lässt uns viel zu wenig Zeit für Privates. Wieso fragen Sie?"

„Ihr Vater und ich haben viel Zeit miteinander verbracht, denn wir hatten kaum Gemeinsamkeiten mit den anderen Bewohnern. Für uns gab es ausreichend Gesprächsthemen – das führte uns wohl auch zusammen. Auf Wunsch Ihres Vaters bin ich mit ihm nach Bremen gefahren. Er hatte ein so seltsames Gefühl und wollte in seinem Haus nach dem Rechten sehen. Da wohnte er ungefähr vier Wochen lang in der Anlage. Glauben Sie mir, ich habe gesehen, wie geschockt Ihr Vater war, als er sehen musste, dass sein Haus zum Bordell umfunktioniert wurde."

Gisela beschrieb alle Einzelheiten, erzählte von den Hunden, die ihm keinen Zutritt ins eigene Haus gewährten und von Jens, der sich nicht gesprächsbereit zeigte. Herr und Frau Clemens trauten ihren Ohren nicht. Sie hatten wohl auch ein schlechtes Gewissen, weil sie sich in der Vergangenheit viel zu wenig um Vater und Sohn gekümmert hatten.

„Verstehen Sie jetzt, dass ich Sie erst vorbereiten musste? Leider ist das noch nicht alles. Ihrem Vater ist es gelungen, dass Jens das Haus wieder räumte. Jetzt ist der Maler damit beschäftigt, die vorherrschende Farbe rosa aus dem Haus zu verbannen. Alle Möbelstücke und Einrichtungs-gegenstände wurden durch Jens in den Keller gebracht und stehen dort in einem heillosen Durcheinander. Diesen unvorbereiteten Anblick wollte ich Ihnen gern ersparen. Auch das ist ein Grund, weshalb ich Sie abholen wollte."

„Wir sind Ihnen sehr dankbar dafür und vor allem, dass Sie unseren Vater in den letzten Monaten auf seinem Weg begleitet haben. Jetzt werden wir zum Bestattungsunternehmer fahren und die Ein-äscherung in Auftrag geben. Vater soll neben unserer Mutter seine letzte Ruhe auf dem Riensberger Friedhof finden", sagte Dr. Clemens.

Gisela wurde kreidebleich im Gesicht und ihre Stimme klang fast schrill: „Einäscherung – das geht nicht!"

Sie erschrak selbst über ihre spontane Reaktion.

Frau Dr. Clemens schien etwas pikiert und warf ein: „Das müssen Sie schon uns überlassen."

Wieso noch eine lange Vorrede. Gisela kam direkt zur Sache:

„Ich bin ich sicher, dass Ihr Vater ermordet wurde."

Dann erzählte sie alles, was sie beobachtet hatte. Und davon, wie Frau Winter die Todesursache später darstellte.

„Glauben Sie mir, ich wäre längst zur Polizei gegangen. Aber ich wollte erst mit Ihnen sprechen. Außerdem ist es fraglich, ob man mir geglaubt hätte. Schließlich hat der Arzt offenbar ohne Bedenken den Totenschein ausgestellt."

„Sie denken doch wohl nicht, dass unser Jens...?", fragte sein Vater erschrocken.

„Da gibt es mehrere Personen, die in meinen Augen ebenso verdächtig sind."

In Kurzform schilderte Gisela die möglichen Motive von Schwester Elke und deren Bruder. Auch ihren Verdacht gegen eine der Tischnachbarinnen brachte sie zur Sprache.

Das Ehepaar Clemens hörte erstaunt aber stumm zu.

„Der Lebensgefährte meiner Nichte, Herr Korn, ist ein findiger und erfolgreicher Ermittler. Leider macht er zurzeit Urlaub im Ausland. Ihr Vater ist tot – diese Tatsache müssen wir leider akzeptieren, so schwer es auch fallen mag. Dennoch würde ich gern Herrn Korn nach seiner Rückkehr befragen."

Frau Dr. Clemens unterbrach Gisela: „Tote soll man ruhen lassen. Er wird nicht wieder lebendig, so sehr sich ein Herr Korn auch bemühen mag."

Auch ihr Gatte meldete sich: „Stimmt - Tote soll man ruhen lassen. Wichtiger ist aber, dass man Lebende schützen muss."

„Denk an die Praxis. Wir können nicht so lange in Deutschland bleiben. Was ist mit unserem Verdienstausfall. Ich bin immer noch für eine schnellstmögliche Feuerbestattung."

Giselas Vermutung war bestimmt richtig: die Mutter versuchte, ihren Sohn zu schützen.

„Bedenke doch, da läuft ein Mörder herum, vielleicht bereit, sich bald ein neues Opfer zu suchen. Erzählen Sie doch noch einmal ganz genau, was Sie beobachtet haben."

Gisela wiederholte, dass sie von der Terrasse aus im hell erleuchteten Zimmer Clemens mit einem Kissen auf dem Gesicht auf seiner Couch liegend gesehen habe. Offensichtlich verließ gerade jemand das Zimmer. Das Schließen der Tür zum Flur hatte sie im letzten Moment optisch und akustisch wahrgenommen. Weiter schilderte Gisela, dass Frau Winter im Beisein von Schwester Sabine das Kissen, welches zuvor auf Clemens Gesicht lag, unter dessen Kopf gesteckt habe.

„Ich glaube Ihnen. So etwas kann keiner erfinden. Wir dürfen keinen Mörder schützen, auch wenn es unser eigener Sohn sein sollte."

„Bist du wahnsinnig. Denk an unseren Ruf."

Ottos Schwiegertochter blieb uneinsichtig und hartnäckig.

Er war besonnener: „Lass uns in Ruhe darüber nachdenken, wie wir vorgehen können. Ich halte unter diesen Umständen eine Erdbestattung für richtig. So bleibt uns die Möglichkeit, die wirkliche Todesursache zu einem späteren Zeitpunkt feststellen zu lassen. Wie wäre es, wenn wir zusammen zur Polizei gingen?"

Frau Dr. maulte: „Was soll ich da. Ich habe nichts gesehen und kann keine Aussage machen."

Und Gisela: „Im Prinzip ja. Das ist der richtige Weg. Aber ist das der geeignete Zeitpunkt? Sie können sicher sein, dass Herr Korn ein Guter ist, nicht nur in seinem Beruf. Er wird mir glauben und der Sache nachgehen."

„Und wer, bitteschön, soll das bezahlen? Sie etwa?", war Frau Dr. Clemens' Stimme wieder zu hören.

„Wenn es sein muss, ja. Schon um der Gerechtigkeit Willen. Er wird mir eher glauben als die Polizei, weil ich keine Beweise habe. Und gerade die Beweise, die wird Herr Korn finden. Davon bin ich überzeugt."

Die Zweifelnde musste einsehen, wie ernst Gisela die Sache war. Herrn Dr. Clemens sah man die Aufregung und die Strapazen der Reise an.

Gisela schlug vor: „Sollten wir jetzt nicht erst einmal zu Ihrem Vater fahren. Wenn es Ihnen Recht ist, würde auch ich mich gern von ihm verabschieden."

„Sind Sie so freundlich und bringen uns hin? Wir haben dann ja den gleichen Weg. Zuerst will ich aber versuchen, Jens zu erreichen", meinte Herr Clemens.

Vom Parkplatz aus wählte er die Handynummer seines Sohnes. Er stellte sich etwas abseits und ließ die Frauen an Giselas Wagen zurück. Nur einige Wortfetzen konnte Gisela verstehen: „In Moldawien? Urlaub, hmmh. Ach geschäftlich. Opas Beerdigung. Verstehe ich nicht!"

Gespannt warteten die Frauen auf seinen Bericht, der nur sehr knapp ausfiel: „Jens ist erst in zwei Wochen wieder zurück."

Gisela hatte also richtig vermutet: Jens hielt sich im Ausland auf. Dieser junge Mann aus gutem Hause, dem sie zu keiner Zeit persönlich begegnet war, blieb ihr ein Rätsel. Sie kannte ihn nur von einem Foto, das Otto ihr einmal gezeigt hatte.

Da unmittelbar nach Ottos Tod kein Angehöriger erreichbar war, um Verfügungen zu treffen, wurde der Leichnam in die Bassumer Leichenhalle gebracht. Und die war nun das Ziel der Drei. Am Eingang der Halle war eine Telefonnummer angebracht, über die man einen Zuständigen erreichen konnte, falls man Einlass begehrte.

Kurze Zeit später schlurfte ein älterer Herr mit dem Schlüssel herbei. Er war sehr einfühlsam und öffnete ihnen die Tür. Gisela hielt sich zunächst zurück und ließ den Angehörigen den Vortritt. Durch die angelehnte Tür sah Gisela Ottos Sohn, dem der Anblick des toten Vaters sehr nahe ging. Die Schwiegertochter schien gefasster zu sein. Nach einigen Minuten forderte Dr. Clemens auch Gisela zum Eintritt auf.

Weil niemand einen anderen Auftrag erteilt hatte, lag Otto friedlich in seinem dunklen Anzug im Sarg. Sogar eine Fliege, sein Markenzeichen, hatte ihm jemand um den Hals gelegt. Mit Giselas Fassung war es schnell vorbei und sie konnte ihre Tränen nicht mehr zurückhalten. Die Aufregungen der letzten Wochen hatten wohl den Höhepunkt erreicht. Der freundliche ältere Herr zeigte ihnen den Weg zum Bestattungsunternehmer. Was es da zu regeln gab, war nicht mehr Giselas Angelegenheit.

Das Ehepaar bat sie um ein weiteres Gespräch am Abend. Sie verabredeten sich um 19 Uhr im „Immergrün". Gisela war es recht – etwas Ruhe und Entspannung konnte sie jetzt gut gebrauchen.

Zum verabredeten Zeitpunkt wurde sie vom Ehepaar Clemens geweckt, denn sie hatte tatsächlich fest geschlafen. Zuerst bot sie ihren Gästen einen Platz an und entschuldigte sich, weil sie wegen ihres Diabetes etwas Essbares zu sich nehmen musste.

Dabei war sie doch so gespannt auf die getroffenen Entscheidungen.

„Das hier ist wirklich eine schöne Anlage", stellte Herr Dr. Clemens fest.

Gisela bestätigte das, sparte aber nicht mit Nachteilen, vor allem den schwierigen zwischenmenschlichen Beziehungen. Frau Winter sei nur vor und unmittelbar nach ihrem Einzug sehr freundlich aufgetreten. Die Ehepaare seien ein Völkchen für sich und duldeten keine Eindringlinge. Es folgte die kurze Beschreibung der Tischnachbarn, mit denen es keinerlei gemeinsame Interessen gab. Sie vergaß auch nicht, dass eine von ihnen ein Auge auf Otto geworfen und mit Verbitterung auf dessen Ablehnung reagiert hatte.

War jetzt der richtige Zeitpunkt gekommen, um von den gemeinsamen Zukunftsplänen zu berichten? Gisela zögerte noch und fragte interessiert:

„Haben Sie alles regeln können?"

„Ja. Meine Frau und ich haben lange diskutiert. Schließlich konnte ich sie davon überzeugen, dass unter den von Ihnen geschilderten Umständen eine Erdbestattung richtig ist. Sie soll am Dienstag stattfinden. Die Traueranzeige haben wir auch aufgegeben. Übrigens gestaltete es sich äußerst schwierig, eine Grabstelle zu bekommen."

Gisela fiel ein Stein vom Herzen.

„Schauen Sie doch einmal mit mir auf die Terrasse."

Bewaffnet mit der großen Taschenlampe, die Kalle ihr überlassen hatte, schlichen sie zu Dritt durch die

Buchenhecke und schauten durch Ottos Wohnzimmerfenster.

„Am Mittwoch war das Zimmer hell erleuchtet."

Noch einmal schilderte sie genau, was sie wann aus nächster Nähe beobachtet hatte.

„Ich denke, Sie glauben mir jetzt, dass ich zwar Tatsachen bezeugen, aber keine Beweise liefern kann."

Sohn und Schwiegertochter wirkten bestürzt.

Wieder zurück in Giselas Wohnung fragte Dr. Clemens: „Erlauben Sie mir eine Frage? Weshalb sind Sie hierher gezogen? Sie sind doch viel zu jung und aktiv für eine Anlage dieser Art."

„Sie glauben nicht, wie oft ich meine Entscheidung bereut habe. Doch da waren plötzlich das Ende meines aufregenden Arbeitslebens und meine Eigentumswohnung, deren Lage ohne mein Zutun unattraktiv geworden war. Entscheidend aber war, dass ich nicht ganz allein leben mochte. Den Zuckerschock in Italien habe ich nicht vergessen. Es machte mir Angst, einsam und ohne Kontakt zu sein. Hier, so dachte ich, könnte so etwas nicht passieren."

Die Gesprächspartner, auch Frau Dr. Clemens, zeigten Verständnis. Im Laufe der Unterhaltung schien es, als würde sie ihre anfängliche Ablehnungshaltung ablegen.

„Heute konnten wir Frau Winter nicht mehr erreichen. Morgen früh um zehn Uhr haben wir einen Termin mit ihr vereinbart. Die Wohnung unseres Vaters muss ja noch geräumt werden. Am besten lassen wir das alles in das Bremer Haus transportieren."

„Gestern habe ich mir erlaubt, den Maler über den Tod ihres Vaters zu unterrichten. Sie werden entscheiden müssen, ob er mit seiner Arbeit fortfahren soll. Ist Ihnen übrigens bekannt, dass Ihr Vater die Wohnung im „Immergrün" gekündigt hatte?"

Nach dieser Aussage schaute sie in zwei verdutzte Gesichter.

„Ihr Vater beabsichtigte, nach Oberneuland zurückzuziehen. Wir waren gerade dabei, eine Senioren-WG zu gründen. Auch ich habe meine Wohnung hier wieder zum Verkauf angeboten. Aufgrund der Ereignisse der letzten Tage konnte ich mich allerdings nicht um einen Käufer bemühen."

Wieder nahm Gisela ein seltsames Blitzen in Frau Dr. Clemens Augen wahr.

„Das war doch eine gute Idee", antwortete ihr Mann darauf.

„Es ist wohl richtig – einen alten Baum verpflanzt man nicht. Aber schade, dass Vater diesen Gedanken nicht schon früher hatte. Dann hätte er sich all das hier ersparen können und wäre sicher noch am Leben."

„Wir hatten alles besprochen. Ich sollte das Gästezimmer und das ehemalige Büro bewohnen. Wohnzimmer, Diele, Küche und Bad wollten wir gemeinsam nutzen. Wir waren dabei, für die oberen

Räume geeignete Mitbewohner zu finden. Sie können sicher sein, dass ich niemals die Stelle Ihrer Mutter einnehmen wollte. Wir haben uns einfach nur gut verstanden. Durch gemeinsame Interessen und lange Gespräche konnten wir unserem Leben wieder einen Sinn geben."

Jetzt schaltete sich die Schwiegertochter ein: „Musste Jens deshalb ausziehen?"

„Oh nein, Jens musste ausziehen, weil er ohne zu fragen, das schöne Haus zu einem Bordell umfunktionierte. Das hätte sein Großvater ihm niemals erlaubt."

Gut, dass Gisela wenigsten den Herrn Doktor auf ihrer Seite wusste.

Als nächstes ging sie auf die Verfolgungsgeschichte ein, auf Schwester Elke und deren Bruder. Nicht ihretwegen hielt sie den Bericht für wichtig. Aus Giselas Sicht konnte einer der beiden durchaus als Täter in Betracht kommen.

Das Klingeln des Telefons unterbrach ihre Unterhaltung. Von Horn erkundigte sich nach Giselas Befinden und wollte den neusten Stand der Dinge erfahren. Mit Nachdruck forderte er sie auf, das Ticket für Lanzarote zu buchen. Das Gespräch war nur kurz, denn Gisela erschien die Anwesenheit der Gäste zurzeit wichtiger. So vertröstete sie ihren Ex-Chef und versprach, sich am nächsten Tag zu melden.

Pünktlich um 21 Uhr klopfte die Nachtschwester. Obwohl Dr. Clemens Schwester Elke nur für einen

Moment sehen konnte, meinte er spontan: „Ich gebe Ihnen Recht. Sie macht einen eigenartigen Eindruck, könnte sogar drogenabhängig sein. Immer besser verstehe ich Ihren Entschluss, diesen Ort zu verlassen."

Bald darauf baten die Gäste Gisela, ein Taxi zu bestellen, das sie ins Hotel bringen sollte. Ein ungewöhnlich anstrengender und aufregender Tag neigte sich dem Ende zu. Morgen würden sie sich erneut treffen; um zehn Uhr war ja die Verabredung mit Frau Winter vereinbart.

Gisela las noch die SMS von Gaby: „Kreta ist auch im November wunderschön. Hoffe, es geht dir gut. LG Kalle und Gaby"

Sie schrieb zurück: „Genießt euren Urlaub. Hier ist alles paletti. LG Gisela"

Wenn die wüssten!

Im Traum sah Gisela verschiedene Gestalten, die miteinander tanzten:

Einen jungen Mann, der hüpfend und springend mit synthetischer Stimme rief: „Ich bin Jens, ich bin Jehens!"

Dann war da ein älterer Mann, der lockend flüsterte: „Zur Kastanie! Heute Abend – zur Kastanie!"

Ilse riskierte auch in Giselas Traum eine dicke Lippe und Schwester Elke steppte mit einer Spritze in der Hand. Sie alle tanzten leichtfüßig und fröhlich um Ottos Sarg herum. Schweißgebadet wachte Gisela auf. Blöder Traum! Gleich nach der Beerdigung wollte sie von Horns Einladung annehmen. Bloß weg hier, bloß weg.

Sie grübelte darüber nach, wie paradox es doch war, dass ein Mordopfer beerdigt werden sollte, bevor der Mordverdacht überhaupt aktenkundig war. Machte sie sich eigentlich strafbar, schließlich schützte auch sie durch ihr Schweigen einen Mörder vor seiner Strafe.

Irgendwann schlief Gisela wieder ein.

Das Ehepaar Clemens meldete sich am nächsten Tag zuerst bei Gisela und bat sie um Begleitung zum Gespräch mit Frau Winter. Gisela fragte sich, ob ihre Anwesenheit erforderlich war, doch sie ließ sich dazu überreden.

Wie zu erwarten schlüpfte Frau Winter in die Rolle der Verständnisvollen und Mitfühlenden. Es dauerte nicht lange, bis sie fragte: „Wann gedenken Sie, die Wohnung Ihres Vaters zu räumen? Ich muss mich doch bald um einen neuen Bewohner bemühen."

Dr. Clemens reagierte blitzschnell und antwortete freundlich, vielleicht ein wenig arrogant:

„Da haben wir wohl noch einige Wochen Zeit. Mein Vater hatte die Wohnung doch ordnungsgemäß gekündigt."

Frau Winter rechnete offensichtlich nicht mit dieser Antwort. Ohnehin schien sie durch Giselas Anwesenheit ziemlich irritiert zu sein. Dr. Clemens, der das Sichern von möglichen Beweisen im Kopf hatte, fing wieder an und seine Stimme klang kühl:

„Verlassen Sie sich darauf, dass ich die Wohnung

rechtzeitig räumen lasse. Wir würden jetzt gerne noch einmal die Räumlichkeiten betreten. Vielleicht sind da noch ein paar Erinnerungsstücke, die wir gleich mitnehmen möchten."

Bereitwillig öffnete Frau Winter die Tür. Sohn, Schwiegertochter und Gisela standen beklommen in Ottos ehemaligem Reich. Jeder von ihnen hing auf seine Art den Gedanken und Erinnerungen nach. Es war bezeichnend, dass Frau Winter sich mit dem Rücken zur Couch postierte. So, als wolle sie verhindern, dass einer der Anwesenden etwas Verräterisches entdecken könnte.

Wieder fragte Gisela sich, was um alles in der Welt Frau Winter dazu bewegt haben mochte, die Lage des Sofakissens so zu verändern, dass es auf den ersten Blick keinen Mordverdacht gab. Wen schützte sie? Oder war sie wirklich nur auf den guten Ruf ihres Hauses bedacht?

Ein paar Schritte musste Frau Winter beiseite treten, denn Frau Dr. Clemens wandte sich zu einem kleinen Beistelltischchen, um das Foto ihrer Schwiegereltern an sich zu nehmen.

Gisela bemerkte die Nervosität von Frau Winter. Die behielt die Couch, so gut es ihr möglich war, im Auge. Dabei machte sie den Eindruck, als bewache sie Ottos Hab und Gut.

Als es nichts mehr zu bereden gab, zog Gisela sich mit dem Ehepaar Clemens in ihre Wohnung zurück. Dort bot Gisela ihnen an, sie am Nachmittag nach Bremen zu fahren. Ottos Wagen stand seit Monaten unbewegt auf dem Parkplatz. Weil Gisela aber selbst Interesse hatte, das Bremer Haus zu sehen, verzichtete sie darauf, die Gäste auf Ottos Auto aufmerksam zu machen.

Bis zum Mittagessen, das Gisela im „Immergrün" einnehmen wollte, vertrieben sie sich die Zeit. Gisela schlug vor, dass die beiden sich einfach dazugesellten, damit sie die Tischnachbarn kennen lernen und sich ein eigenes Bild über deren Eigenheiten machen konnten.

Kurz vor zwölf Uhr nahm Gisela ihren Platz ein. Vor Ilse lag ein Sudoku-Rätsel, das sie zu lösen versuchte, was ihr nur selten gelang. Wie meistens verlor sie die Geduld und schimpfte lauthals, ohne einmal den Fehler bei sich selbst zu suchen.

„Das kann ja nicht stimmen. Das ist wieder eine falsche Vorlage. Ich bin doch nicht doof!" Wetternd feuerte sie den Kugelschreiber zu Boden. Typische Haltung für Ilse.

Gisela sah Ilses blauen Kugelschreiber mit dem Volksbank-Logo und kam auf eine Idee. Eben solch einen Stift müsste sie jetzt haben. Vielleicht wäre Ilse damit in eine Falle zu locken. Dann liefe schon das erste Ausschlussverfahren – Ilse schuldig oder nicht. Doch heute, am Samstag, hatte Gisela keine Chance, sich einen solchen Stift zu besorgen. So blieb ihr ungewollt bis Montag Zeit, ihre ermittlerischen Gedanken reifen zu lassen.

Kurz bevor der Nachtisch serviert wurde, trat das Ehepaar Clemens an den Tisch und wurde von allen neugierig beäugt. Brav sprachen die Tischnachbarn ihr Beileid aus. Aufrichtig schien nur die Bekundung von Lydia und Gustav zu sein. Man lud die Beiden sogar zum Mittagessen ein. Plump vertraut meldete sich Ilse gleich zu Wort:

„Lasst es euch schmecken, das hat euer Vater schon alles bezahlt. Und nun ist er tot. Lange war er ja nicht bei uns. Ich hätte mich so gern um ihn gekümmert. Ja, das Herz – das Herz macht, was es will. Und jetzt macht sein Herz gar nichts mehr."

Gisela verkniff sich ein Grinsen. Mit diesen Sätzen gab Ilse direkt ihren rühmlichen Charakter preis.

Käthe Weniger schien in Gedanken wieder in einer anderen Welt versunken zu sein. Sie wirkte teilnahmslos und desinteressiert und konnte einem leid tun.

Ursel Tiedemann fragte neugierig die Eheleute aus. Taktlos wollte sie erfahren: „Bleiben Sie länger in Deutschland? Ist ja schön, so ein kleiner Urlaub zwischendurch".

Ilses schrille Stimme meldete sich wieder: „Das wird wohl eine schöne Beerdigung. Als ich noch arm war, hätte ich mir nur eine ganz einfache leisten können. Aber jetzt... ! Meine soll einmal ganz prunkvoll sein."

Herr und Frau Doktor äußerten sich kaum dazu. Sie nahmen aber schnell zur Kenntnis, dass keiner der Anwesenden als Gesprächspartner für Gisela und ihren Vater passte. Es war anstrengend, diese Personen zu ertragen. Auf dem Weg nach Bremen unterhielten sich die Drei ausgiebig über Bewohner und Beschäftigte aus dem „Immergrün".

Ottos Sohn und Schwiegertochter staunten nicht schlecht, als sie das Haus in Oberneuland wiedersahen. Sein Elternhaus, das immer einen ordentlichen und gepflegten Eindruck machte, wirkte verwahrlost. Teilweise hatte der Gärtner bereits Bäume und Büsche beschnitten und die Sommerblumen von den Rabatten entfernt. Wegen des Wochenendes musste er seine Arbeit unterbrechen.

Das frühere Elternschlafzimmer und das Wohnzimmer erstrahlten wieder weiß. Nur die rosaroten Schalter- und Steckdosenabdeckungen lagen noch abmontiert auf der Fensterbank. Die anderen Räume zeigten sich noch in ihrer rosafarbenen Pracht.

„Das darf ja wohl nicht wahr sein. Hätte ich es nicht mit eigenen Augen gesehen, ich hätte es nicht geglaubt. Wenn ich den in die Finger kriege!" Dr. Clemens war erbost über den Zustand des Hauses. Sogar seine Frau stimmte ihm bei, denn jetzt konnte sie Jens nicht länger in Schutz nehmen.

„Was soll jetzt nur mit dem schönen Haus passieren? Am besten wir bieten es zum Verkauf an. Jens wollen wir es auf keinen Fall überlassen. Wer weiß, was er sonst noch damit anstellt", meinte der Doktor.

Seine Frau entgegnete: „Ich habe eine viel bessere Idee. Wie wäre es, wenn Sie Ihren Traum von der

Senioren-WG hier allein verwirklichen, Frau Koch? Wir würden Ihnen die günstigsten Bedingungen einräumen. Oder was meinst du, Schatz?"

Schatz war ganz angetan von dieser Idee. Diese Möglichkeit hatte Gisela noch gar nicht in Betracht gezogen. Allein – ohne Otto? Sie allein zurück nach Bremen?

Eine spontane Zusage war ihr nicht möglich und sie bat sich zwei bis drei Wochen Bedenkzeit aus. Reizvoll war der Gedanke schon, denn das schöne Haus begeisterte sie jedes Mal aufs Neue. Vieles machte sie in Gedanken von Gabys Umzug abhängig. In Ruhe musste sie das Für und Wider abwägen.

Wie auch immer Gisela sich entscheiden würde, das Ehepaar Clemens wünschte, dass Maler und Gärtner die erteilten Aufträge bis zum Ende ausführten. Im Fall des Falles ließe sich das Haus im derzeitigen Zustand sowieso nicht veräußern. Nach einem gemeinsamen Abendessen wollte das Ehepaar Clemens zurück ins Hotel.

„Da fällt mir ein, dass der Wagen Ihres Vaters noch auf dem Parkplatz steht. Der Schlüssel muss noch in seiner Wohnung sein. Damit sind sie doch viel unabhängiger. Dass ich nicht früher darauf gekommen bin". Diese kleine Flunkerei genehmigte Gisela sich.

Abends nahm sie sich die Zeit für ein langes Gespräch mit von Horn und schilderte den aktuellen

Lagebericht. Der zeigte Verständnis für Giselas Entscheidung, erst nach der Beerdigung nach Lanzarote zu fliegen. „Sagen Sie mir nur, wann Sie kommen werden. Wir holen Sie gern vom Flughafen ab. Dann können wir alles in Ruhe besprechen. Das Haus in Bremen, hmmh, das ist sicher eine Überlegung wert.

Ach, ich freue mich schon sehr darauf, Sie wiederzusehen, meine liebe Giselle."

Obwohl sie schon viel ruhiger geworden war, gelang es ihr abends nicht, einen Fernsehfilm zu verfolgen, denn ihre Gedanken wollten einfach nicht zur Ruhe kommen. Nachts schreckte sie plötzlich im Bett hoch.

„Michael!"

Dass sie auch nicht früher an ihn gedacht hatte! Michael arbeitete doch genau wie Kalle als Ermittler. Der müsste ihr doch ebenso helfen können. Gleich morgen wollte sie ihn anrufen. Am besten wäre ein persönliches Gespräch. Ob er sich die Zeit für sie nehmen würde?

Vor lauter Aufregung fand sie auch in dieser Nacht kaum Schlaf. Sie war sich so sicher, dass Kalle und Michael den Mörder finden und ausliefern würden.

Am Sonntagmorgen wartete Gisela ungeduldig bis es zehn Uhr war, um bei Michael anzurufen. Allzu früh wollte sie das junge Paar nicht stören. Vorher meldete sie sich bei Dr. Clemens per Handy, um zu erklären, aus welchem Grund sie nach Neu

Wulmsdorf fahren wollte. Der trug es mit Fassung, dass die vereinbarte Verabredung nicht stattfinden konnte. Schließlich war der Besuch bei Michael auch in seinem Interesse. Gisela versprach, umgehend von den Ergebnissen zu berichten.

Gisela war froh, als Michael sich am Telefon meldete. Nur in groben Zügen erklärte sie ihm den Grund ihres spontanen Besuches. Michael sah die Dringlichkeit und erwartete sie gegen 14 Uhr. Erleichtert machte Gisela sich auf den Weg in Richtung Neu Wulmsdorf. Als Michael die Tür öffnete, stellte Gisela erneut fest, dass ihr Großneffe ebenso sympathisch wie seine Mutter war. Auch seine Nadine war sehr freundlich und passte gut zu ihm. Erstaunt hörte Michael zu, stellte Rückfragen und machte sich Notizen. Gisela war nach wie vor der Meinung, dass vier gleichermaßen verdächtig waren. Ihr Verdacht bestand gegen Jens, Schwester Elke, deren Bruder oder gegen eine der Mitbewohnerinnen. Bislang hatte sie noch keinen ausschließen können. Michael hielt es ebenfalls für richtig, dass Gisela nicht gleich Anzeige erstattet hatte. Auch er hielt es für denkbar, dass man ihr nicht geglaubt hätte oder dass der Verdacht sogar auf sie gefallen wäre.

„Es tut mir so leid, dass ich euch am heiligen Sonntag störe. Aber du als Experte hast doch ganz andere Erfahrungen und Möglichkeiten."

„Ehrlich gesagt, mit einem Mord haben wir zum Glück nicht täglich zu tun. Es gibt da nur ein

Problem. Morgen früh fliege ich noch vor sieben Uhr wegen einer Recherche nach Stockholm. Ich kann nicht einmal sagen, wann ich zurückfliegen werde. Wenn alles gut geht, komme ich schon übermorgen zurück, kann aber auch sein, dass es eine Woche dauert. Es geht mal wieder um einen Fall von Wirtschaftskriminalität."

Obwohl Gisela ein wenig enttäuscht war, sah sie ein, dass die Bearbeitung seines Falles natürlich vorrangig war.

„Lass uns doch einmal die Verdächtigen betrachten. Am wichtigsten ist, dass du nicht in Gefahr bist. „Zuerst zu Schwester Elke. Nach deiner Beschreibung könnte Habgier ein Motiv sein. Meines Erachtens scheidet sie aus, denn es gibt keinen Hinweis auf einen Raubmord. Oder ist dir aufgefallen, dass etwas Wertvolles fehlt? Wurden Schubläden oder Schränke durchwühlt? Da der Täter dich nicht auf der Terrasse sehen konnte, fühlte er sich ungestört und hätte sich in aller Seelenruhe bereichern können. Er hätte zum Durchsuchen der Wohnung ausreichend Zeit gehabt."

„Der Mörder oder die Mörderin verließ in dem Augenblick den Raum, als ich durch das Fenster schaute. Ich sah gerade noch ein Stück Hosenbein und Schuh. Du hast Recht, wir können sie wohl tatsächlich ausschließen. Vielleicht haben da auch meine Vorurteile gegen sie eine Rolle gespielt."

„Dadurch lässt man sich gern beeinflussen, das ist nur menschlich. Aber Hosenbein und Schuh?

Welche Farbe. Männerschuh – Damenschuh? Kannst du dich erinnern? Denk noch einmal genau nach."

„Ich weiß es wirklich nicht. Jeans, weiße Hose, schwarze Hose? An Auffälligkeiten würde ich mich erinnern. Ich glaube eher, dass es eine dunkle Hose war."

„Denken wir jetzt einmal über den Bruder von Schwester Elke nach. Hartnäckig versuchte er, dich auf seine seltsame Art zu erobern. Einen Nebenbuhler aus dem Weg schaffen – das wäre höchstwahrscheinlich erst der zweite Schritt, nachdem er dich für sich gewonnen hatte. Du hast ihn abblitzen lassen und seltsamerweise hat er sich zurückgezogen. Fragt sich nur, wie lange. Ein übler Zeitgenosse, keine Frage. Aber einen Mord traue ich ihm nicht zu. Meines Erachtens passt das nicht zu seinem Verhaltensmuster. Und vermutlich hätte Otto ihn gar nicht in seine Wohnung gelassen. Nein, nein, den können wir auch streichen."

„Da war'n es nur noch zwei!" So wie Gisela es betonte, erinnerte das an das Lied mit den zehn kleinen Menschlein, das nicht mehr im Originaltext gesungen werden sollte.

„Ich merke schon, dass du ganz anders an die Sache heran gehst. Wie froh bin ich, dass ich dich um Rat gebeten habe, und vor allem dafür, dass du dir sogar am Sonntag Zeit nimmst!"

Gespannt hörte sie weiter zu. Nadine bot Kaffee und Tee an und setzte sich zu den beiden. Michael legte seine junge Stirn in Falten und sinnierte weiter.

„Jens ist für mich der Hauptverdächtige. Sein Großvater hat ihm einen Strich durch die Rechnung gemacht, nachdem er Kosten und Arbeit investiert hatte. Allerhand Aufwand, so ein Vorhaben aufzugeben oder es woanders aufzubauen. Irgendwo musste er ja auch bleiben. Gut, die Einrichtungsgegenstände mag er eingelagert haben, die Hunde sind vielleicht im Tierheim. Das wäre zum Beispiel ein Punkt, die Recherche anzusetzen. Andererseits, der rote Sportwagen wäre dir doch auf dem Parkplatz aufgefallen, oder? Wenn Kalle zurück ist, werden wir uns zuerst um Jens kümmern. Seine Eltern sollen in Erfahrung bringen, seit wann er sich im Ausland aufhält, aus welchem Grund er da ist und wann er gedenkt, zurückzukommen. Keinesfalls darf er wissen, dass uns Ottos gewaltsamer Tod bekannt ist.

Mir schmeckt das aber noch nicht. Es ergäbe Sinn, wenn der Mordfall passiert wäre, bevor er das Haus in Bremen geräumt hatte. Seine Eltern sollen ihn am Telefon jedenfalls mal ordentlich ausquetschen."

Aufmerksam, aber stumm hatte Gisela zugehört. Dann begann sie:

„Dann bleiben da nur noch die anderen Bewohner. Am besten wieder über das Ausschlussverfahren: Käthe Weniger kommt gar nicht in Frage. Die hat mit sich selbst genug zu tun und lebt sowieso meistens in einer anderen Welt. Und Gustav, der war froh, dass es einen weiteren Mann als Verstärkung am Tisch gab. Er hätte kein Motiv.

Lydia Baumann ist eine bescheidene Frau, ihr traue ich das nicht zu.

Ursel Tiedemann – na ja, die wollte Otto genauso erobern wie Ilse Knauer. Die Ilse hatte sich schon einmal ungebeten Zutritt zu Ottos Wohnung verschafft. Die versucht immer, alles zu erreichen, was sie sich in den Kopf setzt. Und zwar hartnäckig! Die Ehepaare scheiden meiner Meinung nach aus. Die sind meistens unter sich und machen einen zufriedenen Eindruck."

„Schade, dass ich diese beiden entzückenden Damen nicht kenne. Wie ich heraushöre, ist die Ilse deiner Meinung nach Favoritin aus dieser Gruppe? Ist das richtig?"

„Klares ja! Ich habe mir sogar eine List ausgedacht, vielleicht könnte es klappen. Trotz aller Dreistigkeit ist sie ziemlich dumm und tappt möglicherweise in meine Falle."

Dann enthüllte Gisela ihren Plan. Am Montagmorgen wollte sie versuchen, bei der Volksbank einen Kugelschreiber mit Werbedruck zu bekommen. So einen, wie Ilse ihn beim Sudoku-Rätseln verwendete. Es wäre einen Versuch wert, wenn sie Ilse fragen würde, ob sie solch einen Stift vermisse. Dann werde ich ihr stecken, dass er neben Ottos Couch gelegen habe."

„Hmmh, aber sie benutzt ihn doch noch, oder?"

„Neulich faselte Ilse davon, ihr Stift sei verschwunden. Kurz danach hatte sie wieder einen solchen in der Hand. So wie ich sie kenne, bedient sie sich gleich beidhändig, wenn ihr ein Werbe-Kugelschreiber angeboten wird. Es ist möglich, dass sie mehrere davon besitzt."

„Du kannst es ja versuchen. Aber sei bloß vorsichtig. An ihrer Reaktion wirst du schon erkennen, ob sie in Ottos Zimmer war. Wenn sie das bestätigt, frag nur nicht weiter. Dann überlass die nächsten Schritte Kalle und mir. Ich bin richtig gespannt, ob dein Experiment funktioniert. Leider habe ich da meine Zweifel. Du sagst, dass sie sich schon häufiger bei Otto angebiedert hat und der sie abwies?"

„Ja, das weiß ich aus Ottos Schilderungen. Zum Teil konnte ich es auch miterleben. Dabei nehme ich an, dass er mir nicht einmal alles erzählt hat, weil es ihm peinlich war."

Es sah so aus, als hätten Jens und Ilse die schlechtesten Karten in diesem bösen Spiel.

Inzwischen war es bereits 18 Uhr geworden. Dieses Gespräch hatte Gisela zwar nicht ans Ziel gebracht, doch waren sie ein ordentliches Stück weiter-gekommen. Sie verabschiedete sich schnell, denn sie wusste ja, dass Michael am nächsten Tag nach Stockholm fliegen musste. Es war schon genug, dass sie den jungen Leuten den Sonntag durcheinander gebracht hatte. Beiden nahm sie das Versprechen ab, dass Gaby und Kalle erst nach Urlaubsende von dem Mordfall erfahren würden.

Michael und Nadine waren wegen des Anliegens ihrer Großtante keinesfalls verärgert. Beide bewunderten deren großes Engagement und ihren Gerechtigkeitssinn. Auf dem Rückweg ließ Gisela alles Besprochene nochmals Revue passieren. Michael hatte ihr sehr geholfen.

Ihr Ziel war das Hotel, vielleicht konnte sie das Ehepaar Clemens treffen. Sie hatte Glück, denn die waren gerade beim Abendessen. Interessiert hörten sie sich die Ergebnisse von Michaels Überlegungen an. Verständlicherweise waren sie sehr betroffen, dass sich die Verdachtsmomente gegen ihren Sohn verhärteten.

„Sie können nicht ermessen, welche Vorwürfe wir uns hier schon gemacht haben, damals nicht darauf bestanden zu haben, dass er mit uns nach Spanien geht. Aber er war volljährig, zwingen konnten wir ihn nicht. Heute Abend noch werde ich ihn anrufen und versuchen, ihn ganz beiläufig auszufragen. Sie können sicher sein, das werde ich tun! Heute Abend! Am wichtigsten ist jetzt die Frage, wann er das Land verlassen hat."

Bald darauf verabschiedeten sie sich. Am nächsten Tag würden sie sich spätestens bei der Trauerfeier wieder treffen.

Abends rief Gaby aus Kreta an. Gisela gaukelte wieder gute Stimmung vor. So recht gelang es ihr aber wohl nicht, denn Gaby fragte zweimal: „Geht es dir auch wirklich gut? Oder ist etwas?"

Gisela gelang es, alle Zweifel abzuwenden. Die erste Urlaubswoche der beiden war noch nicht einmal vergangen und was war in der Zeit alles geschehen? Gisela vermied, etwas von dem Besuch bei von Horn zu erwähnen. Sie wusste ja selbst noch nicht, ob und wann sie nach Lanzarote fliegen sollte.

Es wurde eine große Trauerfeier für Otto Clemens. Viele Menschen, die ihn privat oder beruflich ein Stück seines Lebens begleitet hatten, erwiesen ihm die letzte Ehre. Obwohl sein Sohn und dessen Frau anstelle von Blumen und Kränzen um eine Spende zugunsten der Institution „Weißer Ring" gebeten hatten, gab es trotzdem reichlichen Blumenschmuck. Gisela hatte sich für einen Kranz mit weißen Lilien und Gerbera entschieden. Lange überlegte sie, wie sie den Text für die Beschriftung der Schleife formulieren sollte.

„In stillem Gedenken" – das fand sie passend. Aber dann? Deine Gisela? Das hörte sich zu vertraut an. Nur Gisela? Viel zu nüchtern, empfand sie. Deine Freundin Gisela? Ja, das stimmte. Sie verlor Otto Clemens – einen engen Freund. Sie fühlte sich elend und das sah man ihr auch an.

Der Pastor hielt eine würdevolle Predigt. Gisela erfuhr noch einiges aus Ottos 75-jährigem Leben. Der Prediger konnte nicht wissen, dass es ein

Mörder war, der Ottos Leben ein Ende gesetzt hatte, sonst wäre er bestimmt darauf eingegangen.

Als Otto zu seiner letzten Ruhestätte gebracht wurde, folgte das Ehepaar Clemens als erstes dem Sarg. Keine Spur deutete auf Jens' Anwesenheit hin. Zwischen den zahlreichen Trauergästen entdeckte Gisela plötzlich Frau Winter. Auch die hatte Gisela gerade bemerkt und suchte ihre Nähe. Gisela gelang es, ihr zu entwischen und auf Distanz zu bleiben.

Ganz besonders nahe ging es Gisela, als sie am offenen Grab die Melodie hörte: „Ich hatt' einen Kameraden, einen besseren fand ich nicht". Drei Trompeter bliesen dieses Lied, etwas abseits stehend, verdeckt von Lebensbäumen.

Nach der Beerdigung hatte das Ehepaar Clemens etliche Trauergäste zur Kaffeetafel geladen, so auch Gisela. Schon wieder befürchtete sie, Frau Winter begegnen zu müssen, doch die war nicht zugegen.

Ganz wohl fühlte Gisela sich nicht in dieser Runde, denn außer dem Ehepaar Clemens kannte sie keinen der Anwesenden. Sie hörte nur Gutes über den Verstorbenen, denn er und seine Ehefrau waren selbstverständlich das Hauptthema der Gäste in dieser Feierstunde. Sie verfolgte noch ein aufgebrachtes Gespräch der Nachbarn über die Veränderungen im und am Haus, nachdem Otto es verlassen hatte. Es war interessant zu hören, dass auch sie bereits behördliche Schritte unternommen hatten, als ihnen bewusst wurde, was Ottos Enkel mit dem Haus vorhatte. Fragen der Nachbarn, was jetzt mit dem Anwesen geschehen sollte, konnte Dr. Clemens ja noch nicht konkret beantworten.

„Mein Vater plante, nach Oberneuland zurück-zukehren und eine Senioren-Wohngemeinschaft zu gründen. Meine Frau und ich hoffen jetzt, dass Frau Koch, eine gute Freundin unseres Vaters, diese Pläne allein umsetzt. Dann wüssten wir das Haus in guten Händen."

Und an Gisela gewandt: „Lassen Sie sich Zeit. Wir wollen Sie nicht drängen. Schließlich muss es ja auch für Sie die Ideallösung sein."

Gisela nickte nur freundlich. Einen dicken Kloß spürte sie im Hals, denn sie vermisste Otto sehr. Wie konnte sie nur seinen Mörder überführen, den Menschen, der auch ihr Leben so massiv verändert hatte.

Gegen Abend fuhren sie zu Dritt noch einmal ins „Immergrün". In zwei bis drei Wochen wollten Dr. Clemens und seine Frau wieder nach Deutschland kommen, um den Nachlass zu regeln. Es waren noch einige Behördengänge, Kontakte mit Banken und Versicherungen erforderlich. So gut es ging, wollte Gisela die beiden unterstützen, doch leider waren ihre Möglichkeiten begrenzt, weil es keine Generalvollmacht für sie gab. Es wäre ihr unangenehm gewesen, wenn man ihr eine solche erteilt hätte – schließlich kannte sie die beiden erst seit wenigen Tagen. Dass dieses Thema aber überhaupt in den Raum geworfen wurde, wertete sie als Vertrauensbeweis.

Zumindest konnte sie auflisten, was alles erledigt werden musste und entsprechende Termine vereinbaren.

Das Ehepaar Clemens hatte sich entschlossen, am nächsten Tag zurückzufliegen, denn schließlich konnten sie die Praxis in Alicante nicht zu lange schließen. Sie vereinbarten, dass Gisela sie mit Ottos Wagen zum Bremer Flughafen bringen sollte. Den Wagen sollte sie wieder auf den Stellplatz im „Immergrün" parken. Solange die Miete noch gezahlt wurde, konnte man ihnen den nicht streitig machen, er gehörte zur Wohnung.

Vor dem Abflug betraten sie noch einmal gemeinsam Ottos Räume. Frau Clemens fragte Gisela:

„Mögen Sie nicht die schönen Blumen an sich nehmen?"

„Ja, vielleicht den prächtigen Farn und die Orchidee. Die nehme ich gern, aber mehr kann ich beim besten Willen nicht unterbringen."

„Nehmen Sie, was sie möchten. Sollen wir die anderen Damen vielleicht fragen, ob sie Interesse daran haben? Es wäre schade, wenn die Pflanzen verderben."

„Klar, das ist eine gute Idee. Gegen 17.30 Uhr treffen sie sich meistens zum Abendessen."

„Das ist gut. Kommen Sie mit? Sie kennen die Damen besser."

Sie vertrieben sich bis dahin die Zeit und erstellten einen groben Plan, was alles zur Nachlass-abwicklung zu tun war. Gisela schlug vor, Ottos Wagen zum Verkauf anzubieten. Das Ehepaar Clemens war dankbar für jede Hilfe und versicherte Gisela völlige Handlungsfreiheit. Es gab tatsächlich etliche Angelegenheiten, die Gisela in Angriff nehmen konnte. Dr. Clemens brauchte dann nur noch zu unterschreiben. Das würde ihren nächsten Aufenthalt in Deutschland erheblich verkürzen. Bis dahin wollte Gisela auch die Entscheidung getroffen haben, ob sie das Haus in Oberneuland verwalten würde. Immer noch war sie sich nicht klar darüber, ob sie das überhaupt wollte. Mal begeisterte sie sich sehr für diese neue Herausforderung, obwohl Otto an ihrer Seite fehlte. Und dann wieder zog es sie mehr in eine neue Bleibe in Bremen.

Kurz vor halb sechs Uhr traten die Drei an den Tisch der Mitbewohner. Jeder von ihnen trug Pflanzen in den Händen.

„Hat einer von Ihnen Interesse an diesen Blumen?", fragte Frau Clemens.

Wie immer, wenn es etwas zu verschenken gab, war das Interesse groß. Lydia griff nach dem großen Weihnachtsstern. Ursel ergatterte die Zimmerlinde und Käthe entschied sich für den russischen Wein. Ilse und Gustav zankten sich um den Philodendron, wobei Ilse – wie zu erwarten – den Streit gewann. Für Gustav blieb noch der Gummibaum übrig. Dann begann das Gezerre um den schönen Weihnachtskaktus, der gerade unzählige Blüten angesetzt hatte. Alle bemühten sich verbissen, ihn in ihr Reich mitnehmen zu können.

Es sah aus, als würde die bescheidene Lydia diesen Kampf gewinnen. Ilse, die sich als Verliererin sah, stieß Frau Dr. Clemens so heftig an, dass ihr die Blume samt Übertopf aus den Händen fiel. Ilse entglitten bissig die Worte:

„Was ich nicht haben kann, soll keiner haben!"

Der einzige Kommentar war von Frau Dr. Clemens zu hören: „Wo gibt es einen Besen und eine Schaufel? Sehr schade um die schöne Blume."

Lydia lief, um das Malheur zu beseitigen. Ihr war das alles sichtlich peinlich.

Die Drei zogen sich wieder zurück. Gisela platzte schon vor lauter Aufregung. Nachdem sie die Tür hinter sich geschlossen hatten, sprudelte es aus ihr heraus: „Das ist es! Sie ist es! Ilse hat das schon einmal gesagt: Was ich nicht haben kann, soll keiner haben. Ilse! Ilse ist die Mörderin! Sie muss rasend eifersüchtig gewesen sein, weil sich Ihr Vater nicht ausreichend mit ihr befasste. Nicht auf die Art jedenfalls, wie sie es sich wünschte. Ich bin jetzt sicher, dass Jens seinem Großvater nichts angetan hat. Ilse war das! Aber das soll Kalle ihr nachweisen. Jetzt wird es mir zu heikel."

Frau und Herr Clemens schienen überrascht, aber vor allem erleichtert zu sein. Das, was Gisela da kombiniert hatte, schien logisch zu sein. Ihr Sohn Jens wurde mehr und mehr entlastet, auch wenn er ein Taugenichts war.

Gisela konnte sich selbst nicht erklären, weshalb sie sich nach den neuen Erkenntnissen so gelöst und befreit fühlte. Ilse also! Vor der brauchte sie selbst vermutlich keine Angst zu haben. Den kleinen Trick mit dem Kugelschreiber würde sie am nächsten Tag dennoch ausprobieren. Zunächst war es erforderlich, sich ein Double des Stiftes zu besorgen.

Am Abend rief zuerst Gaby an. Mit ihr führte sie ein ausgedehntes Gespräch, in dem die Nichte von ihrem Urlaub schwärmte. Dann eröffnete Gisela ihre Pläne: „Stell dir vor, Gaby, Herr von Horn hat mich eingeladen, ein paar Tage auf Lanzarote zu verbringen. Sollte ich noch einen Last-Minute-Flug bekommen, mache ich das tatsächlich. Ist doch mal etwas anderes."

„Ich finde, das ist eine Superidee. Mach das bloß. Wie ist es im „Immergrün"? Und vor allem – was macht eure WG? Wie weit seid ihr? Habt ihr schon Mitbewohner finden können?"

„Immergrün" ist wie immer. Es ist und bleibt mir ein Gräuel. Passende Mitbewohner sind noch nicht in Sicht."

Dann lenkte sie ab, bevor Gaby vielleicht noch nach Otto fragte. Sie brachte das Gespräch wieder auf den bevorstehenden Lanzarote-Urlaub: „Dann werden wir ja sehen, wer mehr Bräune mitbringt: Ihr nach zwei Wochen Kreta oder ich nach einer Woche Lanzarote. Glaub mir, ich freue mich schon sehr auf unser Wiedersehen."

„Ich auch, da kannst du sicher sein."

Es fiel Gisela so schwer, ihrer vertrauten Gaby die Geschehnisse zu verheimlichen.

Dann folgte ein Telefonat mit Herrn von Horn. Dem berichtete sie natürlich von den Ergebnissen ihrer Recherche. Ihm erschien alles logisch, doch eins fehlte, um Ilse den Mord nachzuweisen – ein Geständnis oder wenigstens Beweise.

Am Ende des Gesprächs versprach Gisela, gleich am nächsten Tag Ausschau nach einem geeigneten Flug zu halten. Zum Bremer Flughafen fuhr sie ohnehin, um dort das Ehepaar Clemens abzuliefern.

Jetzt freute sie sich sogar auf ein paar Tage Ruhe und Entspannung. Das hieß jedoch auch, dass sie diese Zeit mit Ingeborg von Horn verbringen musste. Mittlerweile sah sie in ihr aber nicht mehr eine Konkurrentin so wie früher. Das war längst vorbei.

Wie gewohnt klopfte um 21 Uhr die Nachtschwester. Freudestrahlend stand Schwester Sabine in der Tür und erkundigte sich nach Giselas Befinden. Es war ihre erste Begegnung nach Ottos Tod.

Schwester Sabine fragte: „Soll ich Ihnen mal etwas ganz Tolles zeigen?"

„Was ist es denn?"

„Dann müssen Sie mal eben mit vor die Tür kommen. Haben sie Lust? Ziehen Sie lieber eine Jacke an, es ist bitterkalt draußen."

„ Na, da bin ich aber gespannt", antwortete Gisela.

„Da! Da steht er. Sehen sie den silbergrauen

Touran? Mit allen Schikanen! Ist das nicht ein tolles Wägelchen?"

Da musste Gisela ihr Recht geben – vor ihr stand ein schönes, fast neues VW-Modell. Jetzt konnte sie sich etwa ausrechnen, wie hoch das Schweigegeld ausgefallen war. Von Schwester Sabine hatte sie immer viel gehalten, doch dass sie käuflich war, war für Gisela schwer zu verstehen. Gisela bedauerte, dass sie ihr jetzt nicht sagen konnte, wie sie darüber dachte. Deshalb begnügte sie sich mit den Worten:

„Na, dann gratuliere ich Ihnen und wünsche allzeit gute Fahrt."

Es war nicht ihre Aufgabe, Schwester Sabine die Bestechlichkeit nachzuweisen.

Am Montagmorgen führte Giselas Weg erst einmal zur Volksbank. Dieses schneeweiße Gebäude war ihr schon häufig ins Auge gefallen. Zufällig hatte sie kürzlich erfahren, dass dort vor dem Umbau das Amtsgericht seinen Sitz hatte. Es sollte im Innern sogar die Möglichkeit geben, durch in den Fußboden eingelassene Glasscheiben einen Blick in eine der ehemaligen Gefängniszellen zu werfen. Das passte ja haargenau. Gisela frohlockte schon bei der Vorstellung, wie Ilse als überführte Mörderin hinter schwedische Gardinen kam. Doch jetzt galt es erst einmal, ihren Plan durchzuführen.

Am Schalter informierte Gisela sich über Konditionen und Anlagemöglichkeiten. Man beriet sie gewissenhaft und zeigte großes Interesse, sie als Neukundin zu gewinnen. Gisela bat um Bedenkzeit und stellte einen Abschluss in Aussicht. Dabei fühlte sie sich nicht gerade wohl in ihrer Haut, denn sie dachte nicht im Traum daran, ihre Bank zu wechseln.

„Darf ich bitte Ihre Telefonnummer notieren?", fragte Gisela die nette Beraterin hinter dem Schalter.

„Nicht nötig. Ich gebe Ihnen mein Kärtchen."

Gisela dankte höflich dafür. Jetzt musste sie andere Register ziehen.

„Ach, hätten Sie vielleicht einen Kugelschreiber für mich?"

„Ja, selbstverständlich."

Gisela hörte die Antwort und sah, wie die Angestellte in die Schublade griff, um neben dem Kugelschreiber auch noch einen Taschenkalender zu holen. So ein Ärger! Es war ein anderes Kugelschreibermodell. Dieser Stift war für ihren Plan gänzlich ungeeignet.

„Das ist mir jetzt sehr unangenehm, aber neulich habe ich den Volksbank-Kugelschreiber meiner Bekannten verbaselt. Ich hätte ihr gern wieder den gleichen besorgt. Es war so ein dicker, blau-gelber. Gibt es den noch?"

„Ach, dann meinen sie sicher das Vorgängermodell. Solche habe ich gar nicht mehr, aber ich frage mal bei meiner Kollegin nach."

Gisela fand ihre Aktion nur noch peinlich und schämte sich ein wenig. Ohnehin war es fraglich, ob ihr Plan erfolgreich sein würde.

„Da haben Sie aber Glück. Ich denke, Sie meinen diesen."

Die Angestellte drückte Gisela das Objekt ihrer Begierde in die Hand. Freundlich dankend verabschiedete sich Gisela und verschwand.

Schade, denn nun hatte sie den Blick in den ehemaligen Knast doch noch verpasst.

Danach fuhr sie mit Ottos Mercedes ins Hotel, um das Ehepaar Clemens zum Flughafen zu bringen. Im Laufe der letzten paar Tage hatten die Drei ein Vertrauensverhältnis aufgebaut, denn die anfängliche Ablehnungshaltung von Frau Dr. Clemens hatte sich ins Positive gekehrt.

In der Luft lag eine seltsame Spannung, weil noch keiner von ihnen wusste, ob es über das Haus in Oberneuland zwischen ihnen eine zukünftige Verbindung geben würde. Ehepaar Clemens war in Gedanken schon in ihrer Praxis in Alicante. Sie versprachen, in spätestens drei Wochen zurückzukommen, bis dahin wollten sie telefonisch in Verbindung bleiben. Auch wenn Gisela sich für ein paar Tage auf Lanzarote aufhielt, sollte ihr genug Zeit bleiben, um alles Erforderliche unterschriftsbereit vorzubereiten.

Nachdem sie sich voneinander verabschiedet hatten studierte Gisela die Urlaubsangebote der unterschiedlichen Anbieter in der Abflughalle und hielt Ausschau nach einem Flug in Richtung Lanzarote. Bei diesem Anblick überfiel sie das Reisefieber. Doch die lukrativsten Offerten nützen ihr zurzeit nichts – sie benötigte lediglich einen Flug. Auf ein Hotel konnte sie verzichten, denn es galt ja die von Hornsche Einladung.

Es war Dienstag. Gisela musste vor Reiseantritt noch einiges erledigen, musste packen und kontrollieren, ob die Insulin-Vorräte ausreichten. Auch für einen Besuch beim Friseur und bei der Kosmetikerin sollte sie sich noch Zeit nehmen.

„Ma belle Giselle" – bald würde sie es wieder aus dem Mund ihres ehemaligen Chefs hören. Sicherlich würden ihr seine Worte wie früher schmeicheln und sie wollte einiges dafür tun, dieser Schmeichelei auch gerecht zu werden.

„Ma belle Giselle" – Auch aus Ottos Mund hatte es gut geklungen, aber das würde sie niemals wieder hören. Vor Donnerstag wollte sie ihre Reise nicht starten. Es gelang ihr, einen entsprechenden Flug ab Hamburg zu buchen. Den Rückflug buchte sie für den darauf folgenden Mittwoch. Danach würde sie endlich Gaby und Kalle wiedersehen. Bis dahin hieß es, weiterhin auf einem Pulverfass zu sitzen, auch wenn das vorübergehend nach Lanzarote verfrachtet werden würde.

Wieder im „Immergrün" angekommen vereinbarte sie telefonisch einen Termin nach dem anderen für den nächsten Tag. Es wurde knapp, aber die Zeit reichte aus, um alles erledigen zu können.

In der Halle hatte sie Ilse gesehen, die es sich im weinroten Ledersessel bequem gemacht hatte. Sie ging wie gewöhnlich ihrer Leidenschaft nach und löste Sudoku-Rätsel. Zumindest versuchte sie es. Die Gelegenheit für Gisela, sie auf den Kugelschreiber anzusprechen, obwohl es nach den neusten Erkenntnissen im Grunde keinen Sinn mehr gab. Gisela war sonnenklar, dass Ilse die Täterin sein musste. Interessant wäre aber zu wissen, wie sie reagieren würde.

„Jetzt oder nie", murmelte Gisela vor sich hin und ergriff den dicken Kugelschreiber mit der Volksbank-Reklame. Sie hörte ihre Stimme zittern, als sie Ilse ansprach: „Ach, Frau Knauer..."

Gisela bestand immer noch darauf, die „Herrschaften" zu siezen.

„Ist das nicht Ihr Kugelschreiber?"

„Ja, ich habe neulich einen verloren. War nicht so schlimm, ich hatte ja noch einen davon. Der liegt so schön in der Hand. Wo haben Sie den denn gefunden?"

Genau auf diese Frage hatte Gisela gewartet. Ohne rot zu werden log sie: „Im Zimmer von Herrn Clemens. Der Stift lag vor seiner Couch."

Gisela fixierte Ilse Knauer genau, die geradewegs in die aufgestellte Falle tappte.

Da kam nicht etwa: „Dann kann es nicht meiner sein."

Oder: „Wie kommt er denn da hin?"

Sondern: „Da habe ich ihn verloren! Dann müssen Sie ihn ja schon vor Tagen gefunden haben. Dann hätten Sie ihn mir auch längst wiedergeben können."

Auch noch Vorwürfe! Diese Frau war so naiv. Immerhin hatte sie nicht geleugnet, in Ottos Zimmer gewesen zu sein. Gut, dass Gustav das Gespräch verfolgt hatte. Vielleicht war das ein winziges Mosaiksteinchen, welches irgendwann der Wahrheitsfindung dienen könnte.

Beim abendlichen Telefonat hatte Gisela das Gefühl, an dem, was sie Gaby noch nicht erzählen konnte, zu ersticken. Eine Woche noch! Sie war sich sicher, dass Kalle Ilse den Mord nachweisen würde. Doch jetzt konnte sie sich nur mit den beiden über deren Urlaub freuen, den sie offensichtlich in vollen Zügen genossen.

Es folgte ein Anruf bei Herrn von Horn. Endlich konnte sie ihm die Ankunftszeit am Donnerstag um 14.30 Uhr mitteilen.

Obwohl Friseur und Kosmetikerin am nächsten Tag gute Arbeit leisteten, sah man Gisela die Strapazen der letzten Zeit immer noch an, denn die ließen sich eben nicht einfach wegschminken.

Kurz vor dem Mittagessen informierte Gisela Frau Winter über ihre geplante Reise.

„Wohin fahren Sie denn? Ich muss doch Ihre Anschrift haben. Was ist, wenn Ihnen etwas passiert?"

Gisela dachte nur: „Ich fliege doch weg, damit mir nichts passiert!"

Bereitwillig händigte sie dennoch die Anschrift der von Horns aus. Frau Winter war es nicht gewohnt, dass die Heimbewohner verreisten. Die waren eingepflanzt ins „Immergrün" und wurden beschnitten, wenn sie sich gegen den Willen der Leitung entfalten wollten. Eingepflanzt, eingetopft und angepflockt!

Beide sprachen in diesem Moment nicht über Giselas geplanten Auszug.

Nach einem reibungslosen Flug erreichte Gisela Lanzarote. Blauer Himmel und milde Temperaturen empfingen sie, als das Ehepaar von Horn sie abholte.

„Schön, dass Sie da sind. Lassen Sie sich begrüßen, ma belle Giselle. Ich freue mich, dass Sie endlich hier sind." So hörte man ihn reden und an seine Frau gerichtet:

„Das passt doch, Ingeborg. Sieht sie nicht wieder reizend aus?" Auch Frau von Horn begegnete ihr sehr herzlich.

Knapp zwanzig Kilometer mussten sie bis zum Häuschen der Auswanderer fahren. Die präsentierten ihr das geschmackvoll eingerichtete Heim und zeigten ihr das Gästezimmer. Dass es sich hier gut wohnen ließ, konnte Gisela sich gleich vorstellen. Der Entschluss der von Horns erwies sich als gut, die letzten grauen Novembertage in wärmeren Regionen zu verbringen. Möglicherweise war dadurch auch Giselas trübe Stimmung etwas zu heben.

Gisela genoss es, sich auf der schönen Insel von netten Menschen verwöhnen zu lassen. Die Gastgeber zeigten ihr alles, was sie auf Lanzarote für sehenswert erachteten. Fasziniert war sie immer wieder von den ungewöhnlichen Farben des Lavagesteins, welches manchmal schwarz, dann wieder bräunlich, grün oder sogar rötlich schimmerte.

Beide nahmen sehr viel Rücksicht auf Giselas Verfassung. Es gelang ihnen, das richtige Fingerspitzengefühl zu entwickeln und auf ihren Gast einzugehen. Sie hörten zu, diskutierten miteinander oder lenkten Gisela von ihren Zukunftssorgen ab.

Gisela hatte sich gar nicht vorstellen können, dass Ingeborg von Horn eine so warmherzige aufrichtige Frau war. Häufig fragte sich Gisela, ob auch Ingeborg damals eifersüchtig auf sie war, denn schließlich verbrachte sie fast mehr Zeit mit Herrn von Horn als sie als seine Ehefrau. Ingeborg war zu beneiden, doch heute konnte Gisela ihr das langjährige Eheglück gönnen.

Abends genehmigten sie sich eine gute Flasche Rotwein, wobei sich in den Gesprächen wieder alles um dasselbe Thema und um dieselben Personen handelte: Otto, Jens, Ilse, Frau Winter, Schwester Elke und deren Bruder. Vermutlich mussten drei von ihnen mit einer Anzeige rechnen, doch soweit waren sie noch nicht. Ohne Kalles Einsatz und Erfahrung konnten sie wenig ausrichten.

Mehrfach spekulierten sie darüber, wie hoch das Strafmaß wohl ausfallen würde. Vorausgesetzt, Ilse war die Mörderin und würde ein Geständnis ablegen, käme sie 15 Jahre lang hinter Gitter - das bedeutete für sie vermutlich lebenslang. Wie würde der Richter entscheiden? War es Mord im Affekt? Vorsätzlicher oder heimtückischer Mord? Oder war es Totschlag?

Offensichtlich war Ilse eine wohlhabende Frau, das hatte sie nur zu oft betont. Ein findiger Anwalt könnte die Verhandlung verzögern, wenn ein bestechlicher Arzt sie für vernehmungsunfähig hielt. Beide konnte sie sich leisten.

Frau Winter und Schwester Sabine mussten zumindest mit einer Anzeige wegen Vertuschung und Nichtanzeige einer Straftat rechnen.

Nichtanzeige einer Straftat - musste Gisela nicht selbst damit rechnen? Sie wollte ihrer Anzeigepflicht nachgehen, nachdem Kalle recherchiert hatte und zu einem Ergebnis gekommen war.

Zwischendurch erinnerte Gisela sich daran, dass sie demnächst endlich ihre Schwester, Gabys Mutter, wiedersehen würde. Vorfreude spürte sie noch nicht so recht. Es war so eine ganz andere Art von Emotionen, auf die sie sich noch einlassen musste. Zuerst wollte sie ihr Hauptanliegen erledigt wissen.

„Was macht eigentlich Ihr aufdringlicher Verehrer? Hat der sich noch einmal gemeldet?"

Die Antwort darauf interessierte die von Horns.

„Gott sei Dank nicht. Wer weiß, ob dieser abartige Mensch anderswo sein Glück gefunden hat, nachdem er bei mir nicht landen konnte. Vermutlich steckt der vertrocknete Rosenstrauß noch immer in dem Loch in der Hecke. Vielleicht hat er ihn auch entfernt. Ich weiß es nicht. Ich habe mich gesträubt, das zu ergründen. Es hätte mir sonst noch das Gefühl gegeben, dieser Mensch sei in meinem Leben wichtig gewesen."

Behutsam fragte Frau von Horn: „Ist es denn gut für Sie, immer so allein zu sein? Irgendwo auf dieser schönen Erde wird es doch den richtigen Partner für Sie geben."

„Sicher gibt es den. Und wenn er mir begegnet, werde ich ihn bestimmt nicht wegschicken. Früher, als ich noch im Berufsleben stand, hatte ich keine Zeit. Ein Partner hätte mich zu sehr gebremst. Meine Arbeit hatte eben den höchsten Stellenwert und das war auch gut so. Aber jetzt? Zeit sollte ich wohl ausreichend haben, wenn der Mordfall geklärt ist. So ein Typ wie Otto, nur 15 oder 20 Jahre jünger, der könnte mir gefallen. Ich vermisse Otto sehr. Es war eine aufrichtige Freundschaft, die sich in wenigen Wochen entwickelt hatte."

Gisela freute sich über die schönen Tage, die sie mit den von Horns verbrachte. Hier fühlte sie sich sicher und geborgen. Dennoch konnte sie den Rückflug kaum erwarten und war ungeduldig wie ein kleines Kind. In einem Telefonat mit Gaby bat sie um ein

Gespräch mit ihr und Kalle nach deren Rückkehr. Ihr läge etwas auf der Seele, was sie gern so bald wie möglich mit beiden besprechen wolle. Damit hatte sie Gaby ganz schön neugierig gemacht. Obwohl diese ein wenig drängelte, verriet Gisela ihrer Nichte nichts. Am Freitagmorgen um zehn Uhr wollten sie sich in Neu Wulmsdorf treffen.

Von Horn riss sie aus ihren Gedanken: „Haben Sie schon überlegt, wo Sie in Zukunft wohnen wollen?"

„Überlegt habe ich schon viel, die endgültige Lösung aber noch nicht gefunden. Im „Immergrün" werde ich nicht bleiben, das steht fest! Es reizt mich schon, das Projekt mit der Senioren-Wohngemeinschaft in Clemens' Haus zu übernehmen, denn das Haus ist geradezu ideal. Mit dem Ehepaar Clemens sind keine Schwierigkeiten zu erwarten, da bin ich sicher."

Es war heikel für von Horn, seine frühere Chefsekretärin in dieser Hinsicht zu beraten. Schon einmal hatte sie seinen Vorschlag angenommen, der sich wahrlich als Flop erwiesen hatte. Damals konnte keiner ahnen, dass das „Immergrün" keine gute Empfehlung war. Es war Giselas Leben und sie allein musste entscheiden, wo sie leben wollte. Von Horn konnte es dennoch nicht lassen: „Und wenn Sie auf eine der Kanarischen Inseln umsiedeln? Hier auf Lanzarote finden wir bestimmt etwas Passendes für Sie."

Dafür konnte Gisela sich gar nicht erwärmen, obwohl es ihr hier gut gefiel. Nein, sie brauchte die norddeutsche Luft. Auch im Speckgürtel von Bremen zu wohnen, wäre eine Möglichkeit. Längst schon hätte sie sich um eine Wohnung bemüht, doch ihr Kopf war dafür noch nicht frei. Priorität hatte die Festnahme von Ottos Mörder. In Gedanken korrigierte sie sich: von Ottos Mörderin!

Manchmal hatte Gisela das Gefühl, als würde ihr im Urlaub die Zeit davonrennen, dann wieder krochen die Stunden nur so dahin.

Planmäßig flog sie am Mittwoch zurück, nachdem sie den von Horns einen weiteren Besuch unter anderen Umständen fest versprochen hatte. Ihren Gastgebern sicherte sie zu, sie über die weiteren Vorkommnisse auf dem Laufenden zu halten.

„Passen Sie gut auf sich auf, meine liebe Giselle", so verabschiedete sich von Horn charmant von ihr.

Im „Immergrün" schien alles unverändert. Am Donnerstag begrüßte Frau Winter Gisela mit knappen, aber höflichen Worten. Die Tischnachbarn waren neugierig und versuchten, sie über ihre Abwesenheit auszufragen. Weil Gisela nicht gerade gesprächsbereit war, änderten sie ihr Verhalten und sprachen nun sogar in ihrem Beisein über sie, aber nicht mehr mit ihr.

Schwester Elke verrichtete ihren Nachtdienst und begrüßte Gisela so schlecht gelaunt wie jedes Mal zuvor. Alles schien wie immer zu sein.

Noch! Es war nur die Ruhe vor dem Sturm.

Einmal noch schlafen bis Gaby und Kalle wieder für sie erreichbar waren. Abends meldete Gaby sich noch einmal telefonisch. Scheinbar spürte sie die Dringlichkeit und Brisanz des bevorstehenden Gesprächs. Gisela ließ sich nicht erweichen und schwieg beharrlich weiter. Es gab keinen Sinn, lediglich ein paar Andeutungen zu machen. Das Geschehen musste sie lückenlos, präzise und sachlich schildern. Morgen würde sie alle Fakten auf den Tisch legen.

Nachts war es Gisela nicht möglich, ihre Gedankenflut zu bändigen. Das Ergebnis war eine weitere fast schlaflose Nacht. Erst gegen Morgen schlief sie endlich ein, überhörte das Klingeln des Weckers und verschlief um ein Haar den Termin, den sie seit zwei Wochen herbeigesehnt hatte. Es war bereits kurz vor acht, als sie die Augen aufschlug. Blitzschnell war sie munter, schlüpfte unter die Dusche, aß ein Häppchen und startete in Richtung Neu Wulmsdorf.

Sie hatte versprochen, unterwegs belegte Brötchen für die kleine Frühstücksrunde zu besorgen. Kurz nach zehn Uhr stand sie mit einer großen, lecker duftenden Brötchentüte vor der Tür. Endlich konnte sie Gaby und Kalle herzlich in die Arme nehmen. Gut erholt sahen beide aus, obwohl das Wetter auf Kreta nicht gerade traumhaft gewesen war. Noch ein paar Sätze wurden über den Urlaub gesprochen bis Gaby fragte: „Na Gisela, nun lass mal die Katze aus dem Sack. Ich merke doch, dass du etwas Besonderes auf dem Herzen hast."

„Otto ist tot. Er wurde ermordet", platzte es aus ihr heraus.

Ganz erschrocken reagierten beide darauf:

„Waaas? Das kann ja wohl nicht wahr sein! Wann ist das passiert?"

Gisela berichtete unter Tränen alles, was sie erleben musste. Ganz präzise schilderte sie den zeitlichen Ablauf.

„Warum hast du uns nicht früher informiert. Wir wären doch sofort nach Hause gekommen."

„Eben das wollte ich ja verhindern. Ihr solltet euren Urlaub sorglos verbringen. Es ist mir verdammt schwer gefallen und ich habe euch sehr vermisst. Wenigstens habe ich Michael und Nadine davon erzählt."

Gaby und Kalle kamen während des weiteren Berichts nicht aus dem Staunen heraus. Kalle stellte zwischendurch gezielte Fragen zum Geschehen und machte sich Notizen. Gut, dass beide den ganzen Tag für Gisela eingeplant hatten. Alles, was Gisela in den letzten zwei Wochen erleben musste, redete sie sich jetzt von der Seele. Die beiden Urlauber konnten nachvollziehen, welche Ängste Gisela ausgestanden hatte.

Es folgte auch der Bericht über das Ärzteehepaar Clemens und von deren Erwartung, sie solle in Ottos Haus wohnen und es verwalten.

Ihre anfänglichen Aufzeichnungen über die möglichen Täter und deren Motive händigte sie Kalle aus. Gerade, als der sie dafür loben wollte, kam Michael hinzu. Die beiden Experten gingen nach dem Ausschlussverfahren vor. Auch ihrer Meinung nach blieb Ilse die Hauptverdächtige.

Ein Mord im „Immergrün"! Die Neu Wulmsdorfer mochten das nicht glauben. Auch sie bedauerten Ottos Tod sehr, dessen sympathische Art sie geschätzt hatten, obwohl sie ihm nicht häufig begegnet waren.

Sie rätselten noch eine Weile, weshalb Otto sich nicht gewehrt hatte. Körperlich war er Ilse doch überlegen. Wurde er vorher mit Medikamenten willenlos gemacht? Nach Giselas Beobachtung hatte nichts auf einen Kampf hingedeutet.

„Na, Michael, da müssen wir wohl handeln. Was meinst du – die Zange?"

Auf Kalles Frage hin antwortete Michael grinsend: „Oh ja, die Zange! Haben wir lange nicht mehr gemacht. Wann? Gleich morgen Nachmittag?"

Die beiden Männer sprachen jetzt in Rätseln. Gaby und Gisela schauten sich verwundert an.

„Lasst uns mal machen. Gönnt ihr Zwei euch mal einen schönen Nachmittag. Bist du sicher, dass die Ilse nachmittags wieder auf der roten Couch in der Halle sitzt? Wie heißt sie überhaupt mit Nach-namen?"

„Da sitzt sie jeden Nachmittag! Knauer heißt sie, Ilse Knauer", entgegnete Gisela.

Erst nach 19 Uhr verabschiedete Gisela sich. Die Neu Wulmsdorfer hatten gern die Zeit für ihre abenteuerlustige mutige Tante geopfert. Unzählige Male fiel in diesen Gesprächen Ottos Name. Er wäre sehr gerührt, könnte er hören, wie sehr er auf Erden vermisst wurde.

Gisela war ergriffen, dass es so liebe Menschen gab, die sich um ihr Wohlergehen Gedanken machten und die gern bereit waren, ihr zu helfen. Wie gut war es doch, dass sie vor Monaten den Kontakt zu Gaby aufgenommen hatte. Sorgen, mit den richtigen Menschen geteilt, waren tatsächlich halbe Sorgen. Was war ihr jahrelang bloß entgangen?

Was Kalle und Michael wohl für den nächsten Tag planten? Zange? Was immer das wohl bedeuten mochte, es hörte sich erfolgversprechend an.

Eine Shopping-Tour stand für die beiden Damen am nächsten Tag auf dem Programm. Irgendetwas Schönes, vielleicht ein Schmuckstück, sollte Gaby sich aussuchen. Und Kalle? Gisela erwartete nicht, dass er eine Rechnung für seine Dienste stellen würde. Sie grübelte, wie sie Kalle und Michael entschädigen könnte.

War sie ihren Verwandten vielleicht lästig? Nein, dem war nicht so, das hätte sie sicher längst bemerkt. Von diesen Gedanken konnte sie sich befreien. Es bestand zwischen ihnen eine aufrechte Freundschaft, die sie in dieser Art früher aus Zeitmangel gar nicht hätte pflegen können.

Sie erinnerte sich plötzlich an einen alten Kinderreim, den sie melodisch vor sich her murmelte:
„Ilse-Bilse, niemand will'se -
kam der Koch und nahm sie doch."
Lächelnd und befreit saß sie auf der Rückfahrt im Auto und textete schelmisch lächelnd den Reim um:
„Ilse-Bilse, niemand will'se -
nur Frau Koch erwischt sie doch."
Sie vertraute darauf, dass die Gerechtigkeit siegen würde.

Am nächsten Vormittag rief Gisela bei Gaby an:
„Ach Gaby, mir steht heute der Sinn nach allem anderen, aber nicht nach Einkaufsbummel. Können wir den nicht verschieben? Was hältst du davon, wenn wir nach Bremen fahren und ich dir Ottos Haus zeige. Die Schlüssel habe ich ja."
Gaby war sofort Feuer und Flamme für die Planänderung: „Klar habe ich Interesse, das Haus anzuschauen. Schließlich möchte ich doch wissen, wo du möglicherweise demnächst wohnen wirst. Dann sollen Kalle und Michael mich mit zu dir nehmen. Wenn wir gegen 16 Uhr da sind, reicht die Zeit dann noch für eine Tasse Kaffee? Ist es dir so recht? Danach fahren wir zwei nach Bremen und überlassen den Männern alles Weitere."

Ganz erleichtert reagierte Gisela, als sich ihre Nichte wieder einmal flexibel und unkompliziert zeigte. Giselas Nervosität war kaum zu bändigen. Beim Mittagessen musterte sie Ilse noch einmal ganz genau. Noch führte sie lautstark ihre nichtssagenden Gespräche und meinte, jeden belehren zu müssen. Dabei hatte die Natur nicht gerade ein Füllhorn voller Intelligenz über Ilse ausgeschüttet. Wie immer korrigierte sie Lydia, fuhr Ursel ins Wort und versuchte, mit Gustav zu kokettieren. Käthe wurde genauso ignoriert wie auch Gisela.

Diese dachte sich ihren Teil:

„Wart nur ab – wart nur...!"

Ein Mittagschläfchen wäre nicht schlecht, bevor die Gäste kamen, doch Gisela fand keine Ruhe. Statt Schäfchen zählte sie die Minuten bis Gaby, Kalle und Michael eintrafen...

Beim Kaffeetrinken wiederholte Kalle noch einmal die Fakten und Verdachtsmomente, um gut vorbereitet zu sein. Gisela und Gaby verabschiedeten sich von den Männern und überließen ihnen das Feld, nachdem sie ihnen viel Erfolg gewünscht hatten.

Kurz darauf gingen Kalle und Michael in die Empfangshalle. Ein winzig kleines Gerät führten sie mit sich, um das Gespräch mit Ilse aufzuzeichnen.

Die saß tatsächlich auf einem weinroten Ecksofa. Vor ihr lag ein Sudoku-Rätsel, an dem sie sich versuchte. Auf Ilse war eben Verlass!

„Dürfen wir uns zu Ihnen setzen?"

Ohne ihre Antwort abzuwarten, nahm Kalle das Gespräch auf, setzte sich auf das längere Couchende und Michael auf das kürzere, sodass Ilse in der Mitte thronte.

Zwei gutaussehende Herren in ihrer Gesellschaft, das hatte Ilse schon sehr lange nicht mehr erlebt. Gleich musste sie ihre Neugier befriedigen: „Wollen Sie jemanden besuchen? Bestimmt die Koch, aber die ist gerade weggefahren. Wohin weiß ich nicht. Die sagt ja nie Bescheid."

Auf ihre spitze Bemerkung gingen die beiden nicht ein. Wie verabredet unterhielten sich Kalle und Michael jetzt, ohne Ilse in das Gespräch einzubeziehen.

„Das ist aber eine schöne Anlage", öffnete Michael die Zange.

„Ja, es sieht alles sehr gepflegt aus. Aber es geschehen hier ungeheuerliche Dinge."

„Wieso? Was ist passiert?"

Ilse schaute von einem zum anderen. Die Männer ließen ihr auch nicht die kleinste Lücke, um sich in das Gespräch einzumischen.

„Was passiert ist? Ein Bewohner ist ermordet worden, das ist passiert."

„Was?? Hier? Erzähl mal."

„Ja, genau hier. Nur ist der Mord vertuscht worden."

Ilse wurde ganz unbehaglich zumute. Sie griff nach ihrem Rätselheft und dem obligatorischen Kugelschreiber mit dem Volksbank-Logo. Unvermittelt machte sie Anstalten, ihren Platz zu verlassen. Kalle rückte von der einen, Michael von der anderen Seite näher an Ilse heran - sie nahmen die Verdächtige nach und nach in die Zange.

Ilse blieb nichts anderes übrig, als sitzen zu bleiben. Trotzig warf sie ihren Kopf in den Nacken, machte einen Strichmund und war gezwungen, weiter zuzuhören.

„Stell dir vor, jemand hat Herrn Clemens, einem liebenswerten Richter a.D. ein Kissen aufs Gesicht gedrückt, bis er aufhörte, zu atmen."

„Und das hat einer beobachtet? Dann hat der ja auch den Mörder gesehen. War das Raubmord?"

„Ja, ja – es ist auch eine wertvolle Uhr und eine Münzsammlung verschwunden."

Während Kalle eiskalt log, dass sich die Balken bogen, zeigte sich Ilse erbost. Stumm hob sie ihr Hinterteil ein paar Zentimeter und ließ sich wieder auf das weinrote Sofa fallen.

Die beiden unterhielten sich weiter über ihren Kopf hinweg und veränderten die Tatsachen nach Belieben.

„Wenn es einen Zeugen gab, dann sitzt der Täter doch längst hinter Gittern!?"

„Der Zeuge hatte Angst um sein Leben und hat deshalb noch keine Anzeige erstattet. Zu allem Überfluss musste er dann auch noch verfolgen, wie zwei Personen nachts das besagte Kissen vom Gesicht des Toten nahmen und es fein säuberlich unter den Kopf des Ermordeten legten."

„Ganz schön dreist!"

„Erst dann wurde ein Arzt gerufen."

„Der muss doch sofort festgestellt haben, dass das kein natürlicher Tod war."

„Weiß ich nicht. Vielleicht konnte er das auch nicht feststellen. Unter Umständen wurde er sogar bestochen."

„Meinst du, dass ein Arzt käuflich ist?"

„Für Geld bekommst du heutzutage alles."

„Also noch mal langsam und deutlich: Jemand hat einen Bewohner umgebracht und ist später zurückgekommen, um mit einer anderen Person Beweise zu vernichten?"

„Nein. Das haben scheinbar zwei andere gemacht! Die haben damit zunächst den Beweis für den gewaltsamen Tod vernichtet."

„Dann muss der Mörder ja zwei Mitwisser haben."

„Die Mitwisser hat er sich wohl teuer erkaufen müssen."

„Umsonst ist nichts. So ist das heute nun mal."

Im gegenüberliegenden Spiegel konnten Kalle und Michael beobachten, wie Ilse mal puterrot, mal ganz bleich im Gesicht wurde. Gerade als sie sich erneut anschickte aufzustehen, rückten die beiden Ermittler noch ein Stückchen näher an sie heran. Kalle spürte schon Ilses Oberschenkel neben seinem.

„Aber das ist noch nicht alles. Einer der Spurenverwischer fuhr eine Woche später mit einem neuen oder fast neuen Touran vor die Tür. Wie findest du das?"

„Wie leichtsinnig. Sieht mir stark nach Erpressung aus. Bei solchen Menschen bleibt das meistens nicht bei einer Forderung. Oder es ist Schweigegeld!"

„Wie viel der Mörder wohl zahlen musste?"

„Sag lieber – die Mörderin. Ich schätze, so um die 50.000 Euro."

„Für jeden?"

„Bestimmt. Wir könnten jetzt auch unser Schweigen erkaufen. Sagen wir 100.000 Euro für jeden von uns? Zahlen ist doch besser, als im Knast zu sitzen."

Mit dieser Äußerung lehnte sich Kalle ganz schön weit aus dem Fenster, aber er musste an sein Ziel kommen: Er wollte Ilse Knauer ein Geständnis entlocken!

Michael war wieder an der Reihe:

„Okay, 100.000 Euro halte ich für angemessen. Wie viel die Münzsammlung wohl wert ist?"

Plötzlich platzte es aus Ilse heraus: „Das mit den Münzen war ich nicht!"

Sie erschrak selbst über ihre Äußerung. Mit weit aufgerissenen Augen stammelte sie: „Ich wollte das nicht. Ich wollte ihn nicht umbringen. Er sollte doch nur ein bisschen lieb zu mir sein. Soviel Geld habe ich nicht mehr. Wie wäre es mit 40.000 Euro für jeden? Und die Münzen habe ich wirklich nicht!"

Schwere Geburt - aber es hatte funktioniert!

„Frau Knauer, Sie gestehen also, Herrn Clemens getötet zu haben?"

„Ich habe es einfach nicht ertragen, dass er mich immer wieder abblitzen ließ. Was hat diese Koch, was ich nicht habe? Ich habe doch nur... "

Kalle unterbrach Ilses Gejammer: „Erzählen Sie die Einzelheiten bei der Polizei. Sollen wir Sie dort hinfahren oder sollen die Beamten Sie hier abholen?"

„Nichts von beiden. Ich sage nichts mehr. Vielleicht 60.000 für jeden? Das könnte ich auch noch schaffen."

„Machen Sie sich keine Mühe, wir sind nicht bestechlich."

„Also was ist. Wollen Sie mit uns fahren, oder sollen wir Sie hier abholen lassen? Die anderen Bewohner interessiert das bestimmt brennend..."

Patzig antwortete sie: „Dann fahren Sie mich eben hin. Aber das sag ich Ihnen, die Münzsammlung habe ich nicht genommen!"

„Das wissen wir. Wir wissen nicht einmal, ob es eine gab."

Kalle schaute etwas verlegen zur Seite, um sich so den Anblick von Ilses erschrockenem Gesichtsausdruck zu ersparen.

Nach der Trotzphase und den Bestechungsversuchen folgte nun das große Heulen und Jammern. „Ich muss doch Frau Winter Bescheid geben. Und jetzt gerade vor Weihnachten können Sie mich doch nicht einsperren lassen. Nehmen Sie doch Rücksicht auf mein Alter. Außerdem streite ich sowieso alles ab."

„Frau Knauer, das nützt Ihnen nichts. Ihr Schuld-anerkenntnis haben wir aufgezeichnet."
Michael hielt ihr das Aufnahmegerät unter die Nase.
„Hiermit haben wir alles deutlich aufgenommen."
„Schreiben Sie einfach eine kurze Nachricht für die Heimleitung", fügte Kalle hinzu.
„Wir sind nicht berechtigt, Sie festzunehmen. Da Sie nicht wünschen, dass die Polizei Sie hier abholt, liefern wir Sie jetzt dort ab. Alles Weitere klären Sie auf der Wache und mit Ihrem Anwalt, denn den werden Sie bestimmt gebrauchen."
Zeternd ließ sie alles über sich ergehen, ohne sich zu fragen, wer die beiden Männer überhaupt waren. Dann begehrte sie wieder auf:
„Da war keiner im Raum, nur Otto und ich. Es kann keinen Zeugen geben! Ich streite alles ab."
Kalle packte sie jetzt fest am Ärmel und fragte:
„Wo ist Ihre Wohnung? Packen Sie sich das Nötigste für die kommende Nacht ein. Und einen Mantel sollten Sie nicht vergessen, es ist kalt. Ist Frau Winter jetzt da?"
„Nein. Gerade jetzt ist sie nicht da."
„Gut – dann schreiben Sie ihr eine Nachricht auf. Oder sollen wir das machen?"
„Die holt mich da schon wieder raus, darauf können Sie sich verlassen."
„Da bin ich mir nicht so sicher."
Zwanzig Minuten später saß Ilse Knauer in Kalles Wagen. Michael und er lieferten sie bei der zuständigen Polizeistation ab, erklärten die Hinter-

gründe dafür und händigten gegen Quittung eine Kopie der Aufnahme des Geständnisses aus. Dann überließen sie Ilse ihrem weiteren Schicksal.

Sie fuhren zurück ins „Immergrün". Gisela hatte ihnen den Zweitschlüssel für ihre Wohnung gegeben, wo die beiden Männer auf Gisela und Gaby warteten.

Für Gisela und Gaby gab es, obwohl Gaby das Haus in Oberneuland sehr imponierte, auf der Hin- und Rückfahrt nur ein Thema: Wie würde die Sache wohl ausgehen? Wie lange brauchten die Männer, um Ilse weich zu kochen?

Gisela hatte sich davon überzeugen können, dass das scheußliche Rosa aus dem Haus endgültig verbannt worden war. Der Maler hatte seinen Auftrag erledigt und die Räume erstaunlich sauber verlassen. Noch einmal überprüfte sie, ob alle Heizkörper ausreichend Wärme abgaben, um das Haus nicht gänzlich auskühlen zu lassen. Nichte und Tante waren sich einig: Dieses Haus auf diesem Anwesen war ideal für die geplante Senioren-WG. Begeistert waren sie von den wunderschönen Stuckdecken und der geschwungenen, einladenden Außentreppe.

Trotz aller Faszination beendeten sie ihre Stippvisite rasch wieder, denn es zog sie zurück ins „Immergrün". Es war wohl das erste und das letzte Mal, dass Gisela so empfand.

Als die Damen zurückkamen, saßen Kalle und Michael gemütlich in Giselas Wohnzimmer.

„Wie? Hat es nicht geklappt?"

„Doch! Alles klar – alles paletti! Wir mussten sie etwas überrumpeln, aber dann haben wir sie in die Enge getrieben. Nachdem sie den Mord gestanden hatte, haben wir sie bei der Polizei abgeliefert."

Michael machte die entsprechende Geste dazu, indem er die Unterarme anwinkelte und die Handgelenke kreuzte. Die beiden Helden erzählten alle Einzelheiten, auch von ihren kleinen Tricks, die sie angewendet hatten.

„Gisela, es ist jetzt ganz wichtig, dass du morgen früh zur Polizei gehst, um deine Aussage zu machen. Berichte alles so, wie du es uns geschildert hast. Auch die zweite Beobachtung über Frau Winter und Schwester Elke ist wichtig. Sag ihnen, dass du jetzt erst kommst, weil du selbst Angst vor dem Täter hattest. Aber du machst das schon richtig."

Gisela war erleichtert, dass Ilse überführt worden war. Danach meldete sich noch ein leeres Gefühl in ihr: auch wenn Ilse 15 Jahre lang hinter Gittern säße, Otto Clemens würde dadurch nicht wieder lebendig werden. Nach den ereignisreichen Stunden lud Gisela die drei Vertrauten zum Abendessen ein.

Es war schon sehr spät geworden, als sie ihre „Pflichtanrufe" erledigte. Zuerst sprach sie mit Herrn Dr. Clemens. Er und seine Frau erwarteten die Nachricht ganz besonders angespannt, denn es ging schließlich darum, ob ihr Sohn Jens etwas mit dem Mord an seinem Großvater zu tun hatte. Dem Doktor fiel ein Felsbrocken vom Herzen und er teilte das erfreuliche Ergebnis gleich seiner Frau mit.

„Sagen Sie Ihrem Kalle herzlichen Dank – wie heißt er noch mit Nachnamen? Er soll uns bitte die Rechnung schicken.

Noch eine Frage, Frau Koch. Haben Sie sich schon wegen des Hauses entschließen können?"

„Eins nach dem anderen. Morgen früh muss ich zur Polizei und Anzeige erstatten. Als nächstes habe ich Ihnen versprochen, alle Behördengänge für Sie vorzubereiten. Danach werde ich den Kopf für den Umzug frei haben. Übrigens habe ich heute meiner Nichte das Haus gezeigt. Sie ist ganz begeistert davon. Der Maler ist mit seiner Arbeit fertig und hat die Räume erstaunlich sauber verlassen.

Bitte lassen Sie mir noch etwas Zeit. Ich melde mich bestimmt bald."

Selbstverständlich räumte Dr. Clemens ihr die Zeit ein, denn ihm lag viel an Giselas Entscheidung. Er wüsste sein Haus in guten Händen, würde Gisela es übernehmen.

Als nächstes informierte Gisela die von Horns. Auch Herr von Horn und seine Ingeborg freuten sich über Kalles Meisterstück.

Trotz der Erfolge des Tages fand Gisela wieder kaum Schlaf in der folgenden Nacht. Es war seltsam, denn plötzlich empfand sie Mitleid mit Ilse. Die war inzwischen 73 Jahre alt, und es war wahrscheinlich, dass sie den Rest ihres Lebens hinter schwedischen Gardinen verbringen musste. Andererseits hätte sie sich das überlegen müssen, bevor sie Otto das Kissen aufs Gesicht drückte.

Morgen würde sie zur Polizei gehen, um Anzeige zu erstatten. Gut, dass sie alle Geschehnisse schriftlich festgehalten hatte. Die Vermutung lag nahe, dass man ihren ausführlichen Bericht erst in Ruhe lesen und sie zu einem späteren Zeitpunkt wegen weiterer Rückfragen auf das Revier bestellen würde.

Giselas Wunsch, endlich wieder erholsam schlafen und ein normales zufriedenes Leben führen zu können, war in dieser Nacht besonders groß. Ihr war bewusst, dass sie unter den Ereignissen der letzten Wochen stark gelitten hatte. Sie musste sich bald wieder einmal etwas Gutes gönnen, damit sie ihren Namen „belle Giselle" wieder zu Recht tragen konnte.

Ein beklommenes Gefühl begleitete Gisela, als sie am nächsten Morgen das „Immergrün" verließ, um zur Polizeistation zu fahren. Aber es musste sein, für Otto! Mutig und entschlossen betrat sie die Station, holte tief Luft und erklärte, dass sie eine Anzeige erstatten wolle. Dazu legte sie ihren Bericht vor und erklärte, aus welchem Grund sie nicht schon früher gekommen war. Es kam so, wie sie gehofft hatte und nach einer knappen halben Stunde hatte sie die Prozedur fürs Erste überstanden. Der Beamte schaute über seinen Brillenrand und meinte:

„Das kann ich jetzt nicht alles durchlesen. Halten Sie sich aber zu unserer Verfügung."

Gisela hinterließ ihre Adresse, Festnetz- und Handynummer. Erleichterung machte sich breit, weil sie diese Hürde genommen hatte.

Jetzt erst war der nächste Schritt an der Reihe: Ottos Nachlassangelegenheiten mussten für die Erben vorbereitet werden.

Es kam ihr seltsam vor, Ottos Räume im „Immergrün" allein zu betreten. Da sie ihr Versprechen halten wollte, kramte sie in seinen Unterlagen. Sie war froh, als sie einen Ordner mit der Aufschrift: „Vertrauliches für meine Familie" in Händen hielt, in dem Otto nicht nur seine Vermögenswerte aufgeführt hatte. Peinlich genau hatte er notiert, bei welchen Banken er Konten und Depots unterhielt. Gisela fand auch Unterlagen darüber, welche Wertgegenstände er bei welcher Bank im Safe deponiert hatte. Unter der Rubrik „Ich bin Eigentümer folgender Immobilien" fand sie auch die Eintragung des Hauses in Oberneuland. Etliche Versicherungen hatte er mit Abschluss- und teils auch mit Kündigungsdatum aufgeführt. Zum Glück hatte er alle Versicherungen bei einem Anbieter abgeschlossen. Gisela fand einen Vermerk über die Hinterlegung seines Testamentes beim Nachlassgericht. Ottos präzisen Aufzeichnungen erleichterten ihr die Arbeit erheblich.

Der Telefonanschluss und diverse Zeitungsabonnements waren zu kündigen. Alle Unterlagen, die sie benötigte, nahm sie mit in ihr Reich und setzte sich an den Computer, um mit ihrer umfangreichen Aufgabe zu beginnen. Da galt es, Kündigungen zu schreiben und anzufragen, was erforderlich war, um den Nachlass abzuwickeln. Sie informierte unzählige Adressaten über Ottos Tod und stellte sich als Nichterbin vor, die den im Ausland lebenden Erben bei der Nachlass-abwicklung behilflich war.

Für das Mittagessen unterbrach Gisela die Schreibarbeiten. Gespannt wartete sie darauf, wie die Tischnachbarn auf Ilses Abwesenheit reagieren würden. Ob Frau Winter sich wohl blicken ließ?

Entschlossen nahm Gisela ihren Platz ein. Die anderen rätselten gerade, wo Ilse sein mochte. Sie hatten sie am gestrigen Tag beim Mittagessen das letzte Mal gesehen. Sie machten sich offensichtlich Sorgen, denn Ilse wurde ja bereits am Abend zuvor und am Morgen vermisst. Für Gisela wäre es ein Leichtes gewesen, die Heimbewohner aufzuklären, aber sie sah das nicht als ihre Aufgabe an. Den restlichen Tag verbrachte Gisela damit, die Formalitäten zu erledigen. Sie musste auch klären, ob ausreichend Sterbeurkunden vorlagen, oder ob sie noch zusätzliche kopieren und beglaubigen lassen musste. Abends wollte sie das Ehepaar Clemens informieren, dass alle Vorarbeiten erledigt waren. In diesem Gespräch würde sie auch erfahren, wann der nächste Deutschlandbesuch der Clemens geplant war. Sicher wollten die jetzt wissen, ob sie schon eine Entscheidung wegen des Bremer Hauses getroffen hatte.

Unschwer hatte sie erkennen können, dass Dr. Clemens ein reiches Erbe antreten würde. Unter anderen Umständen spräche sicher nichts dagegen, Jens das Haus zu überlassen. Doch wie würde er es nutzen? Bordell oder Senioren-WG für jung gebliebene Oldies – das war schon ein krasser Unterschied!

Das Haus stand bereit und wartete nur auf sie. Nach und nach sollte es möglich sein, passende Mitbewohner und Mitbewohnerinnen zu finden. Es gab auch noch die Möglichkeit, einen Teil des Hauses mit Ottos Einrichtungsgegenständen auszustatten, um ein paar Räume möbliert an Wochenendfahrer zu vermieten. Wenn in der Anzeige die Exklusivität von Wohnung und Wohnlage deutlich wurden, würden sich auch die passenden Interessenten melden. Gisela war zuversichtlich. Ihr Organisationstalent wartete auf Einsatz, denn das Objekt reizte sie sehr.

Von Gaby hatte sie gerade die frohe Botschaft erhalten, dass der Kaufvertrag für das Haus in Syke unterzeichnet war. Das neue Haus war noch nicht bezogen weil dem Vorbesitzer die finanzielle Puste ausgegangen war. Schon in zwei Wochen sollte der Umzug über die Bühne gehen. Gisela bewunderte die Leichtigkeit, mit der die Noch-Neu Wulmsdorfer selbst solche Hürden nahmen. Gaby und ihre liebenswerte Familie in ihrer Nähe zu wissen, das war schon ein wichtiger Eckpunkt. Bremen, Bassum oder Syke – das ließ sich nicht einfach an den Knöpfen abzählen.

Eigentlich wollte sie die bereits fertigen Briefe erst am nächsten Tag in den Briefkasten werfen. Weil die Luft kalt und klar war, entschloss sie sich für einen Spaziergang zur Post. Die frische Luft würde ihr gut bekommen.

Als sie gegen 20.30 Uhr wieder das „Immergrün" erreichte, fielen ihr drei Personen auf, die ebenfalls auf den Eingang des Heimes zusteuerten: eine Frau, ein korpulenter Mann und ein zartes weibliches Wesen. Sie erkannte Schwester Elke und hörte den Dicken sagen: „Na Schwesterchen, dann viel Spaß mit deinen Alten. Schöne Nachtschicht."

Dann bemühte er sich redlich, Giselas Anwesenheit zu ignorieren und zog sichtlich nervös die kleine Ausländerin mit sich.

Giselas Schritte wurden langsamer. Das war ja interessant – das musste ihr hartnäckiger Verehrer sein, dem sie nie bewusst begegnet war. An seiner Seite tippelte eine junge Südost-Asiatin. So hatte er sich also getröstet und seine üblen Annäherungsversuche eingestellt. Ob sich die junge Philippinin oder Thailänderin bei ihm wohlfühlte? Auch das sollte nicht ihr Problem sein.

Für den folgenden Tag gab es keine besonderen Pläne. Gisela wollte ausspannen und etwas zur Ruhe kommen, um klare Gedanken zu fassen. Vielleicht sollte sie Gaby Hilfe anbieten, die bestimmt noch unzählige Umzugskartons zu packen hatte.

Kurzerhand entschloss sie sich, nach dem Mittagessen wieder nach Bremen zu fahren.

Auch mittags war von Frau Winter keine Spur zu sehen. Die Tischnachbarn erzählten, sie habe ein paar Tage Urlaub genommen. Das Rätselraten um Ilse ging weiter. Gisela fiel auf, dass Lydia Baumann viel aufgeschlossener war als sonst. Auch Ursel Tiedemann versuchte, Gisela mit in die Gespräche einzubeziehen. Der dürre Gustav gab sich charmant, blieb aber auf Distanz. Bei der bedauernswerten Käthe Weniger machte sich die Altersdemenz immer deutlicher bemerkbar.

Gisela war freundlich zu allen; in dieser Runde wurde sogar herzlich gelacht. Alle, außer Käthe, mussten im Grunde bemerken, dass die Gespräche ohne Ilse eine andere Qualität bekommen hatten.

Zum ersten Mal betrat Gisela das große leere Haus allein. Dr. Clemens hatte ihr freie Hand bei allen Planungen gelassen. Sie inspizierte die Kellerräume und begutachtete alles, was so lieblos darin untergebracht war. Sie fand unzählige Bücher und auch die auseinander montierten Bücherregale. Vor ihr lag eine wahre Fundgrube, in der sie erst einmal suchen musste, was zusammen gehörte. Es gab so viele gut erhaltene und wertvolle Möbelstücke, so dass man leicht zwei Wohnungen damit ausstatten könnte. Wenn sie sich zum Umzug nach Bremen entschließen sollte, brauchte sie Hilfe. Starke Männerhände, welche die Möbelstücke wieder in der

Wohnung platzieren würden. Auch Reinigungskräfte, die Staub und Dreck, der durch den Transport in den Keller entstanden war, beseitigen würden . Was aber, wenn ein Interessent die eigenen Möbel mitbrächte? Dann wäre die Mühe umsonst gewesen.

Ein wenig ratlos setzte sie sich auf einen Sessel, nachdem sie Gardinen, Vasen und Bilder abgeräumt hatte und überlegte, wie sie am besten vorgehen sollte. Sie selbst brauchte nichts von dem Inventar, denn sie hatte sich vor dem Umzug ins „Immergrün" nach ihrem Geschmack neu eingerichtet.

Fast zwei Stunden lang hielt Gisela sich in Ottos Haus auf, plante, maß die Räume aus und richtete sich in Gedanken schon ein. Wie viele ungeahnte Möglichkeiten boten sich hier für sie; sie musste sich doch glücklich schätzen. Das Ehepaar Clemens würde ihr die Wohnung sicher zu günstigen Bedingungen überlassen, wenn sie eine Art Verwaltung und die Verantwortung übernahm.

Wäre doch nur Otto an ihrer Seite!

Tatsache war, dass sie sich dringend um eine Bleibe bemühen musste, weil sie im „Immergrün" gekündigt hatte. Die Tage rannten dahin, der Auszugstermin rückte näher. Es wurde Zeit zu handeln. Eine Frage ging ihr nicht aus dem Sinn: Wer hatte die größten Vorteile durch ihren Einzug ins Bremer Haus? Sie selbst? Das Ehepaar Clemens, das sie noch gar nicht lange kannte? Oder beide? Irgendetwas Unbekanntes bremste sie.

Auf dem Rückweg ins „Immergrün" hatte sie ihre Entscheidung eigentlich schon getroffen. Aber eben nur zu 90%. Weshalb zweifelte sie noch. Immer war sie eine Frau klarer Entscheidungen gewesen. Diesen Entschluss musste sie allein treffen – keiner konnte ihr das abnehmen.

Ein großer Vorteil wäre es, nicht ganz allein wohnen und leben zu müssen. Sie war sich sicher, früher oder später die richtigen Mitbewohner zu finden. Als Alternative könnte sie sich um eine kleine hübsche Single-Wohnung bemühen. Doch dann würde sie einsam in dieser anonymen Gesellschaft leben müssen. Und das war es ja gerade, was sie nicht wollte. In der WG könnte sie viel aktiver und intensiver am Leben teilhaben.

In zwei Tagen wollte sie sich endgültig entschieden haben. Bremen-Oberneuland oder ernsthafte Wohnungssuche. Doch wo? In Bremen, ihrer Heimat oder in Gabys Nähe in Syke?

Als sie abends den Tag noch einmal Revue passieren ließ, stellte sie fest, dass ihr das Alleinsein gut bekommen war. Ihr Kopf musste erst einmal frei werden.

In Neu Wulmsdorf konnte Gaby vor ein paar Monaten ihr 25-jähriges Berufsjubiläum feiern. Obwohl sie nur einen Teilzeit-Arbeitsvertrag hatte, gehörte sie seit langer Zeit mit zum Inventar. Es fiel ihr nicht leicht, die Kündigung wegen des Wohnungswechsels auszusprechen. Am Montagmorgen hatte Gaby einen Vorstellungstermin bei dem Syker Facharzt für Inneres. Sie hoffte, dass das bevorstehende Gespräch positiv für sie ausfiel. Fast eine halbe Stunde vor dem Termin war Gaby vor Ort und nutzte die Wartezeit, sich schon einmal ihren potentiellen neuen Arbeitsplatz anzusehen.

An diesem Morgen begrüßten sich im Wartezimmer zwei Patientinnen sehr herzlich. Offensichtlich hatten sie sich seit langem nicht gesehen, denn es gab viel für sie zu erzählen. Gaby kam nicht umhin, ihr Gespräch zu hören. Die eine schien sehr unglücklich zu sein, so unglücklich, dass es sie krank machte. Sie schüttete der anderen ihr Herz aus: Lange habe sie in einem Alten- und Pflegeheim gearbeitet und ihr Mann sei früher als Gärtner im Gartenbauamt beschäftigt gewesen.

Vor zwei Jahren seien sie beide von einem Obstbauern aus Bassum-Osterbinde engagiert worden, dessen Frau ihn ein paar Jahre zuvor verlassen habe. Kinder habe das Ehepaar nicht. Dann verlor dieser Obstbauer, ein Herr Schulenberg, durch einen schweren Verkehrsunfall beide Beine. Das machte ihm die Bewirtschaftung seiner Obstplantagen nicht mehr möglich, so dass er sich entschlossen habe, diese zu veräußern. Ihm sei nur sein großes herrschaftliches Haus geblieben, in dem früher auch Büroräume und ein kleiner Hofladen untergebracht waren.

Es war nicht Gabys Art, Kundengespräche zu belauschen, trotzdem schnappte sie immer wieder Brocken auf. So hörte sie, dass der Herr Schulenberg nach seinem Unfall sehr depressiv wurde, denn er konnte sein Schicksal nicht annehmen. Das Ehepaar zog mit in das Haus von Herrn Schulenberg ein und beide versorgten den Patienten rund um die Uhr. Der Mann hatte seinen Arbeitgeber im wahrsten Sinne des Wortes auf Händen getragen. Hatte ihn in den Rollstuhl gesetzt, ins Bett getragen und ihn im Auto gefahren. Sie hatte sich um sein leibliches Wohl und um die Hygiene gekümmert. Obwohl er früher wohl ein liebenswerter Mensch gewesen war, hatte die Krankheit Herrn Schulenberg total verändert. Das Schlimmste war wohl, dass er suizidgefährdet war.

Vor ein paar Wochen hatte der Bedauernswerte seinen Vorsatz wahr gemacht. Er war mit seinem Rollstuhl in den Garten gefahren und hatte sich dort erschossen. Aus Dankbarkeit für die geleisteten Dienste hatte Herr Schulenberg diesem Ehepaar, das ihn zwei Jahre lang aufopfernd gepflegt hatte, das große Haus und scheinbar noch einen Batzen Geld vererbt.

Die andere Frau hörte aufmerksam zu und stellte zwischendurch einige Fragen. Gaby hielt zwar eine Zeitschrift in der Hand, verfolgte aber das ungewöhnliche Gespräch der beiden Frauen.

Das große Haus und das viele Geld waren es vermutlich, was diese schlichte Frau unglücklich und krank machte: „Wir haben immer bescheiden gelebt und gearbeitet. Was sollen wir mit dem vielen Geld? Wir können doch nicht plötzlich unser ganzes Leben verändern. Wir wollen arbeiten, sind doch erst 45. Dabei könnten wir gut von den Zinsen leben. Er hat es so gut gemeint, aber einen Gefallen hat er uns nicht damit getan. Einen ganz rührenden Abschiedsbrief hat er uns hinterlassen. Darin steht, dass seine Ex-Frau keinen Anspruch auf das Haus hat. Es gibt da aber noch eine Auflage, denn wir dürfen das Haus nicht verkaufen. Die große untere Wohnung steht leer, ebenso die früheren Büroräume und der Hofladen, das sind mehr als 200 Quadratmeter. Ich putze die Zimmer fast jeden Tag, weil ich sonst keine Aufgabe habe. Und oben stehen auch noch ein paar Zimmer leer. Aber an wen sollen wir vermieten? Wer sich so eine exklusive Wohnung leisten kann, hat selbst Eigentum. Und es passt doch auch nicht – wir einfache Menschen als Vermieter von Wohnflächen in diesem Ausmaß! Auf unsere Anzeigen haben sich nur ausländische Großfamilien gemeldet. Oder Menschen, denen man ansah, dass sie die Miete nicht zahlen können. Aber zu einem Schleuderpreis dürfen wir sie doch auch nicht anbieten."

Osterbinde - Syke, das waren doch höchstens 15 Kilometer! Jetzt war der Augenblick gekommen, in dem Gaby sich in das Gespräch der beiden Frauen einmischte: „Bitte entschuldigen Sie, ich kam nicht umhin, Ihr Gespräch zu verfolgen. Ich wollte Sie nicht etwa belauschen. Haben Sie schon einmal darüber nachgedacht, Ihr Haus einer Senioren-Single-Wohngemeinschaft zur Verfügung zu stellen?"

„Das macht nichts, wir haben ja nicht gerade geflüstert. Eine Senioren-WG?"

„Ja, eine Wohngemeinschaft für jung gebliebene Senioren, die nicht gern allein bleiben möchten. Singles, die sich selbst versorgen. Meine Tante, sie ist 61, befasst sich gerade mit dem Gedanken. Vielleicht könnten Sie auch einen Teil möbliert vermieten, zum Beispiel an einen älteren, gutsituierten Wochenendfahrer, der nicht immer im Hotel wohnen möchte."

Die Unbekannte strahlte plötzlich. Mit diesen Gedanken konnte sie sich scheinbar spontan anfreunden.

„Auf die Idee sind wir noch gar nicht gekommen. Hat Ihre Tante schon etwas gefunden?"

„Im Grunde ja. Zugesagt oder unterschrieben hat sie aber noch nicht. Soll ich ihr Bescheid geben?"

„Natürlich, ich schreibe Ihnen gleich meine Adresse und Telefonnummer auf. Das wäre doch eine tolle Lösung! Wissen sie, mein Mann und ich streiten jeden Tag. Das hat es früher nie gegeben. Es ist so paradox, wo es uns doch so gut gehen könnte. Wir sind nicht auf die Mieteinnahmen angewiesen. Aber wir können das schöne Haus doch nicht so leer stehen lassen."

„Dann sollten wir so schnell wie möglich einen Termin vereinbaren, bevor sich meine Tante für das

Bremer Objekt entscheidet. Haben Sie heute Nachmittag Zeit?"

„Klar! Ich habe jeden Tag mehr Zeit, als mir gut tut. Wie wäre es um 15 Uhr? Ich lade Sie zum Kaffeetrinken ein."

Sie verabschiedeten sich voneinander und noch vor dem Vorstellungsgespräch rief Gaby ihre Tante an.

„Ich hoffe, du hast heute Nachmittag nichts Besonderes vor. Kann ich gegen 14.30 Uhr bei dir sein? Ich habe eine Überraschung für dich."

„Und du magst mir nicht sagen, worum es geht?"

„Nö, wir müssen uns beide gedulden. Ich habe das Gefühl, dass es gut investierte Zeit sein wird. Der Chef hat jetzt Zeit für mich – also, bis heute Nachmittag."

Gisela rätselte, womit ihre Nichte sie überraschen wollte. Ihr kam keine Idee, worum es sich handeln könnte.

Beim Mittagessen herrschte große Aufregung unter den Heimbewohnern, denn in der Tageszeitung hatten sie von Ottos Mord lesen können. Zwangs-läufig stellten sie aus dem Bericht die Verbindung zu Ilses Abwesenheit her. Von Frau Winter war immer noch nichts zu sehen, sie ließ sich nach wie vor vertreten. Gisela äußerte sich nicht weiter dazu. Sogar die Ehepaare von der anderen Tischgruppe beteiligten sich an Gesprächen, was sie sonst meistens vermieden. Es wurde heftig diskutiert. Jetzt ließen sie alle kein gutes Haar mehr an Ilse, die sie früher stets als ihre Leitwölfin akzeptierten. Ilse eine Mörderin, das hatte ihr keiner zugetraut!

Gisela war froh, dass sie sich wegen ihrer Verabredung frühzeitig verabschieden konnte. Voller Spannung wartete sie auf Gabys Ankunft. Ihr Bauchgefühl sagte ihr, dass sie etwas ganz Besonderes erwarten würde.

„Komm Gisela, steig gleich in meinen Wagen um", begrüßte Gaby sie.

Die Fragezeichen standen Gisela auf der Stirn geschrieben.

„Es dauert nur ein paar Minuten. Komm, steig ein."

Das Navigationsgerät hatte Gaby schon rechtzeitig programmiert. Es dauerte wirklich nicht lange, bis sie am Ziel waren.

„Osterbinde? Was sollen wir in Osterbinde? Und ist das auf der Rückbank Kuchen?"

Gisela sah Gaby fragend an.

„Wart ab. Ich habe ein so gutes Gefühl."

Gaby hielt vor der Auffahrt eines repräsentativen Hauses. Auf ihr Klingeln öffnete eine Frau mittleren Alters und stellte sich vor. Sie bat die beiden Damen einzutreten. Über eine breite, offene Treppe gelangten sie in die obere Etage. „Lindemann" hatte Gisela auf dem Klingelschild gelesen. In der gemütlichen Wohnung empfing sie nun auch der Hausherr. Kaffee stand schon duftend auf dem Tisch und Gaby stellte den Kuchen dazu.

Frau Lindemann bot Gisela, die jetzt gar nichts mehr verstand, Kaffee und Kuchen an. Endlich ließ Gaby die Katze aus dem Sack und erzählte ihrer Tante, von ihrer morgendlichen Begegnung in der Arztpraxis. Das Ehepaar Lindemann erzählte von den Ereignissen, die ihr Leben so sehr beeinflusst hatten. Eben alles, was Gaby bereits morgens gehört hatte. Gabys Vorschlag mit der Senioren-WG eröffnete den Lindemanns ganz neue vielversprechende Perspektiven.

„Lassen Sie uns erst in Ruhe den Kaffee genießen, bevor wir die Räumlichkeiten ansehen", schlug Herr Lindemann vor.

Syke - Osterbinde, das war in der Tat nur ein Katzensprung. Im Grünen wohnen, das hatte schon einen besonderen Reiz. Was die Räumlichkeiten wohl bieten mochten? Giselas Gedanken rasten nur so in ihrem Kopf. Sollte es wirklich solche Schicksalsfügungen geben?

Das schöne Fachwerkhaus war höchstens 15 Jahre alt und sehr gepflegt. Sicher war es auch besser isoliert und weniger renovierungsbedürftig als die Bremer Villa. Die Lindemanns waren sympathische Leute, das musste sie zugeben.

Endlich war es soweit und sie betraten zu Viert die Räume im Erdgeschoss.

Man hörte allerlei Vorschläge:

„Hier könnte man..."

„Da sollte man..."

„Am besten ist, wir machen..."

Es kristallisierte sich scheinbar schon etwas heraus. Würde Gisela sich für die zwei schönsten Räume entscheiden, könnte sie sogar das Bad für sich allein beanspruchen. Mit der gemeinschaftlichen Küchennutzung war sie ohnehin einverstanden. Die Zimmer waren in so gutem Zustand, dass eine Renovierung überflüssig war. Zwei weitere Räume und der großzügige ehemalige Bürobereich könnten für weitere Interessenten hergerichtet werden. Da es hier bereits eine Nasszelle gab, war der Umbau zu einem weiteren Badezimmer nicht weiter tragisch, denn an finanziellen Mitteln mangelte es den Hausherren schließlich nicht.

Herr Lindemann freute sich schon sehr auf neue Aufgaben, denn sicher würde er mit Hand anlegen. Er könnte sich wieder nützlich machen und hatte eine neue Herausforderung: „Oben ist neben unserem Reich allemal noch ausreichend Platz für einen weiteren Bewohner. Ein separates Bad sollte hier auf jeden Fall noch gebaut werden. Aber meinen Sie denn, dass wir geeignete Mitbewohner finden?"

„Ich denke schon. Gerade Menschen, die in Ruhestand gehen und immer in Gesellschaft waren, haben Schwierigkeiten mit dem Alleinsein. Auch sie haben den gefürchteten „Pensionsschock" zu überwinden."

„Wenn Sie sich für Osterbinde entscheiden, könnten Sie praktisch sofort einziehen, Frau Koch. Es sei denn, Sie fühlen sich durch die Umbaumaßnahmen gestört."

Obwohl Gisela sich bereits entschieden hatte, bat Sie um einen Tag Bedenkzeit. Alles kam ihr wie ein wunderschöner Traum vor.

„Was meinen Sie, wie herrlich es hier in der Blütezeit ist. Wir würden uns sehr freuen, wenn Sie einziehen. Eine WG – das ist die ideale Lösung für unser Haus. Damit hätten wir wieder eine Aufgabe. Schauen sie mal da", Herr Lindemann wies auf eine etwas abseits stehende Lagerhalle.

„Noch ist sie vermietet. Aber in einigen Wochen läuft der Vertrag aus. Wenn wir hier gute Erfahrungen machen, könnten wir die Halle für den gleichen Zweck ausbauen."

„Wir müssen noch über die Miete sprechen."

„Sie und Ihre Nichte haben uns auf die Idee gebracht, deshalb sollen Sie einen Bonus bekommen. Sagen wir mal – 300 Euro warm!?"

Natürlich war Gisela mit dem Preis einverstanden. Es war eigentlich viel zu wenig, aber die Lindemanns wollten darüber nicht diskutieren.

Frau Lindemann meldete sich zu Wort: „Ich möchte Ihnen noch ein Angebot machen. Wenn Sie mögen, können wir das Mittagessen gemeinsam einnehmen. Ich bin leidenschaftliche Köchin. Was meinen Sie dazu?"

„Sehr verlockend, das nehme ich gerne an. Ich bin nämlich nur Genießerin. Das Kochen ist mir ein Gräuel. Es muss ja nicht an sieben Tagen in der Woche sein. Noch etwas anderes: Wo wollen Sie mit den wertvollen Möbelstücken von Herrn

Schulenberg bleiben? Sie sollten überlegen, einen Teil der Räume möbliert anzubieten."

„Kein schlechter Gedanke. Es wäre schade, wenn diese ausgefallenen Möbelstücke keine Verwendung mehr fänden. Wir müssen unbedingt Anzeigen aufgeben. Ob wir das richtig formulieren können?"

„Ich will Ihnen gern dabei behilflich sein. Wir sollten beide Möglichkeiten anbieten und das sowohl im Internet als auch in der Tageszeitung."

„Wir? Es sieht so aus, als hätten Sie sich doch schon entschieden."

Fragend schaute Gisela Gaby an. Als die ihr zustimmend zunickte, antwortete sie: „Und wann kann ich einziehen?"

„Wenn Sie wollen, schon morgen", strahlte Herr Lindemann.

„Nein, im Ernst, Sie haben sicher noch viel zu verpacken. Wir werden rechtzeitig ein Fahrzeug besorgen. Dann werde ich mich um weitere Helfer bemühen, wenn es Ihnen recht ist. Es ist nämlich die Frage, ob wir spontan eine Möbelspedition finden. Sie können das Angebot ruhig annehmen. Es ist nicht der erste Umzug, den ich organisiere."

Sie besiegelten ihre Absprachen mit Handschlag, die schriftlichen Verträge sollten folgen.

Danach saßen die Vier noch zwei Stunden in der gemütlichen Wohnung der Lindemanns und fanden Gelegenheit, sich zu beschnuppern. Die Lindemanns verstanden, aus welchem Grund Gisela schnellstens das „Immergrün" verlassen wollte. Gisela und Gaby versetzten sich dagegen in die Lage des Ehepaars Lindemann. Bodenständige Menschen, mit einem Mal ohne Beschäftigung, die mit dem plötzlichen Reichtum nicht fertig wurden.

„Stuckdecke ade", dachte Gisela. Nun musste sie dem Ehepaar Clemens absagen und das war keine angenehme Angelegenheit.

„Kalle und ich helfen dir beim Packen. Weihnachten kannst du schon hier feiern", freute sich Gaby.

Auf der Rückfahrt war Gisela überwältigt von ihren Gefühlen. Es hatte den Anschein, als sollte sich alles plötzlich ganz schnell zum Guten wenden. Was hatte sie noch mit Otto etwas scherzhaft geplant? In der WG brauchten sie einen Bewohner zum Kochen, einen mit Erfahrung in Sachen Krankenpflege für alle Fälle und einen weiteren für die Gartenarbeit und mit handwerklichen Fähigkeiten. Die Lindemanns waren Experten auf allen Gebieten. Dazu machten sie einen sehr netten Eindruck.

Es sollte wieder ein Abend der Telefonate werden. Auf den Anruf mit den von Horns freute Gisela sich schon, der mit dem Ehepaar Clemens verursachte etwas Bauchgrummeln. Mit Gaby zu telefonieren, das gehörte nach diesem ereignisreichen Tag zum Pflichtprogramm. Schließlich musste Gisela wissen, ob ihre Nichte wieder gut zu Hause war.

Herr Doktor Clemens war selbst am Apparat. Verständlicherweise konnte er sich nicht über

Giselas Entscheidung freuen, akzeptieren musste er sie aber. Er verstand Gisela, die sich quasi ins vorbereitete Nest setzen konnte und sich nicht erst mit dessen Ausbau befassen musste.

Am kommenden Donnerstag würden sie sich wiedersehen. Obwohl Gisela alles perfekt vorbereitet hatte, gab es noch einiges für ihn und seine Frau zu tun. Über die zukünftige Nutzung des Hauses in Oberneuland sprachen sie an diesem Abend nicht, aber das sollte auch nicht mehr Giselas Sorge sein.

Herr und Frau von Horn freuten sich mit ihr über die verheißungsvollen Neuigkeiten, die von Horn endlich von seinem schlechten Gewissen befreien würden - schließlich war das „Immergrün" sein Vorschlag gewesen.

Na, und Gaby war ganz aus dem Häuschen! Sie versprach, bereits am nächsten Tag mit Umzugskartons anzurücken.

„Gaby, ich schaff das allein oder mit Hilfe der Lindemanns. Schließlich hast du selbst genug einzupacken. Trotzdem bedanke ich mich für dein Angebot. Ich bin so glücklich über unsere wiederentdeckte Beziehung. Du tust mir so gut!"

Gisela konnte nicht sehen, wie Gaby ein Tränchen über die Wange floss.

Früher als sonst ging Gisela ins Bett und wollte endlich einmal richtig ausschlafen. Die Gedanken an die Formulierung der Anzeige verhinderten das. Es nützte nichts, sie holte sich Stift und Papier und schrieb ihre Entwürfe auf.

Wie wäre es mit:

Gemeinsam Älterwerden.

Senioren-Single-WG sucht rüstige Mitbewohner zw. 55 und 65 J. für exkl. Anwesen Nähe Bassum

Oder:

Nicht allein älter werden!

Lebensfrohe (Vor-)-Ruheständler zw. 55 und 65 J. für exkl. Haus gesucht zur Gründung einer Senioren-Single-WG, Nähe Bremen

Ganz seriös würde sich das so anhören:

Neugründung einer gepflegten Senioren-Single-WG

Gesucht werden Mitbew. zw. 55 und 65 J.

Exkl. Wohnraum in der näheren

Umgebung von Bassum bei Bremen vorhanden

Oder:

Für Wochenendfahrer

exkl. möbl. Wohnung im Großraum

Bremen zu vermieten

Größenangaben gehörten sicher noch dazu, doch hierüber konnte sie in dieser Nacht keinerlei Angaben machen. Nachdem sie die Zettelchen mit ihren Vorschlägen fertig geschrieben hatte, lag eine geruhsame Nacht vor ihr.

Am nächsten Morgen fuhr Gisela zum Supermarkt und ergatterte ein paar stabile Bananenkartons. Dazu kaufte sie etliche Rollen Küchenkrepppapier.

Zuhause begann sie, das Geschirr einzuwickeln, ihre Koffer packte sie prall voll mit Kleidungsstücken. Der Anfang war geschafft.

Herr Lindemann meldete sich, um ihr den Freitag als Umzugstag vorzuschlagen. Das alles ging ihr fast ein wenig zu schnell, zumal sie durch Clemens' Besuch zeitlich gebunden war.

Aber Herr Lindemann konnte Gisela beruhigen: „Machen Sie sich keine Sorgen. Meine Frau und ich machen das schon. Wenn Ihre Nichte auch hilft, dann klappt das alles. Ich bringe noch zwei starke Männer zum Möbelschleppen mit. Das ist alles kein Problem. Sie brauchen nur zu koordinieren und uns zu sagen, wohin wir was stellen sollen."

Gisela freute sich. Alles kam ihr wie ein Traum vor. Zwischendurch zweifelte sie, denn für das „Immergrün" hatte sie sich damals genauso spontan entschlossen. Frau Winter hatte sie ganz anders eingeschätzt. Wie sehr hatte sie sich getäuscht! Konnte sie jetzt sicher sein, den richtigen Weg zu gehen?

Das Leben war spannend – immer noch. Beherzt warf sie alle Bedenken über Bord und setzte nur noch Vertrauen und Zuversicht in ihren Entschluss.

Die Begegnung mit dem Ehepaar Clemens wurde von einer besonderen Art Unterkühlung begleitet. Scheinbar hatten die beiden fest mit Giselas Einsatz im Bremer Haus gerechnet. Der Traum, das Erbe von kompetenter Hand verwaltet zu wissen, war geplatzt.

Wiederholt schoss es Gisela durch den Kopf, die Einrichtung und Gründung der Bremer Wohngemeinschaft von Bassum aus zu organisieren. Sie verwarf den Gedanken an dieses Vorhaben dann doch wieder. Es war an der Zeit, sich um sich selbst zu kümmern. So blieb lediglich die Nachlassregelung. Dazu übergab sie alle zur Unterschrift vorbereiteten Unterlagen und den Plan für die noch zu erledigenden Schritte.

Natürlich gab es noch das eine oder andere Gespräch über Ilse, Frau Winter und Schwester Sabine, doch es fehlte dabei das Herzblut auf beiden Seiten. Es wurden Dialoge auf sachlicher Ebene.

Auf die Frage von Herrn Dr. Clemens: „Wie sollen wir nur die Möbel aus dem „Immergrün" nach Oberneuland transportieren?", machte Gisela einen Vorschlag.

„Vielleicht übernimmt das auch Herr Lindemann mit seinen Helfern."

„Würden Sie bitte in unserem Namen anfragen?"

Nach Giselas Anruf war das Problem schnell gelöst, denn Herr Lindemann sagte zu. Er wollte den Abbau, den Transport und das Abstellen der Möbel übernehmen und nannte einen fairen Preis. Die Montage der Möbelstücke erschien allen unsinnig, denn noch wusste keiner, was damit geschehen würde.

Sollte Gisela das Ehepaar Clemens um ein Erinnerungsstück an Otto bitten? Dieser Gedanke schoss ihr durch den Kopf. Den schönen Sessel vielleicht oder den großen edlen Spiegel? Sie verwarf die Idee gleich wieder, noch bevor sie darum gebeten hatte. Ihre Einrichtung war neu und ausreichend für sie. Wie gut, dass sie vor ein paar Tagen unbemerkt eine von Ottos Fliegen stibitzt hatte. Die dunkelblaue mit den feinen weinroten Streifen, die immer an der großen Stehlampe hing, lag jetzt auf ihrem Nachttischchen.

Giselas freiwillig übernommene Arbeit war erledigt. So blieb ihr nur, sich von Ottos Sohn und Schwiegertochter zu verabschieden.

„Lange haben wir überlegt, wie wir uns für Ihre Mühe erkenntlich zeigen können", begann der Doktor. „Auch dafür, dass Sie unseren Vater auf dem letzten Stück seines Weges begleitet haben. Sie haben ihm neue Perspektiven aufgezeigt. Wir bedauern sehr, dass Sie diese Pläne nicht mehr gemeinsam verwirklichen können."

Mit diesen Worten übergab er Gisela einen schwarzen glänzenden Karton und forderte sie auf, ihn zu öffnen.

Ein Lächeln lag auf Giselas Lippen, das sie sich verkniff, als sie dachte: „Hoffentlich ist das jetzt nicht Ottos komplette Fliegen-Sammlung."

Nein – keine Fliegen. Eine Ikone lag in der Schachtel.

„Sehen Sie, dahinter befindet sich das Echtheitszertifikat. Diese Ikone ist aus dem 19. Jahrhundert, meine Eltern haben sie von einer Russlandreise mitgebracht."

Gisela war es unangenehm, ein so wertvolles Geschenk anzunehmen.

„Nehmen Sie bitte, damit haben Sie eine Erinnerung an unseren Vater. Wir haben Ihnen sehr zu danken. Dürfen wir Sie anrufen, wenn wir noch einmal Ihre Hilfe benötigen?"

Dazu erklärte sich Gisela gern bereit und sie verabschiedeten sich.

Dem Ehepaar Clemens blieb ohnehin nicht viel Zeit, sie hatten noch etliche Termine wahrzunehmen.

Mit dem schwarzen Karton unter dem Arm betrat Gisela wieder ihr immergrünes Reich, in dem sich die Umzugskartons stapelten. Von Gemütlichkeit war keine Spur mehr in der Wohnung zu entdecken. Einmal noch hier schlafen, dann lag ihre Zukunft in Osterbinde. Alles, was Gisela nicht selbst verpackt hatte, war von Gaby und Kalle übernommen worden.

Gisela warf noch einen Blick auf die Ikone. Sie selbst hätte so etwas nie erstanden, doch den Wert wusste sie durchaus zu schätzen. Noch musste sie nicht entscheiden, ob das teure Stück sein Dasein im schwarzen Karton fristen würde, denn zu ihrer Einrichtung passte es nicht. Je länger sie die Ikone betrachtet hatte, sah sie das Geschenk mit anderen Augen. Sie erkannte die Besonderheit und schätzte das Werk des Künstlers. Behutsam legte sie das Bild zurück in den Karton und platzierte ihn auf einem der Umzugskartons.

Am Freitagmorgen ging alles sehr schnell. Die Möbelpacker und Herr Lindemann waren ein eingespieltes Team. Einer von ihnen schraubte die Schränke auseinander, die anderen Männer schleppten die Teile einzeln oder die schwereren zu zweit in den Lieferwagen. Dabei schützten sie die Holzteile vor Beschädigungen, indem sie Wolldecken zwischen sie legten. Auch Kalle packte tüchtig mit an. Ihm kam es vor, als wäre es die Generalprobe für seinen eigenen bevorstehenden Umzug. Gisela und Gaby lauerten auf ihren Einsatz, hatten aber das Gefühl, in diesem Getümmel im Wege zu stehen. Noch einmal die Böden wischen oder saugen, dann konnte sie die Wohnung blitzblank verlassen.

Einer der Möbelpacker, Lutz, fragte Gisela: „Diesen alten Schinken wollen Sie doch wohl nicht mitnehmen. Er ist mir eben aus dem Karton gerutscht. Passt doch gar nicht zu Ihren Sachen."

In den Händen hielt er die Ikone. Gerade noch konnte Gisela das gute Stück vor einer möglichen Entsorgung retten.

Viel schneller als gedacht, war der Möbelwagen beladen und startete in Richtung Osterbinde, am anderen Standrand von Bassum. Osterbinde, oder Hinterhausen, wie Gisela ihren neuen Heimatort scherzhaft bezeichnete. Osterbinde: hinter

Neubruchhausen, Röllinghausen, Eschenhausen, Albringhausen, Affinghausen. Bald wollte sie mal googeln, um Näheres über die Namensgebung ihres neuen Wohnorts in Erfahrung zu bringen.

Dann verabschiedete Gisela sich von den verbliebenen Tischnachbarn. Vier waren es nur noch, vier friedliche alte Menschen. Vier, nachdem Otto verstorben war und Ilse im Gefängnis weilte. Und jetzt zog auch sie noch aus. Den Ehepaaren, der eingeschworenen Clique rief sie ein herzliches: „Tschüß – alles Gute" zu.

Da Frau Winter immer noch nicht wieder aufgetaucht war, las Gisela die Energiezähler zusammen mit deren Vertreterin ab.

„Meine Handynummer ist Frau Winter bekannt. Sie soll mich bitte anrufen, wenn es noch etwas zu regeln gibt. Sagen Sie ihr, dass mein Verkaufsangebot nach wie vor gilt. Ich selbst werde die Wohnung jetzt verstärkt annoncieren. Ach, übrigens wird heute Nachmittag oder morgen früh auch die Wohnung von Herrn Clemens geräumt. Bitte richten Sie das Frau Winter aus."

Die Vertreterin hatte sich Notizen gemacht und versprach, die Informationen weiterzuleiten.

Gisela stieg froh gelaunt in ihren Wagen und startete mit einem guten Gefühl in Richtung Osterbinde. Sie warf einen letzten Blick auf die große Kastanie im Garten des „Immergrüns" und musste lachen, denn sie erinnerte sich an die urkomische Situation, als ihr Ex-Chef für ihren liebestollen Verehrer gehalten und dank Gabys Halloween-Maske zu Fall gebracht wurde.

Als Gisela Lindemanns Anwesen erreichte, trugen die Helfer bereits die ersten Teile in ihr neues Reich. Es dauerte nicht lange, bis alle Möbelstücke sorgfältig zusammengebaut ihren neuen Platz bekommen hatten. Die Gardinen blieben in Absprache mit Frau Lindemann zunächst hängen. Änderungen konnte sie im neuen Jahr immer noch vornehmen. Mit Gabys und Frau Lindemanns Hilfe räumte sie rasch die Schränke wieder ein.

Schon am späten Nachmittag saß Gisela, von der ungewohnten Tätigkeit geschafft, aber glücklich und zufrieden in ihrer neuen Wohnung. Der Pizzaservice lieferte Stärkung für alle, die ihr beim Umzug behilflich waren. Bald darauf machte sich Herr Lindemann mit seinen Helfern wieder auf den Weg ins „Immergrün", um nun auch Ottos Möbel abzubauen und zu transportieren.

Kalle und Gaby blieben noch eine Weile bei Gisela und freuten sich mit ihr, dass sich so vieles zum Guten gewendet hatte.

Jetzt wurde das nächste Thema spruchreif. Schon in zwei Wochen war Weihnachten. Das bedeutete auch, dass Gabys Mutter - Giselas Schwester - zu Besuch kommen würde. Der letzte persönliche Mutter-Tochter-Kontakt lag schon wieder drei Jahre zurück, was nicht gerade auf eine innige Bindung schließen ließ. Auf das Wiedersehen war Gisela schon richtig gespannt.

„Ach weißt du, Mutter ist so ganz anders. Sie ist genau das Gegenteil von dir. Unterschiedlicher könntet ihr gar nicht sein. Sicher, sie ist um einiges älter als du, aber als sie 60 Jahre alt wurde, war sie viel träger in allem, was sie dachte und was sie tat. Ich glaube nicht, dass sie sich in dieser Hinsicht verändert hat. Lassen wir uns mal überraschen."

„Ich bin schon sehr neugierig und freue mich auf sie."

„Du kommst doch am Heiligen Abend zu uns? Ich zaubere ein schönes Festmenü, da darfst du nicht fehlen! Michael und Nadine sind natürlich auch dabei."

Gern sagte Gisela zu. Das Weihnachtsfest im Familienkreis, das hatte sie zum letzten Mal als junges Mädchen erlebt.

Während ihres Berufslebens nutzte sie die Feiertage lediglich zur Erholung vom Arbeitsstress. Zeit, einen Tannenbaum zu schmücken, nahm sie sich nie. Für wen auch hätte sie das tun sollen? Für sich allein? Das wäre nur zusätzliche Arbeit gewesen.

In diesem Jahr, so überlegte sie sich, zog diese Ausrede nicht mehr. So entschied sie, sich in den nächsten Tagen mit dem Thema Christbaum-schmuck zu befassen.

So gut wie in dieser Nacht hatte Gisela seit Monaten nicht mehr geschlafen. Es war bereits neun Uhr, als sie zum ersten Mal auf den Wecker schaute. Ruhe und Entspannung - endlich konnte sie genau das im Schlaf finden.

Als sie am Vormittag auf Frau Lindemann traf, überredete Gisela die Hausherrin zu einem Deal: „Gilt Ihr Mittagessen-Angebot noch, Frau Lindemann?"

„Natürlich! Versprochen ist versprochen."

„Ich möchte das gern unter einer Bedingung annehmen. Lassen Sie mich dabei sein, wenn Sie das Essen zubereiten. Zeit habe ich genug und ich möchte gern von Ihnen lernen. Stellen Sie sich vor, hier zieht eines Tages mein Traummann ein und ich muss gestehen, dass ich nicht in der Lage bin, in dieser perfekten, modernen Küche ein tolles Essen zu kochen. Das wäre doch nicht gut, oder?"

Schmunzelnd stimmte Frau Lindemann zu: „Na klar, ich will Ihnen gern ein paar Tricks beibringen. Sollen wir schon heute damit anfangen? Wir lieben Hausmannskost; heute soll es Erbsensuppe geben. Ich koche meistens einen großen Topf voll und friere dann ein paar Portionen ein."

Es dauerte nicht lange, bis Frau Lindemann Gisela in ihre Erbsensuppengeheimnisse einweihte, während Azubi Gisela fleißig die Karotten schrappte und würfelte. Selten zuvor schmeckte Gisela die Erbsensuppe so gut wie diese, bei deren Zubereitung sie selbst behilflich war.

„Ich glaube, dass ich daran sogar Gefallen finden könnte, demnächst selbst zu kochen. Ein paar Wochen brauche ich Ihre Hilfe aber noch."

In den nächsten Tagen gab es Labskaus, Grünkohl, Senfeier und Kohlrouladen – eben Hausmannskost. Jedes Mal schrieb Gisela sich die Zutaten auf und beherzigte die Ratschläge von Frau Lindemann.

Das Zusammenleben mit den neuen Vermietern erwies sich als äußerst angenehm. Sie respektierten sich und lernten voneinander. Jede Begegnung verlief freundlich, ja freundschaftlich.

Die Abende verbrachten sie meistens jeweils im eigenen Reich. So fühlte sich keiner bedrängt oder verpflichtet und wahrte die Intimsphäre des Anderen.

„Ich will unseren Weihnachtsbaum kaufen, Kommen Sie mit oder soll ich einen Baum für Sie aussuchen? Ungefähr zwei Kilometer weiter werden sie heute frisch geschlagen", sprach Herr Lindemann Gisela an.

„Wenn Sie mich mitnehmen, komme ich gerne mit." Gisela wunderte sich über ihre veränderten Gefühle. Mit Kauf und Schmücken des Weihnachtsbaumes gestand sie sich eine Portion Emotion und Nostalgie zu, die sie sich lange versagt hatte.

Ehe Gisela sich versah, stand Heiligabend vor der Tür. Jahrelang hatte sie keine Weihnachtsgeschenke mehr gekauft. Für wen auch? In diesem Jahr sah das anders aus. Gaby und ihre Lieben sollten beschenkt werden und zwar großzügig. Ihnen hatte sie soviel zu verdanken. Gisela überlegte, ob sie etwas kaufen sollte, womöglich gefiel oder passte es den Beschenkten dann nicht. Nachdem sie sich vergeblich auf die Suche für jeden gemacht hatte, entschied sie sich für Geldgeschenke, kombiniert mit einem kleinen persönlichen Präsent.

Gaby und Kalle sollten jeweils 500 Euro erhalten. Da sie Michael die Hälfte zudachte, konnte sie Nadine nicht benachteiligen und gestand ihr den gleichen Betrag zu. Das Geld brachte sie in eine Geschenkeladen, wo sie es hübsch verpacken ließ. So könnte sich jeder seine ganz persönlichen Wünsche erfüllen.

Lange grübelte sie, womit sie die Lindemanns überraschen könnte. Ihre Entscheidung fiel auf Eintrittskarten für das Musical „König der Löwen" und sie hoffte, damit das Richtige gefunden zu haben.

Blieb noch ihre Schwester Lotte. Womit konnte sie ihr eine Freude machen? Schließlich entschied sie sich für eine hübsche, praktische Handtasche.

Wie viel Freude hatte es ihr gemacht, die Geschenke für ihre Lieben auszuwählen. Menschen, die noch vor einem Jahr keine oder eine winzige Rolle in ihrem Leben spielten.

Die Begegnung mit ihrer Schwester Lotte war sehr enttäuschend. Bereits einen Tag vor Heiligabend fand das erste Treffen statt. Sicher, Lotte war zehn

Jahre älter als Gisela, aber sie war so unselbständig und unsicher. Obwohl es ihr finanziell und auch gesundheitlich recht gut ging, erschien sie unvorteilhaft gekleidet und frisiert. Die geblümte Bluse passte so gar nicht zum karierten Rock. Lotte sprach nur wenig, und wenn, dann klang ihre Stimme so kraftlos und weinerlich. Weder Schwester noch Tochter ließ sie an sich herankommen. Möglicherweise war sie auch eifersüchtig, weil sich das Vertrauensverhältnis zwischen Gaby und Gisela nicht verbergen ließ.

Seit über zwanzig Jahren führte Lotte einem Sägewerksbesitzer aus dem Bayerischen Wald den Haushalt. In all den Jahren hatte nicht einmal Gaby herausfinden können, ob da nur ein Arbeitsverhältnis oder auch eine eheähnliche Beziehung bestand.

Der Heiligabend wäre sicher sehr harmonisch verlaufen, wenn nicht Lotte als Gesprächsbremse und Harmonieblocker dabei gewesen wäre. Die anderen Fünf trugen das geduldig mit Fassung.

Lotte wollte ihre Tochter mit einer selbst gearbeiteten Handarbeit überraschen: die Häkeldecke war sauber und fehlerhaft gearbeitet. Die seltsame Farbkombination orange, lila und pink war ein absoluter Fehlgriff. Die Freude der Beschenkten war geheuchelt.

Giselas Präsente wurden dankbar und voller Freude angenommen. Für die größte Überraschung sorgten allerdings Michael und Nadine. Mit Hilfe des

Computers hatten sie eine hübsche weihnachtliche Karte gezaubert. Auf der Innenseite gab es dezente Babyutensilien zu sehen und es war Platz für ein Ultraschallfoto. Darunter war zu lesen: „Ich bin ganz neu in der Familie, bitte nehmt mich in Eurem Kreis auf."

Drei Exemplare gab es davon. Bei Gaby und Kalle hatte die Neuigkeit wie ein Blitz eingeschlagen. Nadine war schwanger! Gaby freute sich unsagbar darüber und war ganz aus dem Häuschen. Kalle reagierte gelassen: „Na, dann muss ich ja bald mit einer Oma ins Bett gehen!"

Auch Gisela hieß das kleine Wesen herzlich willkommen, das im August das Licht der Welt erblicken sollte.

Und Lotte? Meist saß sie schmallippig auf der Couch und starrte Löcher in die Luft. Konnte sie ihre Gefühle nicht zeigen oder war sie nicht in der Lage, überhaupt welche zu empfinden? Es war jetzt schon klar, dass Gisela dem Kind näher stehen würde als Lotte.

Alle lobten Gabys und Giselas gelungenes Menü. Ja, auch Gisela war an den Vorbereitungen beteiligt gewesen und gab ganz stolz Frau Lindemanns Ratschläge an Gaby weiter. Nur Lotte verlor kein Wort über das gut gelungene Festmahl. So anstrengend hatte Gisela sich das Zusammensein mit ihrer Schwester nicht vorgestellt. In der Küche sagte sie zu ihrer Nichte:

„Gaby, ich denke, es ist besser, wenn ich morgen früh gleich nach Bassum fahre. Vielleicht taut sie dann auf. Kann doch sein, dass sie eifersüchtig ist."

„Tu mir das bitte nicht an. Es liegt nicht an dir, sie verhält sich immer so. Bleib doch bitte – sonst wird das ein ganz tristes Weihnachtsfest für uns. Ich hab noch Fotos von früher, damit können wir vielleicht die Zeit überbrücken. Du tust mir wirklich einen großen Gefallen, wenn du das mit uns zusammen erträgst. Übermorgen fährt sie ja schon wieder zurück. Bleib doch bitte!"

„Okay, du hast mich überredet."

Kurz vorm Einschlafen grübelte Gisela lange darüber nach, was ihre Schwester im Laufe der Jahre so verändert haben mochte. Es war erschreckend, wie teilnahmslos, ja fast beleidigt sie auf ihrem Sessel saß und ihren Strichmund präsentierte.

Über die Überraschung von Gaby und Kalle hatte Gisela sich sehr gefreut. Es war ein Gutschein, der Kauf und Anbringen neuer Schlafzimmergardinen versprach. Gisela brauchte sie nur auszusuchen, Kalle würde sie aufhängen.

Wie sehr hatte sie die Neu Wulmsdorfer ins Herz geschlossen. Für das Ungeborene empfand sie schon jetzt innige Omagefühle, die ihr ja als Großtante eigentlich gar nicht zustanden.

So verbrachte Gisela auch den ersten Weihnachtstag bei ihren Verwandten. Lotte war und blieb verschlossen und antwortete, wenn überhaupt, nur einsilbig. Es gelang weder Gaby noch Gisela, das Rätsel um den Eisblock Lotte zu lösen, obwohl sie es immer wieder versuchten. Sie mussten Lottes Art akzeptieren, denn die ließ ihnen keine andere Wahl. Friedlich und harmonisch verlief dagegen der zweite Weihnachtstag, nachdem sie Lotte wieder zum Zug in Richtung Süden gebracht hatten.

Vom Ehepaar Lindemann erhielt Gisela nach ihrer Rückkehr ein passendes Geschenk, das ihr schmunzelnd überreicht wurde: ein dickes Kochbuch und eine gute Bratpfanne.

Den Jahreswechsel erlebten Kalle, Gaby und Gisela gemeinsam. Nach einem Theaterbesuch nahmen sie an einer Silvesterparty in einem exklusiven Restaurant in fröhlicher Atmosphäre teil. In den letzten zwanzig Jahren verschlief Gisela meistens den Übergang in das neue Jahr, manchmal hatte sie einen Fernsehabend daraus gemacht.

Gisela freute sich immer wieder, dass sie dazugehören durfte. Was wäre ihr nur entgangen, wenn sie den Kontakt zu ihrer Nichte nicht aufgenommen hätte! Es war ohnehin fraglich, ob sie alle Hürden der letzten Monate allein hätte nehmen können. Sie schätzte sich so glücklich, dass Kalle und Gaby sie mit der größten Selbstverständlichkeit an ihrem Leben teilhaben ließen.

Gespannt wartete Gisela, womit das neue Jahr sie überraschen würde. Noch in der ersten Januarhälfte sollte der Umzug von Neu Wulmsdorf nach Syke über die Bühne gehen. Für Gabys Haus gab es bereits Kaufinteressenten und das Syker Haus wartete auf die neuen Besitzer. Es lag günstig am Rande eines neuen Siedlungsgebietes, so dass man sich nicht in einem labyrinthähnlichen Straßengewirr verirren musste.

Dem Erbauer des Hauses war kurz vorm Einzug in sein neues Heim die finanzielle Puste ausgegangen. Pech für ihn, Glück für Gaby und ihre Familie. Bereits ab Mitte Februar konnte Gaby ihren neuen Arbeitsplatz in einer Syke Apotheke einnehmen. Nur Nadine war arbeitsmäßig noch nicht versorgt. Bei der Suche nach einem Job spielte jetzt natürlich auch die Schwangerschaft eine bedeutende Rolle.

Wie geplant begannen die Umbaumaßnahmen in Osterbinde gleich in den ersten Januartagen. Herr Lindemann machte sich nützlich und packte kräftig mit an. Erstaunlich, denn aufgrund seiner finanziellen Situation hätte er alles bequem vom Sessel aus delegieren oder überwachen können. Er war aber kein Mann, der die Hände in den Schoß legen konnte.

Nach wie vor assistierte Gisela Frau Lindemann beim Kochen, bis sie sich zutraute, die Rollen zu tauschen. Sobald die Umbauarbeiten in der unteren Etage abgeschlossen waren, wollte Gisela sich selbst versorgen. Früher hatte sie nie vermutet, dass ihr das Kochen jemals Spaß machen würde.

Welche verschlungenen Wege ließ das Schicksal sie erst gehen, um von der Hölle mit Namen „Immergrün" im Himmelreich in Osterbinde zu landen. Vielleicht begeisterte sie gerade deshalb das Leben in ihrer neuen Umgebung so sehr.

Die Lindemanns überließen Gisela die Suche nach geeigneten Mitbewohnern, denn schließlich würde sie engeren Kontakt zu denen haben. Die Vorauswahl wurde Gisela übertragen, die endgültige Entscheidung wollten sie natürlich gemeinsam treffen.

Gisela wählte unterschiedliche Texte und annoncierte in mehreren Zeitungen. Außerdem offerierte sie ein weiteres Angebot im Internet. Eine neue Idee beschäftigte sie: Das Bassumer Krankenhaus breitete sich aus, denn der große Neubau einer Spezial-Klinik wuchs von Tag zu Tag. Es sah aus, als würden hier etliche neue Arbeitsplätze vergeben werden. Vielleicht sollte sie hier die geplante möblierte Wohnung am „schwarzen Brett" anbieten. Möglicherweise gab es einen Arzt oder einen sonstigen Beschäftigten, der seinen ständigen Wohnsitz irgendwo in Deutschland wegen seiner Familie nicht aufgeben wollte und in Bassum eine adäquate Bleibe suchte.

Gespannt wartete Gisela auf die ersten Reaktionen. Manchmal hatte sie ihre E-Mail Anschrift angegeben, in anderen Fällen die Telefonnummer. Es dauerte nicht lange, bis Gisela die erste E-Mail erhielt. Sie erlaubte sich spontane, etwas lästerliche

Vorurteile, doch diese ganz geheimen Gedanken behielt sie besser für sich und erzählte nicht einmal Gaby davon.

Als sich beispielsweise eine Lehrerin meldete, fiel Gisela dazu ein, dass auch die, wie alle Berufskollegen, ein Leben lang Theoretikerin geblieben war. Dass sie sich belehrend verhalten könnte, hielt Gisela ebenfalls für möglich. Eine Lehrerin - das hieß allerdings auch, dass es sich um eine Frau mit gehobenem Bildungsstand handeln würde. Sie könnte eine gute Gesprächspartnerin werden. Abwarten! Mit ihr vereinbarte Gisela einen Besichtigungstermin, denn die Dame sollte ihre Chance bekommen wie alle anderen Bewerber auch.

Dann rief ein Finanzbeamter an, ein eingefleischter Junggeselle, seit einem Jahr im Vorruhestand. Die Stimme klang am Telefon ganz nett, aber so ein Zahlenhengst!? Wer wusste schon, welche Marotten der sich als Alleinstehender angeeignet hatte. Vielleicht war er hässlich.

Die nächste Anruferin war Bankkauffrau, lebte nach ihrer Scheidung schon seit Jahren allein. In dem Gespräch machte sie einen guten Eindruck, doch dann fand Gisela ein Haar in der Suppe. Die Dame trug den Vornamen Ilse. Nee, also Ilse, das ging ja nun gar nicht.

Gisela belächelte selbst ihre krausen Gedanken, die sie sich noch vor der ersten Begegnung mit den Bewerbern machte und sie wusste genau, wie schnell sie alle Bedenken nach einem ersten Treffen über Bord werfen könnte.

Ein Kapitän meldete sich per E-Mail. Es schien ein humorvoller Mensch zu sein, der – wie er sich ausdrückte – einen neuen Hafen suchte. Dass er für gemeinsame Unternehmungen, zum Beispiel Besuche kultureller Veranstaltungen, Begleitung suchte, machte ihn sympathisch. Er bekannte gleich, keinen Führerschein zu besitzen. Vielleicht brauchte er nie einen, auf dem Wasser konnte er sich auch ohne Kfz-Führerschein bewegen. Ehrlich war er offensichtlich. Wer wusste schon – vielleicht hatte er seine Fahrerlaubnis auch abgeben müssen, immerhin sollen Seeleute zu dem ein oder anderen Warmmacher ja bekanntlich nicht nein sagen.

Die nächste E-Mail wurde von einem Schornstein-fegermeister im Ruhestand verschickt, der des Alleinseins müde war. Aus seinen Zeilen erkannte Gisela eine ganz besondere Art feinsinnigen Humors. Er verriet nichts über seinen Familienstand. Aber ein Schornsteinfeger? Was konnte der schon in die geplante WG einbringen? Konnte wohl nur als Glücksbringer dienen, oder?

Als nächstes erreichte sie eine Mail, die jemand für seinen Freund, einen sehbehinderten Physio-therapeuten, schickte. In drei Monaten würde er sein Arbeitsleben beenden und grauste sich jetzt schon vor dem Alleinsein. Das klang gut, fand Gisela.

Auch auf den Anschlag am schwarzen Brett wurde reagiert. Es meldete sich eine 40-jährige Chirurgin, die ihren Erstwohnsitz in der Stuttgarter Gegend hatte. Ob die wohl zu jung für die geplante WG war? Eigentlich sollte es ja ein Mensch sein, der den Berufsstress hinter sich gelassen hatte. Die Idee, die Wohnung im Krankenhaus anzubieten, erwies sich nicht als gut.

Da klang die Anfrage einer Kammersängerin schon anders. Die war 55 Jahre alt und hatte ein langfristiges Engagement in Bremen. Aber trainierte die womöglich täglich ihre Stimme? Könnte störend sein.

Ein 57-jähriger Vorstandsvorsitzender einer Bank meldete sich ebenfalls. Seine Familie wohnte in Düsseldorf und so war er Wochenendpendler.

Es zeichnete sich ab, dass die möblierten Räume nur an einen noch im Berufsleben stehenden Bewerber vergeben werden könnten. Damit lag auf der Hand, dass dafür kein Dauermieter zu finden war. Schade, denn mit den vorhandenen Möbelstücken war es keine Schwierigkeit, die Wohnung komfortabel und gemütlich einzurichten.

Per Telefon meldete sich noch eine Hebamme im Ruhestand. Fast alles, was sie zunächst von sich gab, erweckte den Anschein, als könne sie gut in die WG passen. Fast, denn dann äußerte sie Bedenken: „Hier, umgeben von Wiesen und Feldern, werden doch mehrmals jährlich die Böden gespritzt. Nein danke, soviel Chemie will ich nicht auf mich einwirken lassen."

Der Fall hatte sich also schnell erledigt.

Über die Schadstoffe hatte Gisela auch schon nachgedacht. Die Lindemanns wohnten hier schon ihr Leben lang und erfreuten sich bester Gesundheit. Für sich beschloss Gisela, irgendwelchen Allergien überhaupt keine Chance zu geben. Sie hatte genug mit ihrem Diabetes zu tun; Allergien wollte sie keinen Platz einräumen.

Weitere Interessenten konnte sie gleich aussortieren. Deren Vorstellung über Zusammenleben oder auch über die Miethöhe wichen erheblich von ihren eigenen und denen der Lindemanns ab. Wie schade, dass sie nicht mit Otto gemeinsam die Mitbewohner auswählen konnte. Sie hätten viel Spaß gehabt, da war sich Gisela sicher!

Mit den Bewerbern, die in die engere Wahl kamen, vereinbarte Gisela Gesprächstermine. Gestartet werden sollte am kommenden Wochenende.

Die Umbauarbeiten waren längst noch nicht abgeschlossen, doch Wohnlage, Zustand des Gebäudes und sogar die Initiatorin konnten schon begutachtet werden. Es galt zu klären, ob die Chemie stimmte und ob ein harmonisches Zusammenleben möglich sein könnte. Bewusst hatte sie diesen Zeitpunkt so früh gewählt, denn Herr Lindemann nahm gern noch Änderungswünsche für die Ausstattung an, sofern diese berücksichtigt werden konnten.

Pünktlich um zehn Uhr klingelte die junge Ärztin aus dem Krankenhaus. Sie machte einen guten

Eindruck. Allerdings stand schon fest, dass sie sich wegen ihrer Wechselschichten kaum an gemeinsamen Aktivitäten der Ruheständler beteiligen könnte. Schade, der Altersunterschied zu den zukünftigen Mitbewohnern war der einzige Hinderungsgrund in den Augen Giselas und denen der Vermieter. Sollte sich kein geeigneter Interessent melden, würde die Wahl dennoch auf sie fallen. Auf Giselas Liste der Bewerber erhielt sie vier von fünf möglichen Sternen.

Bereits zehn Minuten vor der vereinbarten Zeit klingelte es erneut. Der Finanzbeamte begehrte die Besichtigung der Räumlichkeiten. Gisela stutzte, als ihr sein schlecht sitzendes Toupet ins Auge fiel. Die ihm verbliebenen Haare waren grau und lugten unter dem rehbraunen Haarteil hervor. Bevor er die Wohnungen begutachtete, wollte er wissen, ob geklärt sei, wer denn einmal die Pflege der Bewohner übernehmen sollte. Diese Frage schien ihm vorrangig zu sein.

„Wir wollen zusammen leben, eventuell kochen und essen. Vielleicht gemeinsam Veranstaltungen besuchen oder verreisen. Es soll eine Wohngemeinschaft für jung gebliebene Senioren sein und kein Pflegeheim. Es spricht nichts dagegen, füreinander da zu sein, wenn die Grippe mal ein Opfer gefunden hat. Pflege im Alter oder bei Gebrechlichkeit kann aber selbstverständlich nur von einem Pflegedienst übernommen werden, sollte ein solcher Versorgungsfall eintreten."

Gisela hatte Frau Lindemann aus der Seele gesprochen. Die wäre aufgrund ihrer Ausbildung sicher in der Lage, Pflege zu leisten. Doch dieser seltsame Mann war beiden nicht gerade sympathisch. Die Damen waren froh, als er sich mit den Worten verabschiedete: „Ich kann es mir ja noch einmal überlegen."

Für Gisela und Frau Lindemann gab es nichts zu überlegen, dieser Fall hatte sich erledigt. Für ihn gab es kein Sternchen auf Giselas Liste.

Als nächster stand der Herr Kapitän a.D. vor der Tür, seine Alkoholfahne flatterte ihm voraus. Ein abenteuerlicher, bärtiger Typ, der ungeniert und unverzüglich zum vertrauten „Du" überging und meinte, man habe nur auf ihn gewartet. Sicher hatte er viel von der Welt gesehen und würde einiges darüber berichten können. So, wie er sich verhielt, konnte man bestimmt einen Teil seiner Storys in die Seemannsgarnkiste packen.

„Dann kannst du mich immer schön nach Hamburg bringen, mien Deern. Hast doch wohl 'n Auto? Und dann machen wir zwei die Reeperbahn unsicher, was?"

Bei der Vorstellung klatschte er sich lauthals lachend auf die Oberschenkel und konnte sich wohl gerade noch bremsen, Gisela den Po zu tätscheln.

„Ja, mein Führerschein ist weg. Stolze 2,4 Promille, das ist doch 'ne Leistung. Ist aber nicht so schlimm, ist ja lange gut gegangen!"

Nein danke, der konnte bleiben, wo der Pfeffer wächst, aber nicht hier in der WG!

„Wir melden uns bei ihnen. Es kommen noch weitere Interessenten", leitete Gisela die Verabschiedung frühzeitig ein.

„Wir sehen uns bald wieder. So einen wie mich kriegt ihr sowieso nicht. Hast du auch meine Telefonnummer, mien Deern?"

Gisela und Frau Lindemann lachten herzlich, nachdem sie ihn hinausbugsiert hatten.

„Das geht ja überhaupt nicht. Da muss doch noch etwas Taugliches kommen!"

Wieder waren sich beide einig, in Giselas Liste gab es für den Kapitän wieder kein Sternchen, dafür aber eine dicke Zitrone.

So anstrengend hatte sich keiner die Vorstellungs-runde vorgestellt. Gut, dass sie eine Verschnauf-pause eingeplant hatten. Um 14 Uhr klingelte die Lehrerin, deren erster Eindruck recht positiv war. Im Laufe des Gesprächs kristallisierte sich allerdings schnell heraus, dass sie beabsichtigte, hier die erste Geige zu spielen. Scheinbar akzeptierte sie Frau Lindemann überhaupt nicht und degradierte sie zum „Mädchen für Alles". Die obere Wohnung mochte sie nicht, denn Treppensteigen war ihr ein Gräuel. Und das Bad in der unteren Wohnung mit einem anderen teilen, das kam für die Dame nicht in Frage. Am besten, so schlug sie vor, könnte sie Giselas Räume mit dem eigenen Bad übernehmen. Dieser

Tausch sollte nach ihrer Auffassung doch wohl möglich sein.

Natürlich stand das überhaupt nicht zur Debatte, und eben das wurde ihr auch zu Verstehen gegeben.

Nein, auch dieser Fall hatte sich schnell erledigt. Die Damen wollten der Lehrerin ihre Entscheidung telefonisch zukommen lassen.

Wieder kein Sternchen auf der Liste. Waren sie zu wählerisch?

Dann standen gleich zwei Herren vor der Tür: der sehbehinderte Physiotherapeut in Begleitung seines Freundes. Herr Winkler beschrieb seine Beeinträchtigung, denn er konnte lediglich schemenhafte Umrisse erkennen und hell und dunkel unterscheiden. Er erklärte das so: „Wenn sie sich vor das Fenster stellen, kann ich zum Beispiel erkennen, ob sie groß oder klein sind. Ein weiteres Merkmal ist, dass sich ein schlanker Mensch sich anders bewegt, als ein korpulenter."

Es schloss sich eine interessante Unterhaltung der Vier an, bei der sie einiges voneinander erfuhren. Herrn Winkler gefiel die obere Wohnung ebenso gut wie die untere. Treppensteigen war für ihn kein Handicap. Sich das Bad mit einer zweiten Person zu teilen, war auch kein Problem für ihn.

„Sie müssen keine Bedenken haben, dass ich das Bad unsauber hinterlasse. Das mag ich weder mir, noch anderen zumuten."

Er war der erste, hinter dessen Namen Gisela getrost ganze fünf funkelnde Sternchen setzen konnte. Mit ihm konnte Gisela sich ein Zusammenleben gut vorstellen. Herr Winkler war ein sehr einfühlsamer Mann, ohne aufdringlich zu sein. Dabei war er so vielseitig interessiert. Unvorstellbar, dass der seinen Ruhestand allein verbringen sollte, zumal er sein Leben lang mit Menschen zu tun hatte.

Gisela und Frau Lindemann wussten, dass sie ihn gern in der WG aufnehmen würden. Oben oder unten, die Entscheidung sollte er selbst treffen.

„Wenn sie mich nehmen wollen, dann entscheide ich mich für die, die der oder die Andere nicht nehmen möchte. Ich bin da ganz flexibel."

Endlich einmal ein Lichtblick. Nachdem sie sich verabschiedet hatten, rätselten die beiden Frauen noch, welche Art Freundschaft die beiden Männer verband. Sollte es eine Liebesbeziehung sein, was sie nicht ausschließen konnten, würden sie das akzeptieren.

Dann gab es die ersten Ausfälle: Der Vorstands-vorsitzende der Bank hatte aus dienstlichen Gründen um Verschiebung des Termins gebeten, weil er sich nicht in Hamburg aufhielt.

Die Frau Kammersängerin ließ vermelden, dass sie sich anderweitig orientiert hatte. Sie hatte sich bereits für eine andere Wohnung entschieden.

Blieb nur noch einer, der Schornsteinfegermeister im Ruhestand. Nach den vorherigen Enttäuschungen machte Gisela sich keine großen Hoffnungen mehr für den Rest des Tages. Die Anzeigenkampagne musste sie wohl noch einmal wiederholen. Dabei war sie sich so sicher, dass es genug passende Mitbewohner gab, doch wo und wie konnte man sie zu finden?

Um 16 Uhr klingelte der „schwarze Mann", ein Herr Jansen. Und der kam, sah und siegte. Groß und schlank war er. Seine etwas lockigen vollen Haare ließen noch das ursprüngliche Schwarz erkennen, das jetzt eher grau durchwachsen war. Die dunkelbraunen Augen schauten Gisela lebenslustig und lebenshungrig an. Frau Lindemann fiel gleich auf, dass sich diese beiden Menschen, die sich zuvor nie begegnet waren, lange und intensiv in die Augen schauten. Die sonst so selbstbewusste Gisela schmolz dahin und zeigte sich plötzlich unsicher, errötete sogar ein wenig. Einen Moment lang stockte das Gespräch. Verlegenheit auf beiden Seiten, Verlegenheit wie in Teenagertagen. Doch dann flossen die Worte und sie tauschten ihre Ideen zur geplanten WG aus.

Seit Jahren war Herr Jansen verwitwet. Seine einzige Tochter war verheiratet und lebte auf Sylt. Enkelkinder gab es auch, ein 14-jähriges Mädchen und einen 12-jährigen Jungen. Gisela erzählte gleich strahlend von Gabys ungeborenem Enkel, für das sie Ersatzomi sein durfte und wollte.

Ihre Gedanken sprach Gisela natürlich nicht aus: „Ist das nicht ein Traummann? Ach Gaby, könntest du nur hier sein."

Wie warmherzig seine sonore Stimme klang! Von Auslandsaufenthalten und Kreuzfahrten berichtete er, die er allein nicht recht genießen konnte.

„Egal, ob ich ins Fußballstadion oder zum Essen gehe, ob ich ein Konzert besuche, ich bin allein. Nach solchen Ereignissen fehlt der Gedankenaustausch", meinte er ein wenig traurig.

In Begleitung der beiden Damen begutachtete er zuerst die oberen, dann die unteren Räumlichkeiten. Beide Wohnungen gefielen ihm bestens. Er schätzte den gepflegten Garten, die herrliche, große Terrasse und den großzügigen Balkon.

„Wie froh bin ich doch, dass ich mich aufgerafft habe, um auf ihr Angebot zu reagieren. Dabei habe ich ein so schönes Haus in Harpstedt. Aber es ist viel zu groß für eine einzelne Person. Allein verlaufe ich mich fast und habe mich schon dabei ertappt, Selbstgespräche zu führen. Was meinen sie, wollen sie es mit mir wagen? Im Grunde bin ich ganz flexibel und unkompliziert. Na und mit so einer charmanten Mitbewohnerin, was soll da schon schief gehen?"

Frau Lindemann schien keine Einwände zu haben und Gisela sowieso nicht. Die fünf Sterne reichten in diesem Fall nicht aus. Die Damen erzählten ihm noch von Herrn Winkler, dem anderen Interessenten.

„Es wäre gut, wenn wir uns noch einmal gemeinsam unterhalten, bevor die Verträge unterschrieben werden. Dabei ließe sich auch die Sache mit dem Oben oder Unten klären.

Frau Lindemann warf ein: „Uns bliebe dann nur noch die Vermietung der möblierten Räume."

Beide staunten, als Herr Jansen ihnen einen Vorschlag unterbreitete:

„Wenn wir uns wirklich einig werden, dann überlassen sie uns die Räume doch als Gästezimmer. Ich glaube, dass wir alle nicht am Hungertuch nagen. So könnte jeder 100 Euro mehr an Miete zahlen und die Räume bei Bedarf selbst nutzen. Lassen sie sich das doch noch einmal durch den Kopf gehen. Somit wäre häufiger Mieterwechsel, der ja wohl vorprogrammiert ist, vermeidbar."

„Ja, oder wir beziehen einen Teil davon in die gemeinsame Nutzung mit ein. Viel Übernachtungsbesuch habe ich nicht zu erwarten, höchstens einmal das Ehepaar von Horn."

„Für ein paar Tage Besuch meiner Tochter mit Familie würde das sicher reichen. Hören wir doch noch einmal die Meinung von Herrn Winkler."

Frau Lindemann verwies auf ihre Einladung am Abend, für die sie sich vorbereiten musste. Ihr Part war vorerst ohnehin beendet und ihre Anwesenheit nicht mehr erforderlich. Ganz sicher war sie, dass die beiden ihre Unterhaltung nicht so schnell beenden würden. Sollten sich die beiden erst einmal weiter beschnuppern, was ihnen ja offensichtlich mühelos gelang.

Ihr war aufgefallen, wie gelöst Gisela aussah. Deren Gesichtszüge wirkten so weich und weiblich. Kaum zu glauben, dass sie bereits über 60 war.

Herr Jansen und Gisela verplauderten die Zeit. Egal, ob sie über Themen wie Politik, Umweltschutz, Klimaveränderung, Sport oder das Wetter sprachen, ihre Ansichten und Auffassungen schienen nur allzu oft identisch zu sein.

Gisela kam es vor, als würde sie Herrn Jansen seit ewigen Zeiten kennen. Da war eine so unerwartete Vertrautheit. Kaum zu glauben, dass sie vor ein paar Stunden noch nichts von seiner Existenz wusste.

„Was halten Sie davon, wenn ich Sie heute Abend zum Essen einlade?"

Lächelnd sagte Gisela zu. Nie hätte sie früher so spontan reagiert, aber dieser Mann! Wer konnte dem schon widerstehen, dem Kaminkehrer, dem Glücksbringer.

Wie gern hätte sie Gaby von ihrer ungewöhnlichen Begegnung berichtet. Egal. Gaby musste warten – Jansen nicht.

„Ich mach mich noch etwas frisch", entschuldigte sie sich.

Herrn Jansen erging es ähnlich wie Gisela. Diese Frau faszinierte ihn vom ersten Moment ihrer Begegnung. Was da mit ihm passierte, hatte er nie zu träumen gewagt. Lediglich einen Platz in einer Wohngemeinschaft hatte er finden wollen, nicht etwa eine Frau fürs Leben. Was hatte das Schicksal mit ihm vor? Gisela Koch – intelligent, gutaussehend, sympathisch, perfekt – sein Ideal? Ja, sie entsprach seinem Ideal.

Er schmunzelte, denn aus dem Nebenraum hörte er Gisela die Melodie aus „Mary Poppins" summen: „La-la-la-la, la-la-la-la Chim-Chim-Cheree, hmhm hmh hmh..."

Hatte auch er sie beeindruckt? Einfach so? Er hatte sich ganz natürlich gegeben, eben so, wie er war. Hatte sich nicht verstellt oder bemüht, seine beste Seite zu zeigen. Was konnten das für Zukunftsaussichten sein? Diese Frau!

Gisela kam frisch gestylt zurück. Zuerst wollte sie einen schicken Hosenanzug anziehen, hatte sich doch lieber für die sportliche Variante, Hose und Pullover, entschieden. Zauberhaft sah sie damit aus.

Gut gelaunt steuerten sie ein Restaurant an, in dem sie sich kulinarisch verwöhnen ließen und dabei die angeregte Unterhaltung fortführten.

Gegen 21.30 Uhr setzte Herr Jansen Gisela vor der zukünftigen gemeinsamen Bleibe ab.

Beim Abschied empfanden beide das gleiche, ohne darüber zu reden.

Eine Umarmung? Ein Kuss? Zu früh am Abend der ersten Begegnung. Beide zögerten, obwohl sie darauf warteten. An diesem Abend blieb es beim Zögern.

Überwältig waren beide allemal von den neuen Gefühlen, die ihnen dieser Tag beschert hatte.

Gisela, die sonst sehr ordnungsliebend war, warf ihre Jacke auf das Bett und griff zum Telefon.

„Hallo Gaby, ich weiß, es ist schon spät. Hast du noch etwas Zeit für deine alte Tante?"

„Alt ist gut! Für dich hab ich doch immer Zeit, was gibt es denn? Du bist ja so aufgekratzt."

„Stell dir vor, ach ich weiß gar nicht, wo ich anfangen soll. Also, fast alle, die sich heute vorgestellt haben, kamen überhaupt nicht in Frage. Zwei sind nicht mal erschienen. Nur zwei sind dabei, aber was für welche!"

Zuerst erzählte sie von Herrn Winkler, mit dem sie sich ein Zusammenleben trotz seiner Sehbehinderung gut vorstellen konnte. Und dann begann sie zu schwärmen: „Gaby, du wirst es nicht glauben. Ich habe meinen Supermann gefunden. Bin noch ganz durcheinander. Glaubst du, dass ich mich noch verlieben kann? Liebe auf den ersten Blick – gibt es so etwas wirklich?"

„Klar gibt es das. Wieso soll es das nicht für dich geben? Aber sag mal, wer ist es denn? Der Kapitän oder der Finanzbeamte?"

„Nein, die doch nicht. Es ist der Schornsteinfeger! Ach Gaby, ist der süß! Und Augen hat der, so richtig schokobraun. Und so ein liebes Lachen. Ich bin ja so glücklich! Ihm geht es genauso, da bin ich sicher. Wir haben uns aber noch nicht getraut, über die plötzlichen unerwarteten Gefühle zu sprechen."

„Na, trotzdem – du legst ein ganz schönes Tempo vor. Jetzt merkst du sicher erst, was dir in den letzten Jahren an Zuwendung entgangen ist. Ich gönne dir dein Glück von Herzen. Ist doch ideal, wenn ihr euch findet, zusammen und doch getrennt wohnt. Besser kann es doch nicht gehen."

„Hast du morgen etwas Zeit für mich? Wollen wir uns treffen, damit ich dir alles genau erzählen kann?"

„Klar, ich bin schon gespannt wie ein Flitzebogen."

„Was Otto dazu sagen würde? Ob er wohl eifersüchtig wäre? Schade, ich werde es nie erfahren."

Nachdenklich bemerkte Gaby: „Vielleicht hat er von oben her Schicksal gespielt und dir den richtigen Mann geschickt. Ich glaube, Otto gibt dir seinen Segen.".

Glücklich und zufrieden schlief Gisela in der folgenden Nacht und hoffte, von weiteren Glücksbringern zu träumen. Der Schornsteinfeger war jetzt für sie weder Talisman noch Maskottchen. Er war leibhaftig und real und zum Glück keine Traumfigur.

Am Sonntag fuhr Gisela, wie verabredet, am späten Vormittag nach Syke. Gaby und auch Kalle sahen ihr gleich eine Veränderung an. Gisela strahlte mit der kalten Januarsonne um die Wette und ihr Lachen war warmherzig und ein wenig verlegen.

„Kinder, ich habe nicht gedacht, dass mir so etwas noch einmal passieren könnte. Ich glaube, ich habe mich richtig verknallt. Dabei kenne ich ihn überhaupt noch nicht richtig. Ihm geht es genauso, da bin ich ganz sicher."

„Lass es doch einfach geschehen. Sei offen für alles, was dein Leben jetzt verändern mag", riet Gaby. Auch Kalle freute sich mit Gisela.

Nachmittags traf Gisela auf Frau Lindemann, die sie begrüßte: „Lassen Sie mich raten. Gestern haben Sie noch einen netten Abend mit Herrn Jansen verbracht. Oder?"

War schon klar, wie Giselas Antwort ausfiel.

„Dann lassen Sie uns doch versuchen, Herrn Winkler und Herrn Jansen gemeinsam zu einem Gespräch zu bitten. Mal sehen, wie Herr Winkler das mit den Gästezimmern sieht. Eigentlich keine schlecht Idee. Ich habe mit meinem Mann darüber gesprochen. Wenn wir uns einigen, wollen wir die Miete nur geringfügig erhöhen. Dann könnten auch unsere Gäste dort bei Bedarf übernachten."

„Dass ich einmal mit zwei Herren zusammen-wohnen würde, hätte ich im Traum nicht gedacht. Sollen wir denn noch weiter suchen? Es hatte ja den Anschein, als würde uns kaum etwas Besseres begegnen."

„Ach, übrigens wird mein Mann in ein paar Monaten mit dem Aus- und Umbau der Lagerhalle beginnen. Die ist ja nur einen Katzensprung entfernt. Vielleicht finden wir im Neubau weibliche Verstärkung für Ihre WG? Ich bin Ihrer Nichte so dankbar, dass sie uns auf die Überlegung mit der WG gebracht hat. Wer weiß, wir säßen sonst noch zu zweit allein in dem großen Haus und gingen uns auf die Nerven."

Herrn Winkler und Herrn Jansen hatten die beiden Damen für weitere oder auch abschließende Gespräche für Montagabend eingeladen.

Den ganzen Tag über war Gisela schon schrecklich aufgeregt, schließlich würde sie bald wieder ihrem Traummann gegenüberstehen.

Was sollte sie anziehen? Waren ihre Haare in Ordnung?

Sie zählte die Stunden bis zum Wiedersehen und fragte sich, ob Herr Jansen auch bei der zweiten Begegnung solch eine Anziehungskraft auf sie haben würde.

Er hatte! Was war das für ein Mann!

Er flüsterte ihr zu: „Am liebsten hätte ich Ihnen einen großen Blumenstrauß mitgebracht, aber das schien mir recht aufdringlich zu sein."

„Ist schon gut", hauchte Gisela und war sich dabei sicher, dass auch er sie ins Herz geschlossen hatte.

Der Vorschlag, die möblierte Wohnung als Fremdenzimmer zu benutzen, wurde auch von Herrn Winkler akzeptiert.

„Ist doch ideal! Dann kann mein Besuch auch mal hier übernachten."

Bei diesem Gespräch war auch Herr Lindemann anwesend. Häufiger Mieterwechsel in der ursprünglich vorgesehenen, möblierten Wohnung hätte nur Unruhe verursacht. Alle Beteiligten waren sich einig, eine gute Lösung gefunden zu haben.

Nachdem die Herren ihre mündliche Zusage erteilt hatten, zogen sich die Lindemanns zurück. In den nächsten Tagen wollten sie den Mietvertrag vorbereiten. Dazu baten sie um Giselas Rat als Rechtsexpertin, denn es sollten auch Rechte und

Pflichten der einzelnen Bewohner festgehalten werden.

Herr Jansen hatte sich zugunsten von Herrn Winkler für die oberen Räumlichkeiten entschlossen, nicht zuletzt, um ihm das Treppensteigen zu ersparen.

Die folgende Unterhaltung bezog sich vor allem auf das zukünftige Zusammenleben der drei Anwesenden. Da ging es zum Beispiel um die Reinigung der eigenen Räume und um das Waschen der Wäsche. Diese Aufgaben wollte jeder für sich erledigen. Dann sprachen sie über die Themen Einkaufen, Kochen und Essen. Offenbar hatte Herr Jansen in den letzten Jahren passable Kochkünste erworben. Im wöchentlichen Wechsel mit Gisela wollte die beiden das Mittagessen für alle zubereiten, wobei die Kosten geteilt werden sollten. Jeder würde den gleichen Betrag in die Haushaltskasse einzahlen. Erfahrungen über die Höhe gab es ja noch nicht. Herr Winkler erklärte sich bereit, auf Wunsch medizinische oder Wohlfühlmassagen durchzuführen.

Die Gespräche liefen so unkompliziert, egal, ob es um Einkauf, Nebenkostenabrechnung oder Terrassennutzung ging. Jeder von ihnen brachte sich auf seine Weise in die Gemeinschaft ein und zeigte Bereitschaft für einen guten Start der WG.

„Sagen Sie mir bloß Bescheid, wenn ich eine grüne und eine blaue Socke trage oder mein T-Shirt mal wieder links herum trage. Ist alles schon vorgekommen!"

Jansen und Gisela versprachen, darauf zu achten.

Ein Glas Rotwein wäre jetzt wohl angebracht, meinte Gisela und spendierte eine Flasche. Sie prosteten sich zuversichtlich zu und tranken auf das Wohl ihrer neuen Gemeinschaft. Herr Winkler konnte nicht sehen, dass sich Herrn Jansens und Giselas Blicke immer wieder trafen.

Nachdem die Flasche fast geleert war, verabschiedeten sich die Herren. Weil Jansen fahren musste, hatte er nur ein Glas getrunken. Er erklärte sich gern bereit, Herrn Winkler in seiner Twistringer Wohnung abzusetzen.

Alle Drei hatten ein gutes Gefühl, was das zukünftige Zusammenleben betraf. Bei Jansen und Gisela entwickelten sich erstaunlich schnell Gefühle ganz anderer Art: „Darf ich Sie morgen anrufen?", fragte Jansen beim Abschied.

„Natürlich, gern."

Darauf freute Gisela sich schon wie ein verliebtes junges Mädchen.

Sicher würden noch zwei Monate bis zum Einzug vergehen. Die Wohnung von Herrn Winkler musste gekündigt werden und Herr Jansen hatte sein Haus unter Dach und Fach zu bringen. Der plante, es zunächst als Mietobjekt anzubieten.

„Verkaufen kann ich es nur einmal. Vielleicht habe ich Glück und finde einen geeigneten Mieter", hatte er erwähnt.

Der nächste Tag erwies sich als Tag der Über-raschungen. In der Post fand Gisela ein Schreiben des Gerichtes mit einer Vorladung zu einer Zeugenaussage im Mordfall Otto Clemens. Die Verhandlung sollte in einer Woche stattfinden. Ach Otto! Die Erinnerung an ihn war tatsächlich schon etwas verblasst. Ob er ihr das verspätete Glück gegönnt hätte?

Gisela war klar, dass sie die Aussage machen musste – sachlich und präzise. Die eigene Meinung durfte sie da nicht hineininterpretieren. Aber das sollte keine Schwierigkeit für sie sein. Zwangsläufig wurde ihr das ganze Geschehen erneut bewusst.

Dem Ehepaar Clemens würde sie ebenfalls wieder begegnen. Was wohl inzwischen mit dem Haus in Oberneuland passiert war? Stand es noch leer? Darüber hatte sie sich in den letzten Wochen in Osterbinde keine Gedanken mehr gemacht.

Das Klingeln des Telefons riss sie aus ihren Gedanken an Otto.

„Herr Jansen! Das ist er bestimmt", dachte sie voller Vorfreude, doch sie hatte sich getäuscht.

„Winter! Guten Tag Frau Koch."

Gisela war erstaunt.

„Ich hoffe, ich störe Sie nicht. Es gibt eine gute Neuigkeit für Sie." Zuckersüß klang ihre Stimme.

„Und die wären?", bekundete Gisela ihr Interesse.

Oh Gott! Frau Winter – „Immergrün" – ihre Wohnung.

Sie hatte die Gedanken zu diesen Themen in der letzten Zeit verdrängt. Sich das neue Leben in Osterbinde einzurichten war ihr wichtiger gewesen.

Da erschien ihr der Verkauf ihrer Wohnung zweitrangig.

„Es gibt einen Interessenten für Ihre Wohnung. Ich kann ihnen sogar den vollen Kaufpreis garantieren. Das ist doch eine gute Nachricht, oder?"

Diese Schlange! Komisch, jetzt sollte sie sogar den vollen Kaufpreis erhalten. Noch vor ein paar Wochen versuchte Frau Winter, den Kaufpreis erheblich zu drücken. Der Begriff „Schweigegeld" fiel Gisela spontan dazu ein. Frau Winters schlechtes Gewissen hatte den Preis wohl mitbestimmt.

Gisela sollte es Recht sein. Auch wenn sie problemlos die Wohnung verkaufen konnte – ihre Aussage vor Gericht würde sich dadurch nicht beeinflussen lassen.

„Wann passt es Ihnen? Wann können wir alles Weitere besprechen?"

Gisela schlug vor: „Wie ist es übermorgen, vielleicht gegen Mittag?"

Diesen Zeitpunkt hatte Gisela nicht ohne Nebengedanken gewählt. Frau Winter akzeptierte den vorgeschlagenen Termin. Alle Einzelheiten wollten sie dann besprechen.

Herrn Jansen hatte sie bereits flüchtig von ihrer „Immergrün-Zeit" berichtet. Würde er sie begleiten? Damit ergab sich für Gisela ein Aufhänger, um bei Herrn Jansen anzurufen. Dazu kam sie aber gar nicht erst, denn ihr Telefon klingelte erneut. Gisela strahlte über das ganze Gesicht, als sie Jansens

Stimme hörte, die sie so schnell lieb gewonnen hatte.

„Gerade wollte ich Sie anrufen, ich habe ein Attentat auf Sie vor."

„Entschuldigung, ich wollte Ihnen nicht zuvorkommen."

Beide kicherten am Telefon, denn auch Herr Jansen wollte Gisela um Begleitung bitten. Er erhoffte sich Giselas Hilfe beim Aussuchen eines Geschenkes für seine Tochter. Außerdem bat er um Giselas Rat bei der Formulierung der Vermietungsanzeige seines Hauses. Dazu, das war nur zu verständlich, musste sie sein Haus erst einmal gesehen haben. Guter Vorwand!

Gisela lag sehr am Herzen, dass Jansen sie ins „Immergrün" begleitete. Beide hatten Zeit füreinander und freuten sich auf ein schnelles Wiedersehen. Gleich erstellten sie einen Zeitplan, um jeweils die Wünsche des anderen erfüllen zu können. Viel schneller als gedacht wurde der eine des anderen Berater, Begleiter und ein wenig auch Beschützer.

Herr Jansen hieß mit Vornamen Martin.

Martin – dieser Name ging Gisela so leicht über die Lippen, obwohl sie früher nie so schnell bereit war, sich zu verbrüdern. Sie und auch Martin hatten nie an Liebe auf den ersten Blick geglaubt. Beide hatten sich getäuscht und darüber sprachen sie bereits einige Tage, nachdem sie sich kennenlernten. Und beide bekannten sich zu ihren Gefühlen. Amor hatte ganze Arbeit geleistet – seine Pfeile hatten getroffen. Lächelnd beschwerte Gaby sich bei Gisela, weil sie nur noch die zweite Geige in deren Leben spielen würde. Diesen Martin wollte Gaby schnellstens kennenlernen. Wenn sie Gisela glauben konnte, musste es ja ein Supermann sein.

Martin hatte keine Schwierigkeiten, den Test in Gabys kritischen Augen zu bestehen. Auch Kalle gab seiner „Tante" und dem „schwarzen Mann" seinen Segen. Es schien, als würden sie alle in Zukunft noch viel Zeit miteinander verbringen.

In Martins Wohnung kamen sich Gisela und er zum ersten Mal näher. Niemals zuvor hatte Gisela geglaubt, dass sie in ihrem Alter noch derartige Gefühle entwickeln könnte. In Martins Armen fühlte sie sich so unglaublich geborgen. Alles schien so unkompliziert und natürlich. Sex mit sechzig – wo war das Problem? Gisela schwebte im siebten Himmel.

Herrn Winkler und den Lindemanns wollten sie ihre Gefühle noch nicht so schnell preisgeben, darüber waren sie sich einig.

Der Besuch im „Immergrün" verlief unerwartet positiv. Das Erstaunen über Giselas Begleitung konnte Frau Winter nicht verbergen, unterließ es aber, sich zu äußern. Sie selbst wollte die Wohnung zum ursprünglichen Kaufpreis zurück erwerben. Angeblich gab es sogar verschiedene Bewerber dafür. Nach Giselas Einverständnis rief Frau Winter den Notar an, der schnellstens den Kaufvertrag unterschriftsbereit vorlegen sollte.

Die Chefin des „Immergrün" war das wandelnde schlechte Gewissen, das war unschwer zu erkennen. Nicht nur das nervöse Zucken in den Mundwinkeln sprach dafür. Sicher zitterte sie schon jetzt vor dem Mordprozess, zu dem auch sie geladen sein müsste.

Die sollte sich noch über Giselas Aussage wundern! Schließlich wusste sie nichts von Giselas Beobachtungen in der Mordnacht.

Beim Verlassen des Hauses warf Gisela noch einen Blick in den Speisesaal, in dem sie Lydia und Gustav erkennen konnte. Scheinbar gab es inzwischen neue Bewohner. Gisela verspürte nicht das geringste Verlangen, ihre ehemaligen Tischnachbarn zu begrüßen. Ganz sicher war sie, dass sie dieses Grundstück niemals wieder betreten würde. Wieder zurück im Wagen atmete Gisela tief durch:

„Das wäre geschafft. Das war mein letzter Besuch hier, das kannst du mir glauben."

„Aber ich kann deinen Entschluss nachvollziehen, dich hier einzukaufen. Die Anlage macht einen sehr gepflegten Eindruck. Und die Frau Winter zeigte sich doch auch nett und freundlich, vielleicht etwas distanziert."

„Ja, ja. Wenn nur die vielen „aber" nicht wären. Ganz schnell werde ich die Zeit im „Immergrün" vergessen, vor allem nach der Verhandlung."

„Das Vergessen werde ich dir schon leicht machen, verlass dich darauf."

Die Tür für eine gemeinsame Zukunft öffnete sich wieder einen kleinen Spalt weiter.

„Wenn ich das Haus vermietet und den Umzug hinter mir habe, möchte ich am liebsten mit dir verreisen. Was hältst du davon? Herrn Winkler können wir gerne mitnehmen. Irgendwo hin, vielleicht in den Süden!?"

„Klar gern, ich bin dabei. Es war mir nie ein Vergnügen, allein Urlaub zu machen. Wenn ich da noch an den Zuckerschock denke! Aber jetzt habe ich ja meinen Glücksbringer dabei. Was soll mir da schon passieren? Mit dir fliege ich bis ans Ende der Welt. Ich bin fast sicher, dass Herr Winkler gern mit uns verreisen wird."

„Schließlich muss er sich bald daran gewöhnen, dass wir zusammen gehören."

„Wie er wohl darauf reagiert?"

„Abwarten, meine Schöne. Bald werden wir es wissen."

Gisela schmunzelte: „Meine Schöne? Danke dafür. Weißt Du, wie mich mein Ex-Chef immer nannte, wenn er gut gelaunt war?"

„Wie denn?"

„Ma belle Giselle."

„Na, wenn das nicht passt! Schade, dass das nicht von mir ist."

Giselas Welt war in Ordnung. Sie war in Osterbinde zu Hause angekommen und fühlte sich geborgen. Vor allem war sie nicht allein. Sie hatte liebe Menschen an ihrer Seite und einen davon schätzte sie besonders.

Manchmal traute sie ihrem Glück nicht und versuchte, das berüchtigte Haar in der Suppe zu finden, das sie aber nicht fand. Martin war aufrichtig, ehrlich und vor allem sehr verliebt.

Telefonische Kontakte zu den von Horns gab es nicht mehr so häufig, wie in den letzten Wochen und Monaten. Trotzdem waren sie über alle Veränderungen in Giselas Leben im Bilde. Frau von Horn freute sich aufrichtig mit ihr über die neue Beziehung.

Es war schon immer außergewöhnlich, irgendwo ausgeladen zu werden. Gisela erhielt per Post vom Gericht eine „Entladung". Über diesen Ausdruck hatte sie sich schon während ihrer Berufspraxis in der Kanzlei gewundert. Das Schreiben enthielt die Information, dass die Verhandlung aufgehoben wurde, zu der sie als Zeugin geladen war. Knapp und sachlich wurde sie mit ein paar Worten ohne Begründung entladen. Was war nur passiert? Eine Erklärung gab es ja nicht. Das war nicht etwa eine Terminverschiebung. Aufgehoben – einfach nur aufgehoben.

Gisela grübelte darüber nach, wie Ilse es geschafft haben mochte, sich für haftunfähig erklären zu lassen. Oder hatte sie gar das Zeitliche gesegnet?

Aufgeregt klopfte Frau Lindemann an die Tür, in der Hand die Zeitung mit den großen Buchstaben.

„Sehen Sie mal hier, Frau Koch, das wird Sie interessieren."

Dabei zeigte sie auf einen kleinen Artikel. Darin hieß es:

„Eine 73-jährige Insassin des Vechtaer Frauengefängnisses entzog sich durch Selbstmord vor Prozeßbeginn ihrer Bestrafung. Zuvor hatte sie gestanden, den Bewohner einer Anlage für betreutes Wohnen erstickt zu haben."

Klar, das musste Ilse sein. Für eine Weile war Gisela sprachlos. Ilse hatte sich das Leben genommen? Auf welche Art wohl? So sehr sie sich auch den Kopf zerbrach, sie wusste, dass sie darauf keine Antwort erhalten würde, es sei denn, die Presse ging der Sache weiter nach.

Für einen Moment fühlte sich Gisela sogar schuldig. Hätte sie Kalle nicht veranlasst, Ilse zu einem Geständnis zu bringen, lebte sie wahrscheinlich noch im „Immergrün".

Wieder befasste sie sich mit dem Gedanken, weshalb Otto sich nicht gewehrt hatte. Es schien so, als würde dieser Mordfall zu den zahlreichen ungeklärten Verbrechen gehören. Oder sollte die Obduktion mehr Klarheit bringen? Doch wozu – Ilses Geständnis lag ja vor. Würden die Richter den

Aktendeckel zu Ottos Mordfall für immer schließen, bliebe auch Frau Winters und Schwester Sabines Vertuschung eines Verbrechens ungesühnt.

Es folgte wieder ein Tag der Telefonate für Gisela. Zunächst versuchte sie, Gaby und Kalle zu erreichen, dann sprach sie mit ihrem Martin. Danach telefonierte sie mit von Horn und später mit Herrn Dr. Clemens. Mit der Nachricht von Ilses Tod überraschte sie alle.

Erst als Martin am späten Nachmittag bei ihr war, beruhigte sie sich ein wenig. Alle Erinnerungen an Ottos gewaltsamen Tod waren plötzlich wieder so präsent. Sie musste dringend abschalten. Ein paar Tage Urlaub wären jetzt wirklich nicht zu verachten. Den Umzugsstress ihrer beiden Mitbewohner durfte sie dabei nicht ignorieren. Die Umzüge hatten Priorität.

Martin schlug vor, dass ein gemeinsames Abendessen mit Herrn Winkler Ablenkung bringen könnte. Gisela stimmte gern zu und auch für Herrn Winkler war das eine willkommene Ablenkung seines Alltages.

„Ich freue mich schon auf einen netten Abend", hatte er gemeint.

„Wenn er sich da man nicht täuscht. Nett – ich weiß nicht, ob der Abend nett wird", grummelte Gisela.

Doch, der Abend wurde nett. Natürlich war die abgesagte Verhandlung und Giselas Zeit im „Immergrün" zunächst Hauptthema.

Dann aber, nach einem guten Essen, sprachen die Drei über die Urlaubspläne. Herr Winkler war begeistert von der Idee. Ein Urlaub in anderen Gefilden, sich anderen Wind um die Nase wehen zu lassen, faszinierte ihn schon jetzt.

Es war interessant, ihre Gespräche zu verfolgen. Da gab es unterhaltsame Wortspielchen: Den Satz, den einer begann, vollendete ein anderer. An diesem Abend wurde viel gelacht und den Männern gelang es, Gisela von ihren Sorgen abzulenken. Nie hatte sie es für möglich gehalten, dass das gelingen könnte.

Herr Winkler, Anton mit Vornamen, erwies sich als gut zu ertragende Frohnatur. Trocken bemerkte er: „Ihr wisst ja, dass ich kaum etwas sehen kann. Gerade deshalb sind all meine anderen Sinne wohl ganz sensibel. Ich merke doch schon den ganzen Abend, dass ihr da unter dem Tisch rumfüßelt. Sagt es mir doch einfach, wenn ihr etwas miteinander habt."

Anton blieb es verborgen, dass Gisela verlegene Röte ins Gesicht stieg.

Ein Taxi brachte Anton nach Hause. Martin schlug Probeschlafen in Osterbinde vor, Gisela war einverstanden. Was wohl Otto dazu gesagt hätte?

Christa Bohlmann
geb. 1945, verheiratet, Bankkauffrau
seit Jan. 2008 im Ruhestand

Bereits veröffentlicht:
2000 **Erinnerungen**
   Heitere Schmunzelgeschichten aus den
   50er/60er-Jahren
   Eigenverlag

2001 **Mixed-Pickles**
   Anekdotensammlung:Wirkliches,
   Erlauschtes. Erlebtes, Erdachtes
   Eigenverlag

2002 **Kein Schatten ohne Licht**
   Diagnose Brustkrebs
   BoD ISBN 3-8311-4268-8

2003 **Die Buschs**
   Blicke hinter die Kulisse einer
   Kleinstadt- Idylle, Roman
   BoD ISBN 3-8311-4926-7

2005 **Kalle Korn**
Aus dem Leben eines Ermittlers,
Roman
BoD ISBN 3-8334-2589-X

2006 **Bad Meinberg – einmal anders
gesehen**
Fantastische Erzählung
BoD ISBN 9-783837-024462-3

2009 **Weihnachtliche Herzenswärmer**
Wahre und fantastische
Kurzgeschichten
BoD ISBN 9-783839-13269-2

2010 **Weihnachtliche Wintermärchen**
Fantastische Kurzgeschichten
BoD ISBN 9-783842-30652-3

2011 **Weihnachtliche Seelenschmeichler**
Fantastisch Kurzgeschichten
BoD ISBN 9-783844-801804

2012 **Bella – mehr schwarz als weiß**
Roman
BoD ISBN 9-783844-801804

2013 **Weihnachtliche Plaudereien**
Fantastischer Roman
BoD ISBN 9-783732-281145